DIGON I'R
DIWRNOD
GERAINT EVANS

Diolch i gyfaill coleg, Wyn Rees, am gyngor doeth a gwybodaeth arbenigol. Diolch eto i wasg Y Lolfa ac yn arbennig i Meinir am ei chefnogaeth a'i manylder ac i Tanwen Haf am glawr trawiadol. Diolch yn bennaf i'm hannwyl wraig unwaith eto am ei hamynedd.

Argraffiad cyntaf: 2018
© Hawlfraint Geraint Evans a'r Lolfa Cyf., 2018

Cynllun y clawr: Tanwen Haf

Rhif Llyfr Rhyngwladol: 978 1 78461 555 0

Dymuna'r cyhoeddwyr gydnabod cymorth ariannol
Cyngor Llyfrau Cymru

Cyhoeddwyd ac argraffwyd yng Nghymru
ar bapur o goedwigoedd cynaliadwy gan
Y Lolfa Cyf., Talybont, Ceredigion SY24 5HE
e-bost ylolfa@ylolfa.com
gwefan www.ylolfa.com
ffôn 01970 832 304
ffacs 01970 832 782

PENNOD 1

ARLLWYSODD Y PENTWR o bowdr gwyn ar y drych bach oedd ar y bwrdd o'i flaen a'i rannu'n llinellau yn eithriadol o ofalus. O ystyried y gost ni allai fforddio colli'r un gronyn. Tair llinell i gychwyn, rhannu'n chwech, pecynnu pump a chadw'r olaf at ei ddefnydd ei hun. Roedd hon yn deneuach na'r lleill, a hynny'n fwriadol. Mesurodd ei ffics hyd nes iddo bron fedru cyfri'r gronynnau. Digon oedd digon, ac er bod y powdr yn rhoi pleser, glynai'n ddigyfaddawd at y gred mai ef ac nid y cyffur oedd y meistr.

Estynnodd am bapur ugain punt o'i waled, ei rolio a phwyso at y drych i snortio'r llinell wen. Ar ôl anadlu'n ddwfn llifodd y don o ewfforia i bob cymal o'i gorff. Y fath nerth, y fath bŵer – gallai gyflawni unrhyw dasg, nid oedd dim y tu hwnt i'w alluoedd. Fe oedd y meistr, pencampwr y ddêl, y dyn i droi cannoedd yn filoedd a miloedd yn filiynau. Gwneud pres, cuddio pres, perswadio, bygwth, twyllo, y cyfan ar flaenau ei fysedd. Pawb yn ei barchu ac yn rhyfeddu at ei sgiliau ariannol. Pawb yn ei barchu ac yntau'n parchu neb, a'i gyd-weithwyr yn ddim mwy na chorachod.

Gwanhaodd y profiad a dychwelodd y normalrwydd. Taflodd olwg o gwmpas lolfa ei fflat foethus, gan gofio am ddyletswydd y deuddydd nesaf a cherddodd yn gyflym i'r ystafell wely i gasglu'r bag ysgafn. Deuddydd diflas i ddathlu pen-blwydd priodas ei rieni – byddai ei dad yn sôn byth a hefyd am ei orchestion yn y llys a'i chwaer bwdlyd yn gyson feirniadu ei fateroliaeth. Blydi hel, pwy oedd honno i feirniadu? Oni bai am y sybs di-ffael gan ei theulu byddai ei gyrfa fel arlunydd wedi hen fynd i'r gwellt. Ei dad oedd yn

5

talu rhent yr oriel ac am y canfas a'r paent a ddefnyddiwyd i greu'r lluniau erchyll a fyddai, yn ei farn ef, yn anharddu unrhyw gartref. Ie, dyletswydd digamsyniol oedd mynd, ac yn goron ar y diflastod byddai pryd o fwyd mewn gwesty crand, teulu a ffrindiau oll yn sbecian a sibrwd rhag tarfu ar y parchusrwydd oer.

Mewn ymdrech i wasgaru'r teimladau annifyr, brysiodd i gloi drws y fflat, croesi'r ychydig gamau ar draws y cwrt bychan, dringo i'r Audi TT a thanio'r injan. Pleser gwahanol oedd gwrando ar rwndi isel y peiriant yn barod i ufuddhau i'w orchmynion. Trodd i lôn gul y datblygiad ecsgliwsif o fflatiau, dod mewn eiliad at y ffordd fawr a gyrru tuag at ganol y ddinas heibio adeiladau'r Brifysgol. Damo! Ar waelod y rhiw tynnodd rhyw dwpsyn o'i flaen a bu raid iddo frecio'n galed. Canodd y corn a fflachio'r golau ond roedd y lembo eisoes wedi diflannu i stryd gefn. Pwyll ac amynedd, pwyll ac amynedd, dywedodd wrtho'i hun – o ystyried pwrpas ei siwrnai, ni allai fforddio tynnu sylw.

Safai clwb Blades yng nghanol teras o dai Sioraidd. Ar un adeg bu'r adeilad yn dŷ trefol i deulu bonedd ond disodlwyd gogoniant y gorffennol gan ffug ysblander. Roedd y stepiau cerrig a'r drws dwbl gwreiddiol yn dal yn eu lle ac wrth iddo gamu i'r cyntedd gallai werthfawrogi'r grisiau llydan a arweiniai i'r lloriau uwch. Dyna'r oll o'r rhwysg a'r gwychder a oroesodd cyfres o berchnogion esgeulus a'r trawsnewidiad i glwb. Bellach roedd y goleuadau modern, y papur wal coch tywyll a'r carped patrymog yn gweddu'n fwy i dŷ bwyta Indiaidd nag i unrhyw blasty. Cymerwyd ei got gan ferch ifanc, gyda'i gwên ddireidus yn arwydd eglur o groeso. Dim rhyfedd. Roedden nhw'n ei adnabod yma ac fel un o'r aelodau selocaf, a gwariwr hael, gwyddai'r ferch ei fod yn haeddu croeso. Nodiodd yntau mewn ymateb – roedd y wên a sbarc ei llygaid yn denu ac yn teilyngu sylw.

"Daniel, Daniel, 'ma ti o'r diwedd. Beth gymri di, Scotch? Penderyn, os rwy'n cofio," bloeddiodd Alun Pryce o gyfeiriad y bar, dyn llond ei got, perchennog cwmni adeiladu ac unigolyn â'i fys ymhob briwes ariannol y ddinas. "Dwbwl?"

"Na gwell peidio, sengl a digon o ddŵr a iâ."

"Nefoedd wen, digwyddiad hanesyddol! Daniel Simmons yn gwrthod dwbwl. Cer draw, dwi'n eistedd yn y gornel ger y ffenest. Mae'r cyfan yn barod i ti, y gwaith papur ar y bwrdd."

Cymerodd yr ychydig gamau at y bwrdd, gweld yr amlen wen a'i gosod ym mhoced fewnol ei siaced. Ni thrafferthodd ei hagor gan y gwyddai'n iawn beth oedd y cynnwys. Pwysodd i'r ochr, gweld y briffces agored o dan y gadair ac mewn gweithred syml a chyflym gollyngodd y pecyn bychan rhwng y ffeiliau a'r papurach. Erbyn iddo sythu roedd Alun yn agosáu ac ar fin eistedd. Edrychodd i fyw llygaid ei gyfaill cyn holi mewn rhyw hanner sibrwd, "Pob peth yn iawn? Yr un drefn, yr un taliad?"

"Pob peth yn berffaith. Eistedda a cofia gau'r ces. Dylet ti fod yn fwy carcus. Ti ddim yn gallu trystio neb y dyddie hyn. Dim hyd yn oed aelodau parchus Blades."

Ufuddhaodd ei gyfaill a chwerthin yn harti. "Aelodau parchus, myn diawl! Fydden i ddim yn trystio'r rhan fwyaf o'r siarcod â chasgliad yr ysgol Sul!" Pasiodd y wisgi, cymryd dracht ddofn o'i ddiod ei hun a gofyn, "A beth yw'r rheswm am y mesur bach a'r dŵr? Dim fel ti, Daniel."

"Gyrru, Alun. Mae'r Audi yn y maes parcio gyferbyn."

"Pam na gei di dacsi adre i'r fflat a chodi'r car yn y bore?"

"Ddim mor syml â hynny. Siwrnai bach ymhellach."

"I ble fyddi di'n mynd amser hyn o'r nos? Mae bron yn hanner awr wedi deg."

"I Glanmeurig, lle mae Dad a Mam yn byw. Ti'n gyfarwydd â'r pentref?"

"Wedi dreifio drwyddo. Dim lot o achos i aros. Yr afon yn ddigon hardd, a thafarn neis ar lan yr afon, peint da a'r stecen ore ges i erioed, dwi'n cofio'n iawn. A'r abaty wrth gwrs. Sdim rhyw lawer gyda fi i ddweud wrth hen adeiladau ond rhaid i ti gyfadde fod y mynachod yn gwbod shwt i osod carreg wrth garreg. A'r cyfan yn sefyll ganrifoedd wedyn. Mwy na elli di honni am y bocsys dwi'n eu codi!" Dracht arall o'r ddiod. "Rheswm da dros yr ymweliad, mae'n siŵr?"

Oedodd Daniel am ennyd cyn ateb. "Pen-blwydd priodas, aduniad teuluol a'r mab afradlon yn cael ei orchymyn i ddangos ei wyneb."

"A'r rhieni yn lladd y llo pasgedig fel arwydd o groeso!"

"Ysgol Sul a dyfynnu o'r Beibl! Ochr newydd i chi, Mr Pryce. Dwi erioed wedi gweld ti fel dyn capel chwaith, Alun."

"Dylanwad Mam-gu. Ni'n dau o'r un gwreiddiau, Daniel, ti a fi, er i ni grwydro ychydig o'r llwybr cul. Beth bynnag, dwi'n siŵr y cei di amser da. Awyr iach y wlad. Dim byd yn well i danio'r batris." Pwyllodd cyn ychwanegu'n isel, "Ar wahân i ambell ffics, wrth gwrs."

Yn awyddus i droi'r sgwrs, holodd Daniel am gynlluniau ei gyfaill i ddatblygu darn o dir ar ochr orllewinol y ddinas. Bu'r ddau'n trafod am dipyn cyn i Alun weld gŵr canol oed oedd newydd gerdded i mewn i'r clwb.

"Esgusoda fi, dwi'n mynd i gael gair gyda'r boi 'na. Cadeirydd y Pwyllgor Cynllunio. Deall, on'd wyt ti?"

Roedd Daniel yn deall yn berffaith. Cildwrn bach fan hyn, cildwrn bach fan draw i iro penderfyniadau'r Cyngor, ac Alun Pryce yn llithro'n esmwyth i'w ffortiwn nesaf. Gorffennodd y wisgi a sylwi ar ddyn ifanc oedd yn eistedd ar un o stoliau uchel y bar. Cododd hwnnw ei aeliau, cyfeirio ei lygaid at y cyntedd a symud heibio gyda cherddediad diog dibwrpas, yn union fel petai'n berchen y lle. Nid oedd angen dweud gair. Gwyddai Daniel mai hwn oedd ei gwsmer nesaf. Arhosodd am funud neu ddwy, camu i'r cyntedd ac i'r toiledau tu cefn i'r grisiau. Aeth i sefyll wrth ochr y dyn ifanc, datod ei falog a chanolbwyntio. Daeth rhywun arall i mewn, ac un arall eto fyth, ac roedd Daniel yn dechrau anobeithio. Ni allai aros lawer mwy heb ennyn amheuon a throdd at y fowlen lle roedd y dyn ifanc yn gwneud sioe o olchi ei ddwylo.

"Ti wedi gweld yr ardd?" holodd hwnnw yn ddidaro, ei acen ffroenuchel a'i holl ystum yn cyfleu fod y cwestiwn islaw ei sylw.

"Na."

"Dylet ti. Mae'n werth ei gweld, yn arbennig ar noson mor braf â heno."

Doedd dim neilltuol am yr ardd ar wahân i fainc newydd a choed bychain mewn potiau yma a thraw. Sbeciodd Daniel drwy'r ychydig oleuni a lifai o un o ffenestri'r clwb ac o'r diwedd gwelodd ei gwsmer yn eistedd ar bot pridd wedi'i droi wyneb i waered.

Tawelwch ac yna gofynnodd y dyn, "Y *goods*?"

"'Na pam dwi yma, a tithe hefyd."

"A'r pris?"

"Fel arfer, chwe deg y pecyn."

"Drud. Ma bois Albania dipyn rhatach."

"Iawn. Cer at griw Albania. Yn ôl pob hanes mae hanner eu stwff nhw yn bowdr talcym neu'n fflŵr. Mae beth sy gyda fi yn bur, gant y cant. Fel cwsmer rheolaidd, ti erioed wedi cael achos i gwyno. Plesia dy hun. Ma mwy na digon yn barod i brynu." Trodd Daniel ar ei sawdl a symud i adael yr ardd.

"Howld on, fel soniest ti, cwsmer rheolaidd. Dwi'n haeddu gostyngiad, do's bosib?"

Er na ddefnyddiwyd enwau, roedd Daniel yn adnabod hwn. Mab ac etifedd mân fyddigion, unigolyn wedi hen arfer ei lordio hi dros eraill, codi bys bach a disgwyl i bawb blygu glin. Safodd uwch ei ben i siarad wyneb yn wyneb.

"Gwranda. Y stwff sy'n creu cwsmeriaid rheolaidd, fel dylet ti wybod yn well na neb. Chwe deg punt, dyna'r pris."

Yn anfoddog talodd y dyn a gafael yn yr amlen fechan a hanner daflwyd tuag ato.

Dychwelodd Daniel i'r bar. Roedd y croesi geiriau wedi'i gythruddo ac, yn ddiamynedd, cododd gwydraid o Chablis ac ychwanegu mesur hael o soda. Edrychodd ar ei ffôn a gweld na fedrai loetran os oedd am gyrraedd Glanmeurig cyn oriau mân y bore. Teimlodd symudiad wrth ei ochr a throi i arogli'r persawr oedd mor gyfarwydd.

"Emma, neis gweld ti! O'n i ddim yn gwbod bod ti'n aelod."

"Ers deufis. O'n i gyda'r cyntaf ar ôl i'r *boring old farts* gael ffit farwol a newid y rheolau i dderbyn merched." Closiodd a gwenu, y wên oedd mor chwareus ac mor beryglus. "Nawr, fel un o'r dethol rai sy heb fod yn *old* nac yn *boring*, gei di'r fraint o brynu diod i fi. Fodca a tonic, rhag ofn dy fod ti wedi anghofio."

Sut allai anghofio Emma, ei gyn-gariad wyllt a meistres y berthynas dymhestlog? A dyna'r broblem, roedd Emma bob amser am fod yn feistres, yn brwydro'n ddi-ben-draw a hithau'n mynnu ennill bob tro. Roedd y caru yr un mor ffrwydrol ond blinodd Daniel ar y cega a'r cecru a dwyn y berthynas i ben ac nid oedd yn difaru. O ran harddwch roedd Emma yn meddu ar y trysorau i gyd – llygaid glas tywyll, gwallt euraidd a chorff lluniaidd. Heno gwisgai siaced a throwsus pinc a chrys du wedi'i dorri'n isel i noethi jyst digon o'i bronnau.

Derbyniodd Emma'r ddiod a gosod ei llaw ar ei ben-glin.

"Hoffi'r olygfa? Dwi ar gael o hyd. Ti'n nabod fi a dwi'n nabod ti'n iawn a ni'n gwybod sut i blesio'n gilydd. Sesiwn un noson, beth amdani?"

Brysiodd Daniel i symud ei llaw. "Diolch, ond dim diolch. Trefniadau eraill, Emma, heno a nos yfory i ddweud y gwir."

Roedd y ferch wedi sylwi ar y gwrthod ac roedd llymder y llais yn amlwg yn y frawddeg nesaf. "A ble fyddet ti'n mynd i dreulio dwy noson? Cariad newydd, i lanw bwlch yn dy fywyd?"

Yn yr un modd ni allech amau sbeit y cwestiwn ond roedd Daniel wedi dysgu o brofiad chwerw i atal rhag taro'n ôl. A beth bynnag, petai wedi sôn am yr ymweliad â'i rieni gwyddai y byddai'r stori'n dew ymhlith ei gylch cyfeillion mewn oriau. 'Daniel bach yn mynd i glwydo gyda Dadi a Mami, wastad yn rhedeg adref' neu rywbeth tebyg.

"Mater preifat, Emma, a nawr, os wnei di fy esgusodi?"

Gwnaeth ymdrech i godi ond fe'i rhwystrwyd.

"Daniel," dywedodd yn isel, "dwi angen ffafr, ffafr bersonol. Dwi wedi clywed bod gen ti nwyddau allai fod o help i ferch fach unig fel fi."

Bu Daniel bron â chwerthin. Emma? Yn unig? Anodd credu. Anoddach fyth oedd deall ei chais am y cyffur. Taflodd olwg dros ei ysgwydd a gofyn, "Ers faint?"

"Beth yw'r ots? Oes gen ti stwff?"

"Oes, am bris. Chwe deg punt y pecyn ac anghofia unrhyw nonsens am ostwng y gost i hen gariad."

Ar unwaith roedd yr olwg ar wyneb Emma yn wenwyn. Ymbalfalodd yn ei bag llaw i godi llond dwrn o bapurau ugain punt a phasiodd Daniel yr amlen fechan. Roedd diffyg diolch y ferch yn gwbl fwriadol a gadawodd y bar a'i llygaid tywyll fel cols yn tanio. Ni sylwodd yr un o'r ddau ar y gŵr a eisteddai gyferbyn a oedd un eiliad yn siarad ar ei ffôn symudol a'r eiliad nesaf yn defnyddio'r teclyn i dynnu llun.

*

Er bod yr A470 bron yn wag gyrrodd Daniel yn wyliadwrus, gan lynu at y rhybuddion cyflymder. Pasiodd ambell dacsi ar ffordd ddeuol Merthyr, y ceir yn cludo yfwyr i'w cartrefi fwy na thebyg. Arafodd wrth lywio rownd cylchdro ac os sylwodd ar olau gwantan y beic, yn sicr ni chlywodd y trawiad ysgafn wrth iddo godi sbîd. Yna roedd ar hewl y Bannau gyda lampau halogen yr Audi yn torri striped drwy'r tywyllwch a mentrodd wasgu ychydig ar y sbardun a mwynhau'r profiad wrth i'r car lamu yn ei flaen fel ceffyl rasio o waed pur. Adlewyrchai'r lampau ar ddŵr llonydd y cronfeydd a disgynnodd ymhen dim i ffordd osgoi Aberhonddu. Cyflymodd eto a gweld y nodwydd yn codi i naw deg. Yn sydyn sylwodd ar gar arall y tu ôl iddo, y golau gwyn i gychwyn ac yna fflachiadau'r golau glas. Fe'i goddiweddwyd gan BMW yr heddlu gyda hwnnw wedyn yn glir ei orchymyn i dynnu mewn i fan aros. Twpsyn, twpsyn, meddyliodd.

Plismones bwysodd at y drws, merch ifanc â'i llygaid eisoes wedi'u hen galedu gan esgusodion a chelwydd gyrwyr.

"Mewn hast, syr? Sbîd ffordd ddeuol yw saith deg milltir yr awr. Chi dipyn dros hynna. I ble chi'n mynd?"

Doedd dim amdani ond ymddiheuro a gobeithio'r gorau.

"Sori, chi'n gwybod fel mae hi. Hewl yn wag, car pwerus. Anelu am Gaer ydw i."

"Hmm... Trwydded yrru gyda chi, syr?"

Trwy lwc roedd y dogfennau yn y car. Archwiliodd y blismones y cerdyn plastig.

"Mr Daniel Simmons. Camwch o'r car, os gwelwch yn dda, i gael prawf anadl. Diolch, chwythwch yn galed... Negatif ond ar yr ochr uchel. Iawn, Mr Simmons, dim ond rhybudd y tro hyn." Cerddodd y blismones o gwmpas yr Audi. "O, un peth arall, mae crac yng ngolau'r brêc ochr chwith. Gyrru car mor ddrud, dwi'n siŵr gallwch chi fforddio ei drwsio. Cymrwch bwyll am weddill y daith, syr. Mae pob car mor ddiogel â'r person sydd wrth y llyw."

Roedd y blismones ar fin holi mwy pan glywodd lais o'r BMW. Brysiodd at ei chyfaill heb air ymhellach.

Dihangfa, blydi dihangfa, dywedodd wrtho'i hun. Cyfra dy fendithion, Daniel Simmons. Ailymunodd â'r ffordd gan ystwytho yn y sêt ledr mewn ymgais i ryddhau ei siaced a lynai ar ei gefn mewn boddfa o chwys.

Ymhen ychydig dros awr gadawodd y brif ffordd, trodd wrth fynegbost Glanmeurig a dilyn yr hewl gul. Dau droad arbennig o siarp, pasio ffermydd a'r tai cyntaf, dod at ganol y pentref a gweld y dafarn a ganmolwyd gan Alun. Roedd lampau'r stryd yn taflu gwawl oren dros y cyfan, y gwawl wedi'i amlygu gan darth a lithrai'n flanced isel o geulannau'r afon ar ochr dde yr hewl. Rhwng yr afon a'r hewl safai'r abaty, ei dyrau'n estyn y tu hwnt i'r niwl, a'i weddill yn sgerbwd ac yn dyst i chwant a gwallgofrwydd brenhiniaeth Lloegr. Gyrrodd yn araf, gan wybod o brofiad fod y ffordd fechan yn hawdd ei cholli. Gwelodd y troad jyst mewn pryd a theimlodd deiars yr Audi yn gafael wrth iddo ddringo o'r dyffryn. Yr hewl yn gulach fyth a rhegodd yn dawel wrth synhwyro ei ymateb arferol. Pam, pam oedd yn rhaid i'w rieni ymgartrefu mewn man mor anghysbell? Beth oedd o'i le ar dŷ braf yn un o faestrefi'r ddinas, rywle a fyddai'n hwylus, a hawdd taro i mewn? Na, rhaid cael gardd, rhaid cael golygfa, a'i dad yn mynnu fod ei waith a'i swydd yn mynnu preifatrwydd. Wel, ni ellid dadlau â hynny, roedd y lle yn breifat, a'r tŷ agosaf hanner milltir i ffwrdd. Mwy o ddringo, ac yn y tywyllwch fe basiodd y gât, gorfod symud am yn ôl a rhegi'n uchel wrth i gefn y car daro yn erbyn y clawdd. Gêr cyntaf a gweld yr arwydd bychan, Hightrees, Strictly Private.

Os oedd yr enw'n dangos diffyg dychymyg roedd yn berffaith gywir, roedd y safle gannoedd o fetrau uwchlaw'r afon, a choed pinwydd ymhob man. O leiaf roedd yr hewl erbyn hyn yn wastad a'r wyneb tarmac yn llyfn ac yn rhydd o unrhyw dyllau. Duw a ŵyr faint oedd byw yn y fath unigrwydd yn ei gostio. Daeth at y tŷ a pharcio'r Audi yng nghlos y stablau wrth ochr Jaguar ei dad a Renault ei chwaer. Doedd dim golwg o gar ei fam. Estynnodd am ei fag o'r sedd gefn, diffodd y lampau a cherdded y daith fer am yr adeilad a'i furiau cerrig a'i do llechen. Tarfodd ar dylluan, ei chri yn atsain wrth iddi hedfan i'r dyffryn islaw a'i hadenydd yn sgleinio'n wyn yng ngolau'r lleuad. Ar unwaith cysgodwyd pelydrau'r lleuad gan gwmwl ac yn y tywyllwch llwyr roedd yn falch o olau ei ffôn symudol a'i harweiniodd yn ddiogel at y drws cefn. Ymbalfalodd am yr allwedd ac yna bolltiodd y drws ar ei ôl, gan gofio rhybudd ei dad am ddiogelwch.

Oedodd am fymryn i werthfawrogi cynhesrwydd y Rayburn. Doedd dim smic yn unman ac ar ôl codi gwydraid o ddŵr wrth y sinc croesodd i'r lolfa a dringo'r grisiau i'w stafell wely.

PENNOD 2
DANIEL

'THOMAS BROTHERS, MASTER Builders, Established 1938'. Fel y gwnâi bob bore, edrychodd Dewi Thomas ar yr arwydd wrth gamu o'i gar i'r gweithdy a meddwl am fenter y ddau a sefydlodd y cwmni, ei dad Thomas Thomas, a'i ewyrth William Thomas. Tom a Wil y Woods oeddent i bawb, dau saer coed a ddysgodd eu crefft yng ngogledd Penfro a mudo i'r cwm wyth deg mlynedd yn ôl i gychwyn y busnes. Menter, a dewrder hefyd, gyda llaw oer y dirwasgiad prin wedi gollwng ei gafael ar y gymuned. Gwario talp o'u cynilion ar lain o dir ar ochr ddeheuol y cwm – safle da, haul y bore, golygfa braf a digon pell o'r ffatrïoedd yn y dyffryn islaw. Aeth gweddill y cynilion ar y brics a'r coed, gweithio bob awr o'r dydd ac mewn llai na chwe mis roedd y tai cyntaf ar eu traed. Tai gonest, stafelloedd helaeth, y stwff gorau, a'r crefftwaith yn amlwg ym mhob modfedd. Buddsoddwyd elw'r datblygiad ar ail lain ac o fricsen i fricsen tyfodd y busnes hyd nes bod enw Thomas Bros yn adnabyddus o un pen y cwm i'r llall ac yn farc o lwyddiant. Tan nawr. Roedd llai a llai o dir adeiladu a'r ychydig aceri oedd ar gael yn cael eu bachu gan gewri'r diwydiant, yn barod i wasgu gymaint o focsys ag y gallent ar y llethrau serth. Cowbois, yn ieithwedd ei dad, unigolion dieithr yn ffrindiau i neb ond yn neilltuol o gyfeillgar ag aelodau'r pwyllgor cynllunio. Wel, dyna'r oes, gwaetha'r modd, meddyliodd Dewi, ond, fel ei dad, gwrthododd blygu i'r drefn, gydag yntau a'r cwmni yn dioddef o'r herwydd.

Aeth i'r swyddfa fechan ar y llawr uchaf a darllen, am y degfed tro, y llythyr a dderbyniodd yn gynharach yn yr wythnos, llythyr a achosodd ddryswch a phenbleth iddo.

Annwyl Mr Thomas,

Gofynnir i chi fynychu cyfarfod pwysig yn Swyddfeydd Marcher Montagu, De Breos Court, Parc Busnes Porth Caerdydd yn brydlon am ddau o'r gloch, 21ain Chwefror. Mae dyfodol a pharhad eich cwmni, Thomas Brothers Builders, yn ddibynnol ar eich presenoldeb.

Yn gywir,

Daniel Simmons

Uwch Reolwr,

Banc Masnachol Marcher Montagu.

Doedd Dewi erioed wedi delio â Banc Masnachol Marcher Montagu nac wedi clywed amdano hyd yn oed. Yr unig gysylltiad posib oedd i'r cwmni fancio gyda'r gangen leol o Fanc Marchers yn y cychwyn cyntaf. Ffoniodd reolwr y gangen sawl gwaith i geisio esboniad a derbyn ateb swta bob tro nad oedd neb ar gael, na allai neb drafod y mater a bod y banc a'r banc masnachol yn ddwy uned ar wahân. Gwyddai fod Marchers wedi estyn ac ailestyn y gorddrafft ond rhoddwyd sicrwydd nad oedd achos i boeni a bod y benthyciad wedi'i lwyr warantu gan asedau'r busnes. Gwyddai hefyd i'r tair blynedd diwethaf fod yn anodd ac i'r sefyllfa waethygu'n enbyd. Mwy o gystadleuaeth, cynnydd yng nghost nwyddau a cholli cytundeb yn erbyn consortiwm o Fryste i adeiladu bloc o fflatiau ym mhrif dre'r cwm, dyna'r prif resymau am y dirywiad ariannol. A nawr hwn, llythyr a oedd i bob pwrpas yn mynnu ei bresenoldeb ac yn cynnwys y geiriau brawychus 'dyfodol a pharhad eich cwmni'.

Daeth cnoc ar y drws a chamodd Dai Watkins y cyfrifydd

i mewn. Ymunodd â'r busnes yn syth o'r ysgol ac roedd ei wybodaeth o'r cownts yn ddiarhebol. Roedd Dai yn ddyn teyrngar, cefnogol ymhob storom, person i ennyn a dangos parch. Yn wir, cymaint oedd ei barch at y bòs fel na allai gyfeirio at Dewi wrth ei enw cyntaf a dros y blynyddoedd glynodd at yr arfer yn union fel petai'n adrodd pader. Mr Thomas oedd y tad a Mr Thomas oedd y mab.

Sylwodd Dewi ar yr olwg bryderus ac ar y modd yr hanner cuddiai'r cyfrifydd y papurau yn ei law.

"Rhywbeth o'i le, Dai?"

"Rhain, Mr Thomas. Bil diweddaraf y garej am ddisl a trydydd *demand* Ready Mix. A wedyn fe fyddwch chi'n deall fod rhaid i'r arian fod yn y banc fory i dalu'r cyflogau. Tipyn o glatshen a dwi ddim yn siŵr..."

Roedd y methiant i orffen y frawddeg a'r gostwng llais yn awgrymog. O'i archwiliad prynhawn ddoe sylweddolai nad oedd yr arian yn y cyfri yn agos at y symiau angenrheidiol ond nid oedd am feiddio lleisio'r diffyg mewn geiriau plaen. Byddai gwneud hynny'n croesi ffin anweledig, y ffin o gydnabod mai Dewi oedd y bòs ac mai yntau oedd y gwas.

"Dim problem, popeth yn iawn, Dai. Gweithio'n hwyr neithiwr ac fe wnes i drosglwyddo swm i'r cyfri cyn gadael. Hen ddigon i ymateb i'r holl ofynion ac, i ddweud y gwir, i ddiogelu dyfodol y cwmni am weddill y flwyddyn."

Unwaith eto, os rhyfeddai'r cyfrifydd o ble daeth yr arian ni ddywedodd air. Symudodd at y drws a throi yn ei ôl, "Ydych chi'n cofio, Mr Thomas, fod prif bensaer Apex Design yn galw am ddau i drafod cynlluniau stad Fernhill?"

Damo! Roedd wedi anghofio'n llwyr. Y blincin llythyr 'na wedi gwthio pob peth o'i feddwl.

"Sori, Dai, wedi 'ngalw ar frys i Gaerdydd, union yr un amser. Wnewch chi ffonio Apex i aildrefnu?"

Nodiodd Watkins gan ryfeddu. Roedd y trefniant gyda'r

penseiri yn y dyddiadur ers wythnosau, ac amseriad a phwrpas y cyfarfod yn dyngedfennol. Yn anorfod byddai gohirio'n arwain at golli cyfle i gyflwyno cais gerbron y Pwyllgor Cynllunio, a'r oedi, fel y gwyddai'n well na neb, yn gnoc na allai'r cwmni fforddio.

*

Er bod gan Dewi fras amcan am leoliad Parc Busnes Porth Caerdydd gosododd y Satnav ar y Lexus a chael ei gyfeirio o gyffordd 30 yr M4. Gyrrodd heibio swyddfeydd cwmnïau yswiriant a chardiau credyd, dilyn cyfarwyddiadau'r Satnav a chlywed y llais metelaidd yn datgan ei fod wedi cyrraedd. Adeilad dur a gwydr oedd De Breos Court, yr enw hynafol yn anghydnaws â'r dyluniad modern. Gwelodd, o ddarllen y plât wrth y drws, fod Marcher Montagu ar yr ail lawr, dringodd y grisiau a chael ei hun mewn derbynfa fechan gyda merch ifanc yn eistedd y tu ôl i gownter. Cyhoeddodd ei bresenoldeb a chael yr ateb y dylai aros. Ac aros y bu am agos i hanner awr, er gwaethaf cais y llythyr i fod yn brydlon. Treuliodd yr amser yn sbecian ar deledu ar y mur yn sgrolio drwy'r FTSE a newyddion masnachol hyd nes iddo weld gŵr yn cerdded tuag ato.

"Mr Dewi Thomas? Daniel Simmons. Os wnewch chi ddilyn."

Tywyswyd Dewi ar hyd coridor i swyddfa eang a edrychai allan ar ddinas a Bae Caerdydd yn hytrach na'r draffordd. Roedd y cyfan yn foethus – carped trwchus, desg, fel yr adeilad o ddur a gwydr wrth y ffenest, soffa a chadeiriau esmwyth yn y gornel bellaf. Arweiniodd Simmons y ffordd at y ddesg, gwahodd Dewi i gymryd sedd gyferbyn. Prin iawn oedd y papurau ar y ddesg, un ffeil i ddweud y gwir ac iddi'r teitl 'Thomas Brothers'.

Distawrwydd ac i lanw'r gofod yn fwy na dim, dywedodd Dewi, "Golygfa braf."

Trodd Simmons yn ddi-hid, "Ydi mae'n debyg, os oes gyda chi amser i edrych arni." Ysbaid o oedi ac yna mewn ychydig daeth dyn cyhyrog i mewn a sefyll â'i gefn at y ffenest. "Mr Galvin Myers, cydweithiwr," dywedodd Simmons. Agorodd y ffeil a dechrau archwilio'r colofnau ar y dudalen gyntaf. "Thomas Brothers, Master Builders. Cwmni wedi'i sefydlu gan eich tad a'i frawd a nawr chi yw'r perchennog?"

"Nid yn hollol. Mae'r wraig Margaret a minnau yn gyfarwyddwyr ond fi sy'n rhedeg y busnes o ddydd i ddydd."

"Mae gan y cwmni lefel uchel o ddyledion. Fel y galla i weld, yn agos at hanner can mil yn ddyledus i gredydwyr ac wrth gwrs benthyciadau banc, ddwy flynedd yn ôl un pwynt tri miliwn sydd wedi codi erbyn heddiw i ddau pwynt naw miliwn. Rheolwr Marchers yn annoeth wedi estyn ac ailestyn y benthyciad."

Er iddo gael ei synnu aeth Dewi ati ar fyrder i wrth-ddadlau. "Bydd y credydwyr yn cael eu talu wythnos hon yn dilyn mewnlifiad o gyfalaf. Dyw Marchers erioed wedi cwyno ac mae'r holl fenthyciad wedi'i warantu yn erbyn asedau'r cwmni."

Mwy o droi tudalennau. "Dyw'r wybodaeth ddiweddaraf ddim yn cynnwys y cash newydd. O ble daeth y swm yw'r cwestiwn. Ta waeth. Chi'n honni bod benthyciad y banc yn saff o'i osod yn erbyn yr asedau. Beth yw'r asedau, Mr Thomas?"

"Nwyddau yn y gweithdy, y gweithdy ei hun, lorïau a pheiriannau, tir ym mhentre Fernhill a chytundeb i adeiladu stad o dai ar y safle. Ac wrth gwrs, enw da y cwmni."

"Diolch, awn ni drwy'r rhestr. Nwyddau, brics, sment, coed ac ati, asesiad teg – deg mil. Y gweithdy, hen adeilad, mynediad anodd ar hyd hewl gul ac mewn cornel ddiflas. Eto, asesiad teg – tri chan mil mewn marchnad ffafriol. Cerbydau a pheiriannau, eto yn hen, gwerth nesa peth i ddim. Tir a'r cytundeb i adeiladu. Chi heb gael caniatâd cynllunio, a heb hwnnw mae'r tir i bob pwrpas yn ddiwerth. Yn ariannol, does gan y cwmni ddim enw da. Yr hyn *sydd* gyda chi yw asedau o efallai bedwar can mil yn erbyn dyledion o bron tair miliwn."

"Arolwg afreal a hynod o besimistaidd, os ga i ddweud. Beth bynnag, pa fusnes yw hyn i chi?"

"Realistig, nid pesimistaidd, Mr Thomas. Reit, digon o drafod. Bydd Galvin yn egluro rhan Marcher Montagu yn y penderfyniadau ac yn esbonio amcan y llythyr."

Camodd Galvin Myers at y ddesg i estyn cytundeb o'r ffeil.

"Mae banc masnachol Marcher Montagu wedi prynu holl ddyledion Thomas Brothers o fanc Marchers. Mae hyn yn drefniant arferol pan fydd cwmnïau'n wynebu dyfodol ansicr ac mewn peryg o fynd yn fethdalwyr. Gan fod cyfran sylweddol o'r ecwiti, sef y dyledion, nawr yn nwylo Marcher Montagu, ni i bob pwrpas yw perchnogion y cwmni. Dyna'r rheswm am y geiriau 'dyfodol a pharhad' yn y llythyr. Mae'r cyfan yn gwbl gyfreithlon, fel y gwelwch chi o astudio'r cytundeb."

Rhythodd Dewi ar y dyn mewn anghrediniaeth lwyr. "Be, chi'n disgwyl i fi dderbyn hynna? Wna i ddim gwastraffu eiliad i astudio'r gytundeb. Chi'n siarad rwtsh." Cododd a gweiddi, "Dwi'n gadael ac fe gewch chi fynd i'r diawl, chi a'ch blydi banc!"

Croesodd Myers i ochr arall y ddesg a gwthio Dewi yn ôl i'w sedd. "Aros di lle rwyt ti. Paid â rhegi a phaid â bod yn dwp. Bydd yn ofalus. Dyfodol a pharhad, cofio? Byddai hyd yn oed twpsyn fel ti'n deall fod gyda ti un cyfle ac mae bodolaeth y cwmni yn llwyr yn dy ddwylo di."

"Ti'n bygwth?"

"Na, gormod o drafferth. Ni wedi ennill y frwydr yn barod. Nawr, os oes gyda ti ronyn o sens fe wnei di lofnodi hwn, bydd pawb yn hapus ac fe gei di fynd adre."

"Byth! Ildio i ryw hefi fel ti! Ti fel rhyw fownsar mewn clwb amheus."

Culhaodd llygaid Myers ac yn ei dymer gallech weld ei fod ar fin taflu ergyd.

"Dyna ddigon," rhybuddiodd Simmons. "Eisteddwch, Mr Thomas a thawelu. Mae gan Galvin ei ddulliau braidd yn gorfforol ac mae gen i ddulliau gwaraidd, dulliau perswâd. Mae angen eich perswadio chi nad oes gyda chi ddewis mewn gwirionedd. Llofnodi'r cytundeb i drosglwyddo perchnogaeth neu fe fyddwn ni'n gwthio'r cwmni i fethdaliad. Fe allwn ni wneud hynny'n hawdd ac yn gyfreithlon, asedau o bedwar can mil, dyledion o dair miliwn. Dim cwmni, dim cyflogaeth, dim pensiynau."

*

Gafaelodd Daniel yn y botel o Glen Grant o ddrôr y ddesg ac arllwys mesur hael iddo'i hunan ac i Galvin.

"Diolch i ti am chwarae dy ran mor gredadwy. Mymryn o fygwth ac roedd y boi fel oen i'r lladdfa. Sdim rhyfedd fod yr hwch wedi mynd drwy'r siop. Mae'r dyn yn llipryn. Meddylia, derbyn y groten o'r dderbynfa fel tyst, idiot."

"Falle nad yw e cweit cymaint o idiot, Daniel. Bydd rhaid i ni dalu cyflogau a chynnal y cynllun pensiwn."

"Rheol euraidd cyn llofnodi unrhyw ddogfen. Archwilio pob brawddeg, pob gair gyda chrib fân a chael cyfreithiwr siarp wrth dy ochr. Methiant arall ar ran y ffŵl. Mae'r cytundeb yn ein clymu ni i gyflogi'r staff am flwyddyn a dyna ddiwedd y stori. Am y cynllun pensiwn, mae wedi'i werthu'n barod."

Chwibanodd Myers gan edmygu'r hyfdra. "Ti wedi codi'n fore, Daniel! Beth am Marcher Montagu, sut maen nhw'n elwa? Fel wnest ti ddadlau, twll o ffatri a llain o dir da i ddim."

"Ail reol, Galvin. Cyn mentro, gwna dy ymchwil. Twll o ffatri, gwerth dwy a dimau heddiw. Ond dwi'n digwydd gwybod bod llwybr ffordd osgoi y cwm yn debygol o arwain reit drwy ganol y safle, yn ôl ffynhonnell ddibynadwy yn y Cynulliad. Dwy a dimau heddiw, miloedd ar filoedd fory. Y darn tir yn Fernhill. Y lembo Thomas wedi ffaelu cael caniatâd cynllunio oherwydd nad yw e'n barod i iro'r olwynion. Mae gen i ffrind yng Nghaerdydd, adeiladydd o'r enw Alun Pryce sydd â'r gallu i wasgu caniatâd cynllunio o unrhyw gyngor rhwng Casnewydd a Chaerfyrddin. Diferyn arall, Gal, i ddathlu'r bonws?"

*

Bu raid i Dewi ddioddef sawl canu corn a dod yn agos at ddamwain ar y siwrnai'n ôl ar hyd hewl droellog y cwm. Sylweddolai ar derfyn diwrnod hunllefus fod dwy dasg ddiflas eto yn ei aros – dweud wrth y gweithlu nad ef bellach oedd perchennog y busnes, a chyfaddef i'w wraig iddo godi morgais enfawr ar gartref y teulu i lenwi'r bylchau yng nghyfrifon y cwmni.

PENNOD 3

SAFAI SIOP TRIN gwallt Hair Apparent ar ben rhes o siopau di-nod mewn ardal dlawd o'r ddinas. Ar yr adeg hon o'r nos roedd y siop yn hollol dywyll ond roedd golau yn y ddwy ffenest uwchben. Pasiodd lori enfawr yn cludo nwyddau i'r archfarchnad gerllaw ac fe'i dilynwyd gan Range Rover, gyda hwnnw wedyn yn parcio y tu allan i'r rhes. Car anarferol i ardal oedd yn nodedig am fandaliaeth a lladradau ond gwyddai'r gyrrwr na fyddai neb yn meiddio gosod bys ar y cerbyd drud. O ran arfer yn fwy na dim gwasgodd y rimôt i gloi'r car a gosod y sustem ddiogelwch, gan groesi'r palmant at y drws wrth ochr y siop. Dringodd y grisiau a chamu i mewn i ystafell hirsgwar, gyda desg yng nghanol y llawr, cadair o'i blaen a thu ôl iddi, a chwpwrdd diod yn erbyn y wal ar yr ochr dde i'r ddesg. Roedd y carped yn dyllog, ei batrwm wedi hen dreulio, a'r cwbl yn creu argraff o fusnes yn ymdrechu i gael dau ben llinyn ynghyd. Ond roedd y gwirionedd yn wahanol. Ffrynt oedd yr olwg siabi i guddio'r fasnach broffidiol o ddelio mewn cyffuriau, ac yn yr un modd, ffrynt oedd yr Hair Apparent bondigrybwyll, twyll o siop, yno i olchi arian yn hytrach na golchi gwallt.

Tad a mab, Carl a Lee Risley, oedd pen bandits y cyfan. Ugain mlynedd, dyna'r bwlch oedran rhwng y ddau a hyd yn oed ar edrychiad sydyn gallech weld y tebygrwydd. Roedd y ddau'n foel, Carl yn naturiol felly gyda mymryn o flewiach gwyn ar ei gorun a'i war. Bwriadol oedd moelni Lee, ei wallt tywyll yn bigau bygythiol ar draws ei ben, a bwriadol hefyd oedd y farf, ei thyfiant yn hanner ymdrech i guddio'r graith ar y foch dde. Roedd gan y ddau yr un rhimyn o wefus yn troi yn bwdlyd ar eu hymylon i greu darlun o anniddigrwydd parhaol. Y llygaid glas, caled oedd y nodwedd fwyaf trawiadol, byth yn llonydd, yn heriol sbecian ar bawb a phob peth a'u neges yn fwy llafar na geiriau – paid ti mentro, neu fe gei di dy daro. Eisteddai Carl y tu ôl i'r ddesg yn gwylio ei fab yn symud at y gadair gyferbyn. Cymerodd blwc ddofn ar ei sigarét gan chwythu mwg i'r stafell a oedd eisoes yn las. Pwl o beswch cyn edrych yn syth i lygaid ei fab.

"Ti 'di bennu'n gynnar. Ffag?"

"Dim diolch, a dylet ti roi'r gore i'r smôcs. Rhyw ddiwrnod gwmpi di'n farw achos y ffags."

Chwarddodd Carl yn wawdlyd a pheswch yr eilwaith. "Byddwn ni i gyd yn cwmpo'n farw rhyw ddiwrnod, Lee. Pawb â'i gyffur, fel y dylet ti wybod yn well na neb. Fel wedes i, ti 'di bennu'n gynnar, felly sneb wedi cwyno? Jyncis i gyd 'di talu?"

"Un o'r gloch y bore ddim yn gynnar. Dylet ti fynd o un clwb i'r llall i gwrdd â'r cwsmeriaid rhywbryd. Un pwrsyn heno'n barod i gynnig shag 'da'i ferch bymtheg oed i brynu ffics."

"'Nest ti ddim derbyn, gobeitho!"

"*Come on*, ti'n gweld fi fel *paedo*, neu be? *No way*. Croen ac esgyrn oedd hi, ac yn dilyn dibyniaeth ei thad ar gocên. Arian parod, dim byd arall. Ti'n gwbod ble wyt ti gyda cash. Osgoi problemau. Tasen i 'di cysgu 'da'r slwten, bydde Dadi yn bygwth blacmel cyn i ni droi rownd. Ti ddysgodd y wers 'na i fi, Dad, dangoswch yr arian a gewch chi'r stwff. Roedd pawb yn barod i dalu heno. Dyma ti."

Gosododd Lee amlen drwchus ar y ddesg, camu at y cwpwrdd diod ac arllwys joch dda o frandi. Wrth iddo wneud gafaelodd ei dad yn yr amlen a gwagio ei chynnwys, yn bentwr o bapurau deg ac ugain punt. Os oedd yn rhyfeddu at weld y fath swm ni ddangosodd hynny ac yn wir fe gyfyngwyd ei ymateb i un gair, "Faint?"

"Pum mil. Iawn am un noson o waith."

"Mwy na iawn. Blydi grêt! Dere â'r botel inni gael dymuno iechyd da i bob drygi pathetig. Digon fan'na i brynu'r stoc nesa ac i lanw poced y snichyn ditectif 'na."

Gwrthododd Lee estyn am y brandi ac am reswm da. Roedd wedi hen arfer â thymer ei dad a gwyddai y byddai ei newyddion yn esgor ar ffrwydrad a allai arwain at falu'r botel a'r gwydr yn deilchion.

"Cyn iti ddechrau dathlu, mae 'na broblem." Pasiodd ffôn symudol i Carl a dweud, "Edrych ar y llun."

"Ydw i fod i nabod rhain? Mae'r boi yn gyfarwydd, sdim syniad am y ferch."

"Paid poeni am y ferch, *fe* sy'n bwysig. Daniel Simmonds, un o reolwyr Marcher Montagu, y banc ni'n defnyddio. Mae Simmons yn gwbod shwt i gladdu'r arian mewn llefydd fel y Cayman Islands a Panama. Ni 'di talu digon iddo fe."

"Sori, Lee, dwi ddim yn deall."

"Edrycha ar y llun 'to."

Gwasgodd Carl y swits ar lamp y ddesg, gosod y ffôn o dan y golau llachar a sbecian ar y sgrin fechan. Er gwaethaf ymdrechion Simmons gallech ei weld yn pasio pecyn bychan i'r ferch.

"Ie, wel?" dadleuodd. "Boi yn rhoi ffics i'w gariad. Sdim byd yn bod ar hynny, oes e? Pob lwc iddo fe, weda i. Jyst bod e'n prynu'r stwff wrthon ni."

Ochneidiodd Lee yn dawel. Weithiau roedd ei dad, brêns honedig y busnes, yn hynod o dwp.

"Ie ond drycha, mae e'n gwerthu. Mae'r llun nesa'n dangos y ferch yn talu. Ac roedd Simmons wedi gwerthu i o leia ddau arall."

"Pryd a ble mae hyn?"

"Yn gynharach heno yn Blades."

"Blades? Tu fas i'n tir ni."

"A dyna'r blydi pwynt! Roedd Simmons yn gwerthu ym mhatsh criw Albania. Mae'r ddau nytces, Ramiz ac Andri, yn siŵr fod Simmons wedi bod yn delio ers rhyw wyth wythnos. Ramiz dynnodd y llun." Oedodd Lee am eiliad cyn trosglwyddo'r ergyd farwol. "Os nad y'n ni'n stopio Simmons maen nhw'n bygwth rhyfel waedlyd eto fel llynedd. Colli dau a bron cael ein dal."

Cododd Carl, rhoi cic nerthol i'r gadair a dyrnu'r ddesg.

"Ffycin hel, ffycin ffycin hel!" gwaeddodd. "Os oedd y lembos yn ymwybodol ers wyth wythnos, pam aros tan nawr? Gallen ni fod wedi taro Simmons ar unwaith a rhoi diwedd ar hyn."

"Cofia, mae Ramiz ac Andri yn neidio ar bob cyfle. Tacteg yw hyn. Mae 'na fwy. Mae rhaid i ni dalu i wneud yn iawn am y gwerthiant maen nhw 'di colli, can mil medden nhw, a swm arall ar ben hynny i gadw'n dawel."

Trodd wyneb Carl yn goch borffor cyn iddo frathu'r cwestiwn, "Faint i gyd?"

"Cant a hanner k a setlo'r ddêl mewn pedair awr ar hugain."

"Be? Ti'n jocan."

"Dwi ddim 'di bod mwy *serious*. Sdim dewis. Rhaid talu i osgoi gwaed ar y stryd. Gan gynnwys ein gwaed ni."

Er gwaethaf y llond cart o newyddion drwg gwyddai Carl fod rhaid holi ymhellach.

"Ble mae Simmons 'di prynu, a shwt mae e 'di talu?"

"Lerpwl, Manceinion? Digon yn barod i ddelio. Ma'r boi'n *loaded*. Simmons oedd yn derbyn a gosod ein harian ni. Dim ond fe sy'n gwbod o ble'n union daeth yr arian a shwt i roi stop ar y cyfan. Ti 'di bod yn cadw cownt? Dwi ddim. Digon posib ei fod e wedi'n twyllo ni *a'r* Albaniaid."

Distawrwydd llethol. Ailfeddiannodd Carl ei hun, estyn am y brandi gan lyncu'n ddwfn yn syth o'r botel cyn gorchymyn, "Mae'n amser ymweld â Mr Daniel Simmons i leinio'r cythrel a gwasgu'i geillie am bob ceiniog."

Cwblhawyd un weithred fechan cyn gadael. Casglodd ddau bistol Glock naw milimetr i rymuso'r perswâd a'r dial.

*

Parciwyd y Range Rover yn yr unig fwlch yng nghwrt y fflatiau – bwlch un deg tri, yn syth ochr draw i ddrws gyda'r un rhif. Doedd neb o gwmpas a cherddodd Carl a Lee yn hyderus at y drws fel petai'n hollol normal i dalu ymweliad yr adeg yna o'r bore. Yn naturiol, ni thrafferthwyd i ganu'r gloch gan nad oedd y ddau am gyhoeddi eu dyfodiad. Er gwaethaf yr olwg gref a chymhleth ar y clo fe'i trechwyd yn gyflym. Gafaelodd Lee mewn bwndel o allweddi, pwyso at dwll y clo ac ar y pedwerydd cynnig agorodd y drws yn llyfn. Croesodd y ddau drothwy'r fflat a chamu i gyntedd bychan gyda charped trwchus ar y llawr. Mentrodd Carl gynnau tortsh fechan ac yn ei golau arweiniodd y ffordd ar hyd y grisiau i'r lolfa ar y llawr cyntaf. Roedd y lle mewn tawelwch llethol a'r gegin drwy'r drysau dwbl yn hollol wag. Gan ddisgwyl canfod Simmons yn un o'r stafelloedd gwely cymerodd Lee fwy o ofal fyth wrth ddringo'r ail set o risiau.

Dychwelodd ar ei union. "Dyw e ddim 'ma."

"Ti'n siŵr?"

"Hollol siŵr. Sneb yn unman."

Symudodd Carl at ffenestri'r lolfa i gau'r llenni yn ofalus ac ar ôl sicrhau na fyddai smic o olau'n dianc cynheuodd y lamp ar fwrdd gwydr yng nghanol y llawr. Hyd yn oed yn ei goleuni isel ni allech lai na rhyfeddu at gyfoeth a moethusrwydd y lle – teledu enfawr ar ail fwrdd isel wrth wal fewnol, cwpwrdd o wydr a choed derw wrth ei hochr, sustem sain ddrudfawr ar un o'r silffoedd gyda chasgliad o gryno-ddisgiau uwchben. Crogai darlun olew ar y wal rhwng y cwpwrdd ac un o'r ffenestri – darlun o ferch noeth a golwg hunanfodlon ar ei hwyneb. Roedd dwy soffa o ledr brown golau o bobtu'r bwrdd gwydr a chadair o'r un defnydd gyferbyn â'r teledu. Suddodd Carl i'r gadair gan werthfawrogi ystwythder ac arogl y lledr.

"Dim ond y stwff gore i Mr Daniel Simmons," cyhoeddodd yn goeglyd. "Gas gen i feddwl mai ni sy wedi talu am lot o'r stwff 'ma."

"Ocê, Dad, ni'n gwbod. Be nesa?"

"Syniad o amser y llun ar y ffôn?"

"Ugain munud wedi un ar ddeg heno."

"Ac mae nawr bron yn ddau y bore. Digon o gyfle i Simmons fynd yn bell o 'ma." Pwyllodd Carl i ailarchwilio'r stafell, a sylwi ar fiwro bychan wrth ymyl y drysau i'r gegin ac yn fwy neilltuol ar y gliniadur sgleiniog ar dop y biwro. "Chwilio, Lee, 'na'r peth nesa. Yffarn o ots am y *mess*. Dechre gyda droriau'r biwro."

Croesodd Lee at y dodrefnyn. "Pob drâr ar glo."

"Wel, mwy o reswm i weld be sy tu fewn, y llo! Cer i nôl cyllell."

Wrth i Lee ufuddhau ceisiodd Carl ddihuno'r gliniadur a methu. Dychwelodd y mab a gwthio cyllell finiog i un drôr ar ôl y llall. Yn dilyn rhwyg o brotest o'r coed derw, llwyddodd, gan arllwys cynnwys y droriau blith draphlith ar y llawr.

"Chwilia am ddyddiadur neu lyfr nodiadau a manylion y compiwtar."

Roedd Lee yn amheus – onid oedd pawb call yn defnyddio iPad erbyn hyn? Yn groes graen dechreuodd ar y dasg o ymbalfalu drwy'r dogfennau a'r cyfrifon banc. Pocedodd fwndel o arian sychion ac o dan yr arian daeth ar draws pasbort.

"Wel, dyw e heb fynd dros y dŵr."

Twriodd yn ddyfnach yn y domen o bapur, codi llyfryn bychan a darllen ar y dudalen gyntaf y geiriau 'Gwybodaeth bersonol.' Ac yno ar dop y dudalen gwelodd gyfuniad o lythrennau a ffigurau, DDS13MM. Twpsyn, meddyliodd, er dy ddyfeisgarwch a'th gyfoeth, ti'n dwpsyn, Simmons – defnyddio llythrennau dy enw, rhif dy gartref a llythrennau man gwaith fel cyfrinair. Pasiodd y llyfryn i'w dad, pwysodd hwnnw'r botymau perthnasol ar y gliniadur a goleuwyd y sgrin.

Symudodd Carl o'r neilltu gan wylio ei fab yn sgrolio o un ffeil i'r llall. Roedd Lee yn hen gyfarwydd â'r meddalwedd ac ymhen dim o dro dangoswyd calendr yn llawn apwyntiadau. Ar archiad y llygoden, llifodd y golofn o un cofnod i'r llall nes dod at y llinell olaf un. Roedd y neges yn fyr ac yn gwbl ddadlennol: HEDDIW, PEN-BLWYDD PRIODAS MAM A DAD. Bwydwyd y cyfenw Simmons i'r ffeil gysylltiadau ac yn ddidrafferth datgelwyd y manylion: HIGHTREES, GLANMEURIG SY26 5PH. Cipiwyd y gliniadur ac roedd y ddau ar fin gadael pan sylwodd Carl ar lun ymhlith y pentwr papurau – ffoto o ddyn trahaus yr olwg mewn dillad barnwr.

*

Lee oedd yn gyrru, yn cadw un llygad ar y ffordd a'r llall ar Satnav y Range Rover a ddangosai neidr o hewl yn erbyn cefndir tywyll. Bob hyn a hyn torrwyd ar draws distawrwydd y daith gan lais Americanaidd yn datgan cyfarwyddiadau. Rywle rhwng Aberhonddu a Llandrindod methodd Lee y ffordd, mentro ar lôn gul a glanio yng nghlos fferm lle dihunwyd corws o gŵn defaid. Er gwaethaf rhegfeydd a phrotestiadau ei dad, canolbwyntiodd ar heglu o'r fan ac, o glustfeinio ar lais a chyfarwyddiadau y Satnav, ailganfuwyd y brif ffordd. Teithio wedyn tan iddo weld yr arwydd am Glanmeurig a gyrru ar hyd yr union hewl a ddefnyddiwyd gan Daniel Simmons rai oriau ynghynt. Ni thalodd yr un o'r ddau sylw i'r dafarn na'r abaty ond ar orchymyn y Satnav fe dalwyd sylw manwl i'r troad i'r chwith gyda Lee yn dewis gêr isel i daclo'r rhiw serth. Gyrwyr y ddinas oedd Carl a Lee ac fe'i rhyfeddwyd wrth droi cornel arbennig o siarp i weld llwynog yng nghanol yr hewl, ei lygaid yn disgleirio'n fygythiol yng ngolau'r car. Diflannodd y creadur i'r coed pinwydd ac wrth symud ymlaen darllenodd Lee yr enw Hightrees yn môn y clawdd a llywiodd ar hyd y lôn breifat.

Gorchmynnodd Carl, "Slow bach nawr, ni'n agos."

Sbeciodd drwy'r gwyll a chraffu ar gysgod adeilad yng ngolau'r lleuad.

"Stopia fan hyn. Gerddwn ni at y tŷ, a cofia, dim gair."

Stelciodd y ddau ar hyd y dreif ac er y rhybudd am dawelwch ni allent osgoi crensian y graean o dan draed. Roedd tri char yn y clos bychan. Pwyntiodd Lee at yr Audi a sibrwd, "Car Simmons. Ma fe 'ma."

Daethant at y drws cefn ac ym mhelydr y tortsh gwelodd y ddau ei fod wedi'i folltio – dim pwynt felly rhoi cynnig ar y bwndel allweddi ac roedd malu cwarel o wydr yn ormod o risg. Cyfeiriodd Carl y tortsh heibio'r drws, gweld ffenest a oedd yn gilagored a rhoi pwt i'w fab. Nodiodd hwnnw, croesi at y ffenest, ei hagor a diflannu i mewn. Mewn chwinciad daeth Lee yn ôl i'r golwg, dadfolltio'r drws a chamodd y ddau yn wyliadwrus dros stepen lechen i'r gegin. Llifai ychydig o olau drwy baneli gwydr y drws ac roedd rhifau'r cloc yng nghorff y Rayburn yn taflu rhyw olwg werdd i gorneli'r stafell. Roedd cypyrddau pin ar hyd y muriau, cwpwrdd mwy yng nghanol y llawr a geriach cegin ar arwynebau'r cypyrddau gwaelod. Ar ochr dde'r drws, ar wal gerrig wreiddiol yr adeilad, crogai rhes o bedolau arian a hen gyfrwy a thu hwnt iddynt roedd dresel Gymreig, ei silffoedd yn llawn llestri a jygiau.

Arweiniodd Carl y ffordd allan o'r gegin ac wrth i Lee ddilyn tarodd ei fraich yn erbyn sosban bres a dim ond drwy ymdrech lew yr achubwyd honno rhag syrthio i'r llawr. Safodd y ddau yn stond wrth i Carl frathu rheg dan ei wynt. Fodd bynnag roedd y tŷ yr un mor dawel, a gyda mwy o ofal fyth cropiodd Carl a Lee i lolfa enfawr. Ychydig mwy o olau yma, a'r tu hwnt i goridor ym mhen pellaf y lolfa gellid gweld y grisiau yn esgyn i'r llofftydd. Estynnodd Carl am ei Glock gan amneidio i Lee wneud yr un fath. Er bod y stâr yn hen ni chafwyd gwich o un o'r ystyllod ac yma eto roedd y carped trwchus yn claddu sŵn y dringo. Daethpwyd at landin a thrwy ddrysau a oedd fymryn ar agor gallech glywed anadlu dwfn a chwyrnu. Gyda'i ddryll pwyntiodd Carl at yr ail a'r trydydd drws a symud yn ysgafn at y cyntaf.

Llifai ychydig o olau i mewn i'r stafell, digon i weld dau yn cysgu'n llonydd yn y gwely llydan. Anesmwythodd yr unigolyn ar yr ochr dde, troi i lapio'r cwrlid o'i amgylch ac ailafael mewn cwsg. Gam wrth gam llithrodd Carl at ben uchaf y gwely, pwyso ar y gobennydd a gosod y gwn yn erbyn y foch. Am ennyd yr unig ymateb oedd gwthio'r arf o'r neilltu, gweithred gyffelyb i symud gwybedyn neu ymgais i waredu bygythion hunllef. Yna mewn hunllef go iawn teimlwyd oerni baril y gwn ac agorodd y llygaid mewn braw. Ofer oedd ymdrech y ddynes i sgrechian wrth i Carl fygu unrhyw sŵn gyda'i law nerthol.

Pennod 4

"Bore da! A dyma chi, pob un gytre i ddathlu 'da Dad a Mam. Sdim golwg dathlu ar hyn o bryd. Sori, ond mater o raid. Daw popeth yn glir."

Ffals wrth gwrs oedd yr ymddiheuriad ac mewn gwirionedd roedd Carl yn mwynhau arglwyddiaethu dros bedwar aelod o deulu'r Simmons yn eistedd ar wahân yn oerni'r lolfa. Nododd y sioc ar eu hwynebau a thybio fod y pellter rhyngddynt yn fwriadol, rhyw fath o ymdrech wyliadwrus i osod bwlch, a neb yn gwybod beth oedd i ddod a phawb yn ofni'r gwaethaf. Trodd at y pâr hŷn yn y gornel agosaf a'u cefnau at y ffenest ddwbl.

"Y Barnwr a Mrs Simmons." Gwenodd yn sbeitlyd cyn parhau, "Ond i ddangos bod pawb yn ffrindie, defnyddiwn ni'n henwau cynta, ie?"

Y gŵr atebodd yn swrth a swta, "John a Miriam."

Roedd y llais yn gryf ac yn ddwfn, llais dyn yn gyfarwydd â rhoi gorchmynion gan ddisgwyl ufudd-dod digwestiwn, y math o ddyn a welai bawb arall yn llai clyfar nag e. Hyd yn oed yn ei ddillad nos roedd ei ymddygiad yn awdurdodol a grymus. Gwallt llwyd wedi'i dorri'n fyr yn codi'n syth o'r talcen llydan. Roedd ei lygaid bron o'r golwg ond wrth iddynt wibio o un pen o'r stafell i'r llall ni allech lai na sylwi ar eu fflachiadau tywyll ac ar y modd roedden nhw'n craffu ar y manylyn lleiaf heb ddatgelu dim. Roedd y trwyn yn gam, canlyniad damwain efallai neu ymrafael, er prin y gellid dychmygu hwn yn colli unrhyw frwydr erioed – yn gorfforol neu'n feddyliol. Roedd y geg wedi'i gwasgu i linell bendant a'r cyfan yn cyfleu darlun o berson yn rhyfeddu y gallai unrhyw un fod wedi tarfu ar sancteiddrwydd ei gartref.

Eisteddai Miriam Simmons ar ben arall y soffa. Yn wahanol i'w gŵr, roedd hi'n wirioneddol nerfus, ei gwallt blêr yn gorwedd yn glymau anniben ar ei hysgwyddau a chochni annaturiol ar ei bochau. Hawdd gweld iddi unwaith fod yn hardd ond roedd y tlysni bellach megis cysgod, crychau eglur a chraith ar ganol ei thalcen yn anharddu'r wyneb a'r corff yn denau ac esgyrnog. Nid oedd eiliad yn llonydd, byth a hefyd yn pwyso'n ôl ac ymlaen a'i dwylo'n gyson symud o blethiad ar draws ei chanol i afael yn dynn yn ymyl y soffa fel rhywun yn chwilio am sicrwydd. Y nodwedd amlycaf oedd ei hamharodrwydd llwyr i edrych ar ei gŵr, bron ei bod yn gwadu ei fod yno. Yn hytrach, syllai'n wag i gyfeiriad y drws a arweiniai i'r gegin yn union fel petai'n disgwyl rhyw angel gwarcheidiol i'w hachub hi a'i theulu o'u hunllef.

Roedd Carl yn sefyll union gyferbyn â thrydydd aelod o'r teulu, merch ifanc yn hanner gorwedd mewn cadair freichiau. Gwisgai ddilledyn nos gwyn a gŵn nos sidan porffor wedi'i lapio'n dynn amdani. Ar ei gwddf crogai cadwyn aur ac roedd modrwy aur ar fys canol y llaw dde, y gadwyn yn ysgafn ond y fodrwy yn drwchus a garw. Etifeddodd lygaid tywyll ei thad ac roedd yr un her ynddyn nhw hefyd. Yr unig un ym marn Carl a fyddai'n awyddus i daro'n ôl, yn barod mewn fflach i ymladd, a hi oedd yr un felly i'w gwylio a'i thrin yn garcus. O'r herwydd mesurodd ei gwestiwn yn ofalus, "Enw?"

Cafwyd saib, gofod a ymddangosai'n oes yn nhawelwch y stafell. Yna, o'r diwedd, a bron mewn sibrwd daeth yr un gair, "Lydia."

"Sori? 'Nes i ddim cweit clywed..."

Edrychodd y ferch arno gyda dirmyg cyn brathu'r enw, "Lydia! A gan ein bod *ni'n* rhoi enwau beth amdanoch chi a'r gwas bach, y bwbach wrth y stâr? Pam mae eisie gynnau? I'n saethu ni mewn gwaed oer? Ni'n gwbl ddiamddiffyn. Math rhyfedd o ddewrder, digon hawdd bod yn ddiawl dewr â dryll yn eich llaw."

Cododd gwrid i wyneb Carl, culhaodd ei lygaid yn ddau rimyn caled ac anadlodd yn ddwfn. Roedd hon, y bitsh ddi-hid, wedi codi ei wrychyn ond ymdrechodd i reoli ei dymer. Dim nawr, dywedodd wrtho'i hun, dim nawr, falle nes ymlaen fe ddaw cyfle i ddysgu gwers iddi.

"Ma un 'ma sy'n nabod ni'n iawn." Trodd Carl at Daniel Simmons ac aros yn ofer am ateb. "Dere, dwed shwt ti'n nabod ni."

Daniel oedd bellaf oddi wrth y lleill, yn eistedd mewn hanner cwrcwd ar wal isel o gerrig a oedd yn ymestyn o'r lle tân. Ni chafwyd argoel o ateb. Edrychai'n anesmwyth ac roedd y cryndod yn amlwg wrth iddo afael mewn macyn i sychu'r chwys oddi ar ei dalcen.

"Ti 'di colli dy dafod?" awgrymodd Carl. "Rhyfedd, a tithe'n foi mor siaradus, dyn â *brains*, barod i droi pob tric i neud arian. Barod i fentro, yn enwedig 'da arian mêts sy 'di talu'n ddrud am dy help." Pallodd amynedd Carl ac ar ôl nòd bychan at Lee croesodd hwnnw at Daniel, y gwn yn ei law. "Angen bach o berswâd? Dwed, glou!"

Gafaelodd Lee ym mraich Daniel a'i phlygu yn erbyn ei gefn hyd nes iddo wingo mewn poen. Tynhaodd y gafael a gyda phwniad nerthol syrthiodd Daniel i'r llawr. Roedd Lee ar fin plannu cic yn ei asennau ond ar rybudd ei dad peidiodd yr ymosodiad mor fuan ag y cychwynnodd.

Roedd yr awyrgylch wedi newid ac aelodau eraill y teulu'n deall fod yr ymwelwyr o ddifri. Safodd Carl, yn syllu ar yr olygfa, "Reit, Daniel, ateba glou, i stopio cael mwy o ddolur."

"Carl a Lee Risley. Cyfeillion busnes, cwsmeriaid yn Marcher Montagu."

"Rhy blydi poleit, Danny Boy! *Come on*, y ffeithiau i gyd. Beth yw'n busnes ni a shwt wyt ti'n helpu ni?"

Sylweddolodd Daniel nad oedd modd osgoi'r gwir. "Mae Carl a Lee yn delio mewn cyffuriau ac yn un o'r ddwy gang fwyaf yn y ddinas sy'n gwerthu. Dwi'n helpu... drwy roi elw'r delio mewn cyfrifon banc dros y byd."

"Golchi arian brwnt. Mae'n gamster ac yn cael ei dalu'n dda. Ond dyw hynny ddim yn ddigon, o na. Roedd Daniel isie mwy, sy'n dod â ni at y rheswm dros dynnu teulu bach o'u gwelyau ganol nos." Cymerodd Carl ychydig o gamau i sefyll yn union y tu ôl i John Simmons ac mewn ystum o ffug gyfeillgarwch gosododd ei ddwylo ar ysgwyddau'r tad cyn mynd yn ei flaen. "Heb unrhyw falu cachu, ma Daniel bach 'di dechrau gwerthu." Oedodd a gwenu'n faleisus, "A beth yw barn Mr Barnwr am hynna, e? Y mab bach parchus yn buddsoddi enillion y gêm *ac* yn ddeliwr. Yn waeth fyth mae Danny Boy fan hyn 'di dewis gwerthu ym mhatsh yr ail gang, criw lot mwy mileinig na ni, sy'n bygwth rhyfel cyffuriau. Ma gyda ni bedair awr ar hugain i ffeindio can mil a hanner." Symudodd Carl at Daniel, "Ymmm, wel, ma 'da *ti* bedair awr ar hugain i ffeindio'r arian. Pawb yn deall?"

Roedd y distawrwydd yn adrodd cyfrolau. Neb yn yngan gair a phawb *yn* deall, yn deall pam y tarfwyd ar heddwch Hightrees. Yn deall ac yn syfrdanu bod un aelod o'r teulu wedi'i ddinoethi. Nid dyn busnes clyfar, llwyddiannus oedd Daniel bellach ond twyllwr yn claddu pres a deliwr mewn dôp, heb boeni iot am y dioddefaint a'r dinistr a lifai o gwter ddrewllyd y fasnach gyffuriau. Am yr eildro roedd naws yr ystafell wedi newid wrth i'r tri – John a Miriam a Lydia – amgyffred mai'r pedwerydd aelod o'r teulu oedd y bradwr ac yn uniongyrchol gyfrifol am y gwarchae.

Yn rhyfedd iawn, yr aelod hwnnw, Daniel ei hun, dorrodd ar draws y tawelwch.

"A beth os fedra i ddim dod o hyd i'r arian?"

"Mae'n syml," atebodd Carl. "Byddi di'n barsel bach teidi i Ramiz ac Andri – dau fwystfil Albania. Mae Andri yn seico, yn joio malu corff, un darn bach ar y tro, bastad troëdig sy isie gweld rhywun yn dioddef *cyn* ei ladd e. I gymharu â'r ddau 'na, ma Lee a fi'n *gentlemen*. Ni neu nhw? Sdim lot o ddewis 'da ti, oes e?"

Ymunodd John Simmons yn y drafodaeth. "Pryd mae'r dedlein?"

"Hanner nos."

"Beth? Ac mae nawr bron yn bump y bore. Mae'n amhosib. Ein cadw ni fan hyn yn gaeth, neb i fynd yn agos at unrhyw fanc a disgwyl i gant a hanner o filoedd ddisgyn o'r nefoedd?"

"Fydd neb yn gadael y tŷ. Ond peidiwch anghofio am Dan bach fan hyn. Mae'n foi talentog ac yn gallu cael gafael ar gyfrifon banc dros y byd." Estynnodd Carl am ei ffôn symudol, "Mae'r byd yn ein dwylo ni, bois bach, hyd yn oed yn nhwll tin Cymru. Nawr…"

Doedd y tad ddim am ildio, "Plis, Mr Risley," dadleuodd gan godi ei lais, "gadewch inni fod yn rhesymol. Gawn ni fynd i wisgo yn lle rhewi yn ein dillad nos?"

Er gwaethaf yr ymdrech i sefydlu awdurdod roedd Carl yn ddigon craff i nodi fod y llanw wedi troi. Drwy erfyn cymwynas roedd John Simmons wedi derbyn mai nhw oedd y meistri a bod hyd yn oed rhaid i farnwr blygu i nerth bôn braich a bygythiad baril gwn. Chwarddodd yn ysgafn.

"Wrth gwrs, John bach! Ond coffi gynta. Miriam a Lydia? Coffi cryf plis."

Heglodd y fam o'r lolfa, yn falch o'r cyfle i ddianc. Roedd Lydia yn llai parod; cododd yn araf o'i chadair a cherdded ling-di-long i'r gegin gan fanteisio ar y cyfle i wgu'n heriol wrth basio. Dilynodd Lee ac aeth i sefyll wrth ymyl y ferch wrth iddi fynd ati i osod llestri ar hambwrdd. Pob cam, estyn y coffi a'r siwgr, nôl y llaeth o'r ffrij, glynai fel gelen wrth ei hochr, mor agos fel y gallai deimlo gwres ei chorff drwy ddefnydd ysgafn y gŵn nos. Roedd hon yn bishyn, y bronnau'n llawn ac uchel. Mentrodd osod bys ar y gadwyn ar ei gwddf gan ildio i'r temtasiwn i fwytho'r cnawd ond wrth iddo geisio llithro ei law yn is trodd Lydia gan ddatgelu clais glas-felyn ar ei hysgwydd chwith. Rhythodd Lee arno ac o glywed pesychiad a gweld y braw ar wyneb y fam deallodd fod honno hefyd yn dyst i'r cyfan.

Ar ôl ennyd o letchwithdod prysurodd Miriam a Lydia i orffen y dasg, cludwyd y llestri i fwrdd isel yn y lolfa a chymerodd Miriam at y gwaith o basio'r cwpanau. Ymddangosai fel petai pawb yn gwerthfawrogi'r coffi ond iddi hi roedd ei flas yn chwerw ac yn codi cyfog. Wrth wylio'r lleill gwibiodd un syniad ar ôl y llall drwy ei phen. Pam y cleisiau ar gorff ei merch? Pam na wnaeth fwy na pheswch fel dafad i atal bwriadau nwydus y crwt? Pam na thaflodd y coffi berw i'w wyneb? Pam na fentrodd roi rhywbeth yn y ddiod? Pam, pam pam? Calliodd a gweld bod ei syniadau'n wirion, yn hollol wirion. Onid oedd Lee yn ei gwylio fel barcud a ble yn nhaclusrwydd ei chegin yr oedd modd cael gafael ar wenwyn? Syniadau gwallgof, fel y rhan fwyaf o dy syniadau, Miriam Simmons.

Yn syth ar ôl gorffen y coffi aeth Carl ati i osod y rheolau. "Fel dwedes i, sneb i adael y tŷ. Ma Lee wedi cloi pob drws ac wedi torri lein ffôn y tŷ. Dewch â phob mobeil rhag ofn i rywun gael ei demtio. Bydd Lee a fi'n rheoli'r cyfrifiadur. Oes rhywun yn debygol o alw heddi?"

"Na, mae'r papurau newydd a'r post yn cael eu gadael mewn bocs ar ben y dreif," atebodd John. "Mae 'na un peth. Mae Miriam a finne'n dathlu priodas ruddem a bwrdd wedi'i fwcio heno yng ngwesty'r Abaty i ni a chriw o ffrindiau. Bydd y gwesty'n siŵr o ffonio, a'r ffrindiau hefyd."

"Iawn, gewch chi gysylltu."

"A dweud beth?"

Gyda mwy na thinc o ddiffyg amynedd brathodd Carl, "Peidiwch gofyn i fi! Eich problem chi yw hynna." Ailystyriodd gan weld y peryg, "Dwedwch i chi gael salmonela. Sdim un gwesty isie rhywun yn dioddef o salmonela. A gallan nhw ffonio'r ffrindiau. Siŵr byddan nhw'n barod i wrando ar y Barnwr Simmons."

Gwasgodd John Simmons ei drwyn cam fel petai newydd synhwyro aroglau annymunol yn treiddio drwy'r stafell ond ni ddywedodd air.

Heb ostwng ei lais aeth Carl yn ei flaen, "Mae'n bwysig i chi ddeall, pob wan jac, mai ni sy'n rhedeg y sioe. Ond i chi fod yn blant bach da, geith neb niwed." Tawelodd. "Ni ddim am aros 'ma eiliad yn fwy na sy raid. Gewch chi fynd i wisgo nawr, un ar y tro. Ti gynta, Daniel. Cofia, ma'r cloc yn tician."

O un i un tywyswyd y teulu i'w llofftydd i ymolchi a gwisgo. Fel y gorchmynnwyd, Daniel aeth yn gyntaf, John a Miriam yng nghwmni ei gilydd, a Lydia oedd yr olaf o'r pedwar. Lee oedd y gwarchodwr bob tro ac wrth i Lydia ddringo'r grisiau ni ellid llai na gweld fod Lee eto yn dilyn fel cysgod.

Cyrhaeddodd y ddau dop y stâr. "Ga i lonydd i fynd i'r tŷ bach? Neu wyt ti'r teip sy'n cael *turn on* o wylio merched yn piso?"

Ciliodd Lee o'r neilltu ac oedi yn y coridor. Wrth aros clywodd sŵn cyfogi, daeth Lydia allan, camu i'w stafell wely a chau'r drws. Arhosodd eto cyn ildio i demtasiwn ac agor y drws yn araf.

Yn gwbl eofn safai Lydia o'i flaen yn ei dillad isaf a syllu i fyw ei lygaid. "Wel, wel, isie sbec wedi'r cyfan."

Hyd yn oed yn y golau isel roedd y cleisiau a'r briwiau'n eglur, yn enwedig ar y bigwrn a'r arddwrn. Rhythodd Lee arni. Roedd hon, y ferch ffroenuchel, merch i ddyn oedd yn gwarchod rheolau a moesau, yn mwynhau dulliau gwahanol o garu. Er ei gyplu niferus doedd Lee erioed wedi dod ar draws hynny, ond cododd yr awch ynddo i flasu a rhoi ei hun i'r profiad. Camodd yn agosach, yn fwy na pharod i anwesu'r bronnau llawn ac yna mewn sioc sylwodd ar ymchwydd ei bol.

Pennod 5
Lydia

Yn groes i'r graen roedd Lydia yn nerfus. Fel arfer ymddangosai'n llawn hyder, yn barod i wynebu sialens, yn fwy nag abl i gyflawni a threchu pwy bynnag a feiddiai sefyll yn ei ffordd. Yr arddangosfa y bu'n gweithio mor galed tuag ati, yn ei threfnu ers dros flwyddyn oedd achos y nerfusrwydd – peintio, dewis y lluniau gorau, penderfynu ar ddyddiad a gwahodd yr etholedig rai o blith elît celfyddydol Lerpwl i sicrhau cyhoeddusrwydd. Roedd cymaint wedi'i gyflawni ond cymaint yn dibynnu ar heddiw, diwrnod yr agoriad. Ac yna ei thad yn torri ar draws yr holl gynlluniau, yn mynnu y dylai hi rannu'r sioe gyda Gruffydd Parri, hen ffrind coleg iddo a ddaeth yn adnabyddus am ei luniau o Eryri ac ardal y chwareli. Yng ngolwg Lydia doedd y lluniau yn ddim mwy na chopïau bocs siocled o weithiau arlunwyr eraill, yr un ffordd lawog yn y blaen, yr un rhes o fythynnod, yr un lein ddillad a'r un llwydni caregog yn y cefndir. Yn ailadroddus hyd at syrffed, doedd gan y dyn ddim byd newydd i'w ddweud. Er hyn, roedd lluniau Gruffydd Parri yn hynod boblogaidd, a'i thad yn bendant y byddai'r rhannu arddangosfa yn denu prynwyr a mwy o werthiant iddi hi ac i Parri. A gan mai ei thad oedd yn talu rhent yr oriel ac, yn wir, yn cynnal ei gyrfa, ei thad oedd â'r gair olaf.

Roedd ei fflat ar lawr uchaf y bloc ac ar ôl codi o'r gwely a chamu i'r ffenest gwerthfawrogodd am y canfed tro yr olygfa o afon Merswy ac adeilad Liver yn y pellter. Fe'i swynwyd gan Lerpwl, y sîn gerddoriaeth, y creadigrwydd heintus, ac yn goron ar y cyfan yr hiwmor a gallu'r Sgowser i chwerthin hyd yn oed yng nghilfachau tywyllaf bywyd. Aeth i'r gegin i baratoi brecwast sydyn a mwynhau arogl a blas y coffi tywyll. Canodd y ffôn. Alex, gweinyddes yr oriel, oedd ben arall y lein a'i neges yn chwalu'r dedwyddwch.

"Mae Gruffydd Parri wedi cyrraedd yn gynnar ac am osod dau lun ecstra."

Shit! Treuliodd oriau ar gynllun yr arddangosfa, rhannu'r gofod yn gyfartal, dewis lleoliad pob llun i sicrhau cydbwysedd o ran lliw a maint a dod o'r diwedd at gytundeb. A nawr hyn. Parri, yr amatur rhonc, na wyddai ddim ac na phoenai ddim am greu argraff, yn stelcian i'r oriel i hongian lluniau ychwanegol gan ddinistrio'r cynllun cyfartal.

"Alex, rhaid i ti'i stopio fe. Mae gyda ni gytundeb, ugain llun yr un, dyna oedd y ddêl. A beth bynnag, ble mae e'n gosod y lluniau? Mae pob modfedd o wal yn llawn."

"Mae e wedi rhoi dwy îsl wrth y drws."

Shit eto! Y llecyn wrth y drws oedd man gorau'r oriel, pawb yn pasio ac felly yn sicr o weld y lluniau, a'r twyllwr Gruffydd Parri yn llwyr ymwybodol o'r ffaith. Wel, gawn ni weld, meddyliodd Lydia. Os wyt ti a dy stwff bocs siocled yn ystyried bod modd achub y blaen, mae'n bryd i ti ddysgu gwers.

"Dwi'n gadael y fflat mewn pum munud. Dwed wrth Parri 'mod i ar y ffordd."

Ond erbyn i Lydia gyrraedd roedd Parri wedi hen ddiflannu. Byddai'n dychwelyd am chwech, awr cyn yr agoriad swyddogol, yn ôl Alex, ac wedi mynd i weld cleient pwysig i drafod comisiwn. Blydi nonsens, dywedodd Lydia wrthi hi ei hun, prin y byddai neb yn ei iawn bwyll yn rhoi comisiwn i'r dyn. Yn ddiseremoni casglodd y lluniau wrth y drws a'u bwndlo i'r storfa yng nghefn yr oriel. Treuliodd weddill y bore yn lefelu ei lluniau hi – naw wfft i luniau

Parri – yn tsiecio'r rhestr wahoddiadau gydag Alex a sicrhau bod digon o win yn y ffrij. Piciodd i far cyfagos, llowcio dau Bacardi a Coke i sadio'r nerfau ac wrth iddi ailgyfeirio ei chamre tuag at yr oriel gwelodd ei rhieni yn croesi'r stryd.

"Chi'n gynnar," dywedodd yn sychlyd. "Dyw'r arddangosfa ddim yn agor tan saith."

Ei thad atebodd. "Siawns na chawn ni gipolwg preifat ymlaen llaw, o gofio mai fi sy wedi talu am y sioe. Ni hefyd am weld lluniau Gruff ac os fydd un neu ddau yn plesio, wel, galla i fachu ar y cyfle i brynu cyn unrhyw un arall."

Adwaith gyntaf Lydia oedd dadlau a phwysleisio na phrynodd ei thad ddarn o'i gwaith hi erioed, ond er mwyn heddwch teuluol brwydrodd yn erbyn y demtasiwn. Brathu tafod oedd orau gan obeithio y gallai gynnal o leiaf ffasâd o gwrteisi tan ddiwedd y dydd. Cyflwynodd y ddau i Alex a'u gadael yn sbecian ar luniau Parri, y naill a'r llall yn mwmian yn foddhaus fel gwenyn newydd ddarganfod pot jam.

"Lydia! Draw fan hyn, ga i dy farn yn gryno ar hwn plis?" Llais ei thad, yn union fel petai'n ceryddu tyst yn y llys.

Safai ei rhieni o flaen canfas hirsgwar yn dangos stryd o fythynnod wedi'u hamgylchynu gan waliau cerrig, muriau pob bwthyn yn wyn a phob drws yn goch. Y lein ddillad ddisgwyliedig, mynyddoedd yn y cefndir ac ymgais amrwd i beintio cymylau uwchben. Edrychodd Lydia ar y pris o dan y llun a gweld fod Parri yn gofyn mil a hanner am rywbeth a oedd yn ei barn hi yn rwtsh.

"Wel, be ti'n feddwl?"

"Erchyll."

Cododd ei thad ei aeliau mewn syndod ac roedd ei ateb ef yr un mor swta, "Pam?"

"Ble mae'r dychymyg? A'r ysbrydoliaeth? Drychwch ar y lleill, mae pob llun yr un fath. Tai bocs matsis, rhywbeth tebyg i ymdrech plentyn. Oes rhaid i bob tŷ fod yn wyn, a phob drws fod yn goch, a lein ddillad ym mhob gardd? Mae Parri yn gofyn pymtheg cant amdano, ond mae pymtheg punt yn agosach ati. Ffoto yw hwn, nid paentiad, mae'r dyn jyst yn peintio beth mae'n ei weld."

"A finne yn fy nhwpdra yn meddwl mai dyna oedd gwaith pob artist! Diolch i ti am y sylwadau. Dwi'n hoffi'r llun ac fe fydda i'n ei brynu."

"A beth amdanoch chi, Mam? Chi wir isie gweld hwn uwchben y lle tân yn Hightrees?"

Camodd Miriam Simmons yn agosach at y canfas, "Mae'n ddigon posib ei bod hi'n ddiwrnod golchi, Lydia. Mae'r llun yn ddigon derbyniol i fi. Os yw dy dad am brynu, ei fusnes e yw hynny."

Mewn penbleth lwyr gwyliodd Lydia ei rhieni yn croesi trothwy'r oriel a gadael. Ni allai ddeall na ddioddef agwedd ei mam. Dro ar ôl tro, John ŵyr orau, John fydd yn penderfynu, os yw John yn hoffi. Pam, pam y cyflwr diderfyn o iselhau ei hun, i fod yn ddim byd mwy na chlwtyn sychu llestri?

Chyrhaeddodd Gruffydd Parri ddim tan chwarter i saith ac wrth gwrs fe sylwodd ar unwaith nad oedd y lluniau wrth y drws. Aeth yn syth at Lydia i brotestio, "Ble maen nhw? Dyna'r gwaith diweddaraf a dwi am gynnwys rheina yn arbennig."

"Yn nhywyllwch y storfa, lle hollol addas yn fy marn i. Chi'n cofio'r cytundeb, Mr Parri, ugain llun i fi ac ugain i chi? Os y'ch chi am hongian y rhai newydd mae croeso i chi gyfnewid a thynnu dau o'ch dewis gwreiddiol."

Mwynhaodd Lydia y pleser o wylio wyneb Parri yn newid o binc i goch. Ie, dyna ni, meddyliodd, ti'n debyg iawn i fochyn, wyneb pinc, trwyn fflat a chorff bach tew a oedd erbyn hyn yn ysgwyd mewn dicter. Gwisgai siwt o liain main, crys pinc a mwffler glas, i atgyfnerthu ei syniad gwirion o artist. Safodd Parri ar flaenau ei draed mewn ymdrech aflwyddiannus i ychwanegu at ei daldra.

"Mae'n llawer rhy hwyr i ailosod a chi'n gwybod hynny cystal â fi. Bydd y gwesteion yma mewn munud. Mae hyn yn *too bad*."

Os oedd nifer yn fesur llwyddiant roedd yr arddangosfa wedi cyrraedd y nod ac mewn byr o dro roedd yr oriel yn llawn dop. Roedd rhaniad eglur yn y mynychwyr: ffrindiau Lydia wedi'u gwisgo'n lliwgar a heriol, yn uchel eu cloch wrth lowcio'r gwin; dilynwyr Parri, Cymry Cymraeg y ddinas, yn barchus yn eu dillad drud. Ac yn wir, fe ddaeth yn amlwg mai ymhlith yr ail grŵp roedd y prynwyr, criw cyfoethog a chasglwyr difrifol o'r math o dirluniau a beintiwyd gan Parri.

"Lowri, sbia ar hwn, jest fel bwthyn Mam-gu yn Nantcol, hyd yn oed y dillad ar lein..."

"Edrych, Claude, perffaith i'r *drawing room*, bron cystal â Kyffin a bargen am ddwy fil."

O un i'r un cynyddodd y dotiau coch dan weithiau Parri, gyda'r dyn ei hun yn wên o glust i glust, y wên yn lledu wrth iddo sylwi nad oedd Lydia ond wedi llwyddo i werthu dau ddarlun.

Wrth wthio heibio clwstwr o'r gwahoddedigion daeth Lydia wyneb yn wyneb â dyn canol oed a gyflwynodd ei hun fel gohebydd celfyddydol y cylchgrawn *Cwmpawd*. Doedd dim angen y cyflwyniad; roedd Lydia yn hen gyfarwydd ag e, siwd annioddefol, prin ei wybodaeth am gelf a phrinnach fyth ei allu i sgwennu brawddegau dealladwy.

"A, dyma ni, yr arlunydd mentrus!" cyhoeddodd mewn llais uchel. "Ga i funud o'ch amser, gair bach er mwyn erthygl yn y rhifyn nesaf?" Gafaelodd yn ei braich, ei harwain at un o'i lluniau a chraffu ar y canfas fel petai'n chwilio am ysbrydoliaeth. "Hwn, er enghraifft. Beth mae e i fod i gynrychioli?"

Prif ddelwedd y darlun oedd cragen wen, ewyn tonnau yn taro yn ei herbyn ac yn golchi drosti, a'r cyfan yn erbyn cefndir o ogof. Gorweddai baban yng ngheg y gragen, ei ddagrau'n gymysg â dŵr y môr. Teitl y gwaith oedd 'Llanw a Thrai'. Tynnodd Lydia anadl ddofn mewn ymgais i reoli ei hamynedd. Onid oedd neges y darlun yn amlwg?

"Brwydr bywyd yw'r thema ac fel mae bywyd pob person yn cael ei fygwth gan dywyllwch yr ogof a nerth y tonnau. Weithiau mae person yn ennill ac weithiau yn colli – dyna ystyr y teitl 'Llanw a Thrai'."

"A'r baban yn y gragen?"

"Symbol o ennill. Mae pob baban newydd-anedig yn dod â gobaith i'r byd ac mae'r gragen yn symbol o'r groth. Mae'r baban yn ddiogel yn y groth, yn gynnes, yn glyd hyd nes iddo gael ei eni. Yna, fel unrhyw un arall, mae'n wynebu oerni a chaledi yn nhermau'r tonnau'n taro yn ei erbyn. A dyna pam mae'r baban yn crio."

Synfyfyriodd y dyn, cyn clapio ei ddwylo mewn brwdfrydedd.

"Wrth gwrs, dwi'n deall. Clyfar iawn. A thu hwnt i hyn i gyd, fel neges yn yr is-ymwybod, chi'n dangos grym y môr i greu ynni, *wave-power* i achub y byd a rhoi ystyr dyfnach i'r teitl."

"Nage, nage, dim byd o'r fath." Cododd Lydia ei llais a bu bron iddi daro'r dyn. "Oes rhaid i ti fod mor dwp, y twat?!"

Yn rhy hwyr synhwyrodd y distawrwydd o'i chwmpas. Chwiliodd am ddihangfa ymhlith y gwahoddedigion a'i chael ar ffurf wyneb croenddu yn syllu arni yn awgrymog o ben pellaf y stafell. Ei chariad, Omar Daumal, seren un o dimau pêl-droed y ddinas oedd yno a heb oedi croesodd Lydia at y cawr talsyth, yn falch o amddiffynfa ei freichiau cyhyrog.

"Hi, Lyds, y boi 'na'n haslo ti? Ti isie i fi neud rhywbeth? Taclo fe i'r llawr a'i lusgo i'r gwter?"

Chwarddodd Lydia. Byddai'n hwyl gweld Omar yn cyflawni'r cynnig ond gwyddai na allai fforddio'r cyhoeddusrwydd anffafriol.

"Na, paid, mae'n ddigon bod ti yma."

"Rhaid cefnogi, Lyds. Mynd yn dda?"

"Ddim yn hollol, Omar. Ti'n gweld y dyn bach tew yn y siwt wen a'r mwffler? Dyna Gruffydd Parri, yr artist arall. Mae e wedi gwerthu bron pob llun a dwi ddim ond wedi gwerthu tri."

Heb air ymhellach cerddodd Omar at gasgliad Lydia, nodio a symud at y ddesg lle safai Alex i dderbyn archebion. Y canlyniad oedd gosod dotiau coch o dan chwech o'r lluniau mwyaf a drutaf, gyda Omar a Lydia wedyn yn sefyll o flaen un o'r lluniau ar gais ffotograffydd y *Liverpool Echo*. Gan weld cyfle am sgŵp ceisiodd gohebydd *Cwmpawd* ailgydio yn y cyfweliad ond ciliodd o'r neilltu wrth i rybudd Omar i gadw draw ganu yn ei glustiau.

Daeth yr arddangosfa i ben ac wrth i'r rhai olaf adael symudodd Omar a Lydia fraich ym mraich at y drws lle arhosai ei rhieni. Edrychodd John Simmons i lawr ei drwyn ar y dyn tywyll ei groen, ei osgo'n cyfleu'n gryfach na geiriau ei agwedd drahaus.

"Dad, Mam, dyma Omar Daumal, ffrind agos. Mae Omar yn chwarae i dîm cyntaf Everton."

"Wel, dyna fel mae hi erbyn hyn, cribo pob gwlad dan haul i arwyddo chwaraewyr. Nawr, ry'n ni wedi trefnu bwrdd mewn bwyty rownd y gornel i ddathlu llwyddiant y sioe – os llwyddiant hefyd."

Anwybyddodd Lydia y sarhad dwbl ond roedd wedi'i chynddeiriogi.

"Dim diolch, dwi'n mynd gyda Omar. Mae e'n well cwmni."

Rhyw hanner awr, dyna hyd y daith at gartref Omar Daumal. Llywiodd y pêl-droediwr y Mercedes at y gatiau dwbl, gwasgu botwm ar y dashfwrdd i'w hagor yn llyfn a pharcio ar y dreif. Croesodd i agor drws y car i Lydia, gafael ynddi a'i chario i'r tŷ. Ei chario hefyd lan y grisiau a'i rhoi ar y gwely.

"Rheolau'r meistr?" gofynnodd Omar.

"Na, rheolau'r feistres," dadleuodd Lydia yn chwareus, gan ysu am y wefr o hanner pleser, hanner poen wrth iddo benlinio drosti. Pleser a phoen, dwy ochr yr un geiniog.

Pennod 6

DYNES O'R ENW Sharon O'Donnell ffeindiodd y corff. Nid Sharon yn benodol ond ei chi, Bandit. Roedd Sharon yn nyrs yn ysbyty Siluria Merthyr ac yn dilyn ei harfer o fynd â Bandit am dro boreol cyn cychwyn ar y shifft gynnar. Gollyngodd y ci oddi ar ei dennyn gan adael iddo redeg yn ffri ar draws y parc ond yn sydyn gwelodd Bandit wiwer ger fonyn un o'r coed a bolltiodd ar ôl y creadur heb dalu sylw i alwadau ei berchennog. Gwyliodd mewn braw wrth i Bandit gloddio drwy fwlch yn y clawdd a diflannu. Gwyddai Sharon fod y ffordd ddeuol islaw'r parc a phetai Bandit yn ei wylltineb yn rhedeg i'r ffordd roedd siawns dda y byddai'n cael ei daro. Lledodd y bwlch, gwthio drwy'r berth bigog, hanner llithro i lawr y llethr i weld Bandit yn twrio wrth gwter goncrit nid nepell o ymyl y ffordd. Aeth ato yn syth, ailglymu'r tennyn a phenlinio i weld beth oedd wedi denu'r ci.

Roedd gŵr ifanc mewn siaced law dywyll yn gorwedd yno yn y gwter, y cwfl yn hanner cuddio ei wyneb. Roedd ei gorff ymhlyg ar onglau annaturiol, ei gefn wedi'i wasgu yn erbyn cefn y gwter ac un llygad pŵl yn rhythu ar Sharon. Ychydig lathenni islaw'r corff roedd beic yng nghanol y llwyni, yn gwbl guddiedig i'r ceir a ruthrai heibio'r cylchdro ond yn eglur i Sharon a safai uwchben yr olygfa frawychus. O'i phrofiad fel nyrs sylweddolai Sharon fod y bachgen yn farw ond i wneud yn siŵr pwysodd yn agosach i osod ei bysedd ar y gwddf i chwilio am byls. Dim byd. Symudodd ychydig gamau i ffwrdd, tawelu'r ci a oedd yn cyfarth yn wallgof a gafael yn ei ffôn.

Sŵn wi-wa'r seiren oedd yr arwydd cyntaf fod yr heddlu'n agosáu. Dau gar, a'u golau glas yn fflachio, yn parcio yn syth ar ôl un o fynedfeydd y cylchdro. Ymddangosodd dau blismon o'r car cyntaf a dyn mewn rhyw fath o siwt blastig a bŵts rwber o'r llall. Aeth dyn y siwt ar ei union i archwilio'r corff wrth i'r plismyn ddringo at Sharon.

Cyflwynodd y plismon cyntaf ei hun a'i gyfaill.

"PC Roy Hutchins a PC Andy Morrell, Heddlu De Cymru. Shwt ddaethoch chi o hyd i'r corff?"

Rhwng ymdrechion i reoli Bandit adroddodd Sharon yr hanes a gofyn, "Oes syniad 'da chi be sy 'di digwydd?"

"Edrych yn debyg i *hit and run*. Y pŵr dab yn dod lawr at y cylchdro ar y beic neithiwr, gole gwan a char yn ei daro. Y gyrrwr heb weld, neu wedi gweld a heglu o 'ma. Gyrru'n rhy gyflym ac wedi yfed falle. Beth bynnag yw'r rheswm yr un yw'r canlyniad, ma bywyd ifanc wedi'i ddinistrio a ni sydd â'r gwaith diflas o gario neges i'r teulu. Diolch, Mrs O'Donnell, bydd rhaid i chi ddod i'r stesion i roi datganiad llawn."

Yn falch o ddianc ac o gofio ei bod hi eisoes yn hwyr i'w gwaith rhuthrodd Sharon i ffeindio'r bwlch yn y clawdd a thynnu'r ci anystywallt ar ei hôl. Gan gymryd gofal i osgoi tarfu ar y safle aeth y plismyn at ddyn y siwt blastig.

"Yr hyn fydden ni'n ei ddisgwyl, Dr Malik?" holodd Morrell.

Cododd Danyial Malik, y patholegydd, o'i archwiliad. Roedd cwfl y siaced wedi symud ychydig i ddatgelu'r wyneb, nid wyneb chwaith ond stwnsh o esgyrn a chnawd. Llifai rhimyn o waed o'r hyn oedd yn weddill o'r geg i geulo yn y cwfl ac roedd yr ail lygad hanner allan o'i soced. Pwyllodd Malik cyn ateb. Gwelodd olygfeydd cyffelyb droeon, erchyllterau hunanladdiad, llofruddiaeth a damweiniau. Dysgodd i ymateb yn unol â gofynion ei broffesiwn ond ni leddfodd yr amlder ar ei wir deimladau o ryfeddod a thristwch.

"Ie, cael ei daro gan gar a'i daflu i'r gwter. O'r hyn alla i weld, nid ergyd y car oedd yn gyfrifol am ei ladd ac rwy'n siŵr na fydd marc ar y beic. Y trawiad yn erbyn y concrit wnaeth ei ladd, yr ergyd gyntaf ar y talcen, y pen yn troi yn agos i gylch cyfan, ail ergyd i gefn y pen wedyn yn chwalu'r asgwrn cefn. Marw bron ar unwaith."

"Ers faint?" Morrell eto.

"Anodd dweud yn bendant. Mae *rigor mortis* yn sefydlu rhwng dwy a chwech awr ar ôl marwolaeth gan ddibynnu ar faint y corff ac oedran. Gyda hwn, dyn cyhyrog, rhwng deunaw ac ugain mlwydd oed, mae'r *rigor* eisoes wedi lledu i'r gwddf ac i'r breichiau. Felly, asesiad cyntaf, marwolaeth o gwmpas hanner nos. Syniad gwell ar ôl yr awtopsi."

"O ystyried amser y ddamwain mae siawns isel o dystion. Neges i heddluoedd cyfagos. Ond eto dim llawer o obaith."

Casglodd y patholegydd ei offer a mynd i'r car lle roedd gyrrwr yn disgwyl amdano. Arhosodd y plismyn am yr ambiwlans ac i edrych yn fanylach ar y corff. Dyn yn agosáu at ugain oed, fel awgrymodd Malik, tal ac ar yr ochr denau, mewn cyflwr da, rhywun efallai oedd yn dilyn rhaglen ymarfer ffitrwydd. Am y dillad, doedd dim byd anghyffredin – siaced law debyg i filoedd o siacedi eraill, jîns, crys du a siwmper dreuliedig a fu unwaith yn goch. Yr unig eitem ddrud oedd y sgidiau – model diweddaraf Nike. Dechreuodd Hutchins fynd drwy'r pocedi a ffeindio waled ym mhoced ôl y jîns yn cynnwys bron pymtheg punt, ffoto o ferch neilltuol o hardd a cherdyn aelodaeth campfa yn enw Edward Dyce, 11 Burrell Road, Windsor Estate, Merthyr.

Roedd Windsor Estate yn un o stadau mwyaf y dref, wedi'i henwi i gofnodi ymweliad brysiog gan y Frenhines yng nghanol y chwedegau. Erbyn hyn roedd unrhyw arlliw o rwysg brenhinol wedi hen ddiflannu a golwg dlodaidd ar y cyfan. Methodd y plismyn â dod o hyd i Burrell Road yn y wead o dai cyngor hyd nes i ddynes esbonio bod y strydoedd ym mhatrwm trefn y wyddor a bod Burrell felly yn un o strydoedd cyntaf y stad. Mwy o chwilio, mwy o holi a dod o'r diwedd at *cul de sac* gyda rhif 11, y tŷ olaf ond un ar yr ochr chwith. Yn wahanol i'r gweddill roedd yr ardd yn daclus – lawnt bychan a borderi o blanhigion bythwyrdd – a graen ar y tŷ ei hun. Camodd Morrell at y drws, gwasgu botwm y gloch a chlywed tincial isel. Atebwyd ar unwaith gan ŵr bochgoch, moel, mewn dillad gwaith, yn dal cwpan yn ei law dde.

"Mr Dyce?" gofynnodd Morrell.

"Ie, William Dyce, Wil."

"Gawn ni ddod i mewn?"

Nodiodd y gŵr, ac arwain y ffordd i barlwr bychan. Fel yr ardd, roedd y stafell yn daclus, pob peth yn ei le a'r ychydig ddodrefn yn sgleinio. Safai cwpwrdd gwydr hen ffasiwn i'r dde o'r ffenest ffrynt yn llawn setiau o lestri te a modelau bychan o anifeiliaid, gyda dwy ffotograff ar ei dop – gwraig ar lan y môr yn gwenu i'r camera a bachgen mewn iwifform ysgol.

Roedd Hutchins ar fin siarad pan dorrodd y dyn ar ei draws.

"Diolch am ddod. Wnes i ffonio ddoe, cymerodd y sarjant y manylion a dweud falle bydde rhywun yn galw. O'n i ddim yn disgwyl rhywun mor sydyn."

"Sori, Mr Dyce, dwi ddim yn deall…"

"Y lowts sy 'di bod yn cadw reiat ar y stad, yn rasio moto-beics bob awr o'r nos. Beryg bywyd! Fi yw'r unig un sy'n fodlon cwyno, mae'r lleill yn ofni bricsen drwy'r ffenest."

Cymerodd Roy Hutchins anadl ddofn. Bu mewn sefyllfaoedd tebyg o'r blaen – nid bod hynny'n gwneud y job yn haws. "Ni wedi galw ynglŷn â'r mab, Edward Dyce."

"Ted? Dylech chi fod wedi dweud. Dyw e ddim yn byw

adre, mae'n byw gyda'i gariad yn y dre. Alla i roi'r cyfeiriad i chi."

"Mae gyda ni newyddion drwg, Mr Dyce. Neithiwr, wel, yn gynnar iawn bore 'ma i ddweud y gwir, cafodd Edward ei daro oddi ar ei feic. Damwain ar y ffordd osgoi."

"Be? Pa fath o ddamwain? Odi Ted yn Ysbyty Siluria?"

"Rwy'n ofni fod y sefyllfa'n waeth na hynny. Cafodd 'ych mab ei ladd yn y ddamwain."

Syrthiodd tawelwch llethol, tawelwch oedd yn llanw'r parlwr, yn bownsio o bedair wal y stafell ac yn sgrechian oddi ar bob llestr a dodrefnyn. Roedd yr wyneb, a oedd gynt yn fochgoch, wedi troi'n welw a syllodd ar y plismyn mewn gwagedd a dallineb. Clywodd y neges, do, ond nid oedd eto wedi amgyffred arwyddocâd yr ergyd. Yna ar ôl munud o ddistawrwydd a ymddangosai fel oes, daeth fflyd o eiriau.

"Ted, bachgen da. Ga'th e amser caled ar ôl colli Maisie llynedd, yn beio fi am fod yn rhy slow i sylwi ar y canser. Heb ddeall fod Maisie wedi cuddio'r dolur am fisoedd. Ted, bachgen da, ei gariad wedi tynnu fe a fi'n ôl at ein gilydd. Sorto fe mas, cael job yn y bragdy. Fe a hi'n mynd i'r *gym*, Ted yn dechre edrych ar ôl ei hunan 'to. Bachgen da, Ted..."

Pallodd y llifeiriant ac ar ôl pesychiad nerfus dywedodd Hutchins, "Bydd rhaid i chi ddod i adnabod y corff, Mr Dyce. Sdim hast. Oes rhywun alle ddod atoch chi i gadw cwmni? Teulu agos, cymydog falle?"

"Na, bydda i'n iawn. Diolch am alw. Ewch chi nawr, ma gyda chi waith i neud."

Gadawyd William Dyce ar stepen drws ei gartref. Sylweddolai'r plismyn nad oedd y math o ddyn i wylo a cholli dagrau'n gyhoeddus – byddai'n galaru'n breifat yn ei ffordd ei hun, yn ei amser ei hun, yn dawel ac yn unig.

Yn wyrthiol, derbyniwyd gwybodaeth allai fod yn berthnasol i'r ddamwain. Adroddiad plismones o Heddlu

Dyfed Powys yn dweud iddi stopio dyn o'r enw Daniel Simmons am oryrru ar ffordd osgoi Aberhonddu. Roedd prawf anadl yn negatif a chafodd Simmons barhau â'i siwrnai i Gaer. Serch hynny roedd y blismones o'r farn ei fod yn anniddig ac ar bigau drain ac fe sylwodd – a dyma'r ffaith dyngedfennol – fod crac yng ngolau'r brêc, ar yr ochr chwith. Manylion y car, Audi TT coch, rhif cofrestr CP66HTF. O gysylltu â'r DVLA cafwyd cyfeiriad Simmons, fflat yn Osborne Court, Cyncoed, Caerdydd, a danfonwyd Hutchins a Morrell i'r safle.

*

Roedd drws y fflat yn gilagored. Gwthiodd Hutchins y drws yn wyliadwrus a dringodd y ddau y grisiau i'r lolfa a'r gegin ar y llawr cyntaf. Os oedd y ffaith nad oedd golwg o Simmons yn union fel y disgwyl, roedd y llanast yn hollol annisgwyl. Yn y gegin roedd cypyrddau a droriau ar agor ac un drâr offer coginio wedi'i wagio ar lawr. Roedd mwy o lanast yn y lolfa, papurau a dogfennau dros bob man a biwro o goed derw wedi'i daflu i gornel wrth y drws i'r gegin. Roedd droriau hwn hefyd ar agor, y cloeon wedi rhwygo drwy nerth bôn braich a chyllell ar y carped gerllaw.

"Lladron," dywedodd Hutchins. "Dere â'r menig, Andy, a galwa'r *techs*. Cymerwn ni olwg sydyn dros y lle. Cer di lan lofft, wna i fynd drwy'r lolfa a'r gegin."

Rhyfeddodd Morrell at foethusrwydd y llofftydd. Edrychai'r un leiaf dros glwt o ardd gyda'r ail yn wynebu'r cwrt parcio. Roedd hon yn ymestyn dros led y fflat, gyda drws gwydr yn y pen blaen yn arwain at falconi a roddai olygfa helaeth o Gaerdydd, a phileri'r Stadiwm yn eglur yn haul y bore. Ni welodd y plismon erioed wely mor fawr, dodrefnyn yn llawn haeddu'r disgrifiad *super king size*. Gallai tri gysgu ynddo yn hawdd ac wrth i Morrell agor cwpwrdd wrth ochr yr anghenfil a gweld pecyn o gondoms a chylchgrawn porn, hawdd dychmygu bod y gwely wedi croesawu ymwelwyr ac mae'n bosib mwy nag un carwr ar yr un adeg. Yn sgil blynyddoedd o holi ac archwilio prin bod dim yn rhyfeddu Andy Morrell bellach. Profodd y natur ddynol ar ei gorau ac, yn amlach na pheidio, ar ei gwaethaf. Sylwodd fod drysau'r wardrob ar agor, y dillad yn hongian yn gam a dau grys a throwsus yn flêr ar y llawr, y cyfan yn arwyddion o bacio sydyn ac ymadawiad ar frys. Yr un fath yn y bathrwm, y sbwng yn y gawod yn dal yn wlyb, tywelion yn y bath, a photeli sent a hylif haul yn gymysgedd ar y silffoedd uwchben y basn ymolchi. Roedd ar fin dychwelyd at ei gyfaill pan welodd lwy fechan ymhlith y poteli, ei hwyneb arian yn ludiog ac yn frith o olion llosg.

Roedd Hutchins yn dal i fynd drwy'r papurau. "Ffeindio rhywbeth?" gofynnodd.

"Un peth arwyddocaol iawn yng nghanol yr annibendod. Ar silff yn y bathrwm mae llwy â marciau brown. Cocên falle? Beth am fan hyn?"

"Stwff personol, lluniau, manylion swydd yn dangos fod y boi yn gweithio i gwmni buddsoddi, pasbort a chyfrifon banc yn cynnwys symiau bychain. Rhyfedd, o ystyried moethusrwydd y lle. A hon." Pasiodd Hutchins wats Rolex aur mewn bocs lledr. "Os mai dwyn oedd y bwriad, pam bachu'r arian a gadael y wats?"

"Dyw'r ffaith nad oes arian yma yn profi dim, Roy. Hollol naturiol i Simmons fynd â'r arian parod ar ei drip i Gaer. Ond mae dyn fel Simmons yn debygol o ddibynnu ar gardiau banc. Mae wats Rolex fel 'na werth miloedd. Af i i siarad â'r cymdogion."

Dychwelodd Morrell mewn llai na deng munud. "Un llygedyn o obaith. Mae'r ddynes yn rhif saith yn cofio gweld

Simmons yn mynd allan neithiwr, tua hanner awr wedi naw. Yn ddigon cyfeillgar medde hi, barod â'i wên, tipyn o fflyrtiwr, cyfres o ferched yn ymweld ag e yn rheolaidd."

"Soniodd hi am ladron?"

"Mae'n meddwl iddi weld car yn parcio yn oriau mân y bore. Jîp glas tywyll, Merc 4x4 efallai. Ond dim rhif, yn anffodus."

Croesodd Hutchins at y drws i'r gegin a phlygu i estyn am geblau rhydd.

"Drycha ar y marciau ar y carped, Andy, dyma lle roedd y biwro. Mae'r ceblau'n dal yn eu lle ond y gliniadur wedi diflannu. Nawr, pa fath o ladron sy'n dwyn gliniadur gwerth cannoedd a gadael Rolex, teledu a sustem sain gwerth miloedd? A pa fath o ladron sy'n dod mewn car hawdd ei adnabod a heglu o 'ma heb drafferthu i gau'r drws? Yn fwy na hynny, Daniel Simmons yn cael damwain car, yn lladd rhywun, yn hel ei draed, a lladron yn dwyn o'i fflat, i gyd ar yr un noson. Yffarn o gyd-ddigwyddiad."

Pennod 7

Straffaglu, dyna'r disgrifiad gorau o ymdrechion Daniel. Bodiodd sgrin yr iPhone am dros awr mewn ymdrech i gysylltu â chanolfannau arian ym mhen draw'r byd ac ar ôl protestio cafodd ganiatâd i ddefnyddio'r cyfrifiadur, gyda Carl yn ei wylio fel barcud. Roedd y sgrin yn fwy, a'r dasg felly'n llai llafurus, ond yr un oedd y broblem sylfaenol sef cysylltiad araf ac annibynadwy Hightrees â'r we. Bob tro y byddai Daniel yn llwyddo i gyrraedd gwefan berthnasol, y cyfan a welai oedd olwyn fechan yn troi a throi, yna diflaniad y cysylltiad.

Dyrnodd Carl y ddesg. "Ni 'di bod wrthi am agos i ddwy awr, a dim byd. Ti'n chwarae rhyw gêm dan din, Danny Boy? Os wyt ti, cofia fod y cloc yn tician, a phob munud yn dy lusgo di'n agosach at gang Albania."

O dan amgylchiadau llai bygythiol ac oni bai am agosatrwydd y Glock byddai Daniel wedi dadlau nad 'ni' oedd wedi bod wrthi o gwbl. Fe, a fe yn unig a ymdrechodd i gofio teitl penodol y gwefannau, bwydo'r cyfrineiriau a ie, methu yn y pen draw. Sychodd y chwys oddi ar ei dalcen a theimlo casineb at Carl wrth iddo arogli anadl sur y lob ar ei war. Camgymeriad oedd ei berthynas â'r Risleys ac hyd yn oed os llwyddai i ddianc o'i bicil presennol gwyddai ym mêr ei esgyrn nad dyna fyddai diwedd y stori. Byddai'r tad a'r mab yn dod 'nôl, roedd nyters blacmel wastad yn dod 'nôl, byth yn anghofio, byth yn gadael llonydd. Ond hawdd cydnabod y camgymeriad nawr. Ei awch am bres, car gwell, gwyliau gwell, pishyn gwell, i gyd yn costio, ac er ei gyflog hael, roedd Daniel eisiau mwy. Hefyd, man a man bod yn onest, ei awch am y cyffur, a'r eironi yw mai'r Risleys a'i cyflwynodd i bleserau cocên, ei gipio a'i feddiannu mewn rhwyd mor nerthol â'r cyffur ei hun. Crynodd ei fysedd wrth iddo deipio 'tax heavens' a sylweddoli iddo gamdeipio. Ceisiodd eto a gweld y gair 'hevans' yn ymddangos ar y sgrin. Shit, roedd angen ffics arno a'r snortiad yn y fflat yng Nghaerdydd yn ymddangos fel hen, hen hanes.

"Angen toiled."

Gan rwgnach, symudodd Carl o'r neilltu. "Paid bod yn hir. Lee, cer gyda fe."

Dringodd Daniel y grisiau a cherdded ar hyd y landin at ei stafell wely, gyda Lee yn dilyn cam wrth gam fel ci defaid gwyliadwrus. Drwy lwc roedd ei stafell ag *en suite*. Caeodd y drws a gadael Lee ar y landin. Twriodd yn ei fag ymolchi i ganfod yr amlen ac aros i syllu ar ei wep blinedig yn y drych, llinellau gofid ar ei dalcen a'i lygaid yn llesg. Doedd dim arian papur ganddo yn ei bocedi felly doedd ond un dewis. Gwlychodd fys o dan y tap, codi mymryn o'r powdr gwyn a'i rwbio ar ei ddannedd a'i dafod. Daeth eiliad o fraw drosto wrth iddo golli pob teimlad yn ei geg ac yna y cyffro a oedd mor arferol ac eto mor wyrthiol. Diflannodd pwysau'r byd, roedd yn hollalluog, yn bell bell i ffwrdd ac yn gwbl rydd o grafangau Carl a Lee.

Daeth ergydion ar y drws i chwalu'r ecstasi.

"Dere, hen ddigon o amser i ti gachu a phiso!"

Gwnaeth sioe o wagio'r toiled a thaflu dŵr oer dros ei wyneb. Gyda metel y gwn yn galed yn ei gefn cafodd ei dywys i'r lolfa lle roedd ei chwaer yn lled orwedd ar y soffa yn troi tudalennau cylchgrawn ffasiwn. Aeth Lee i eistedd wrth ei hymyl ond cododd Lydia ar ei hunion a'i gweithred i ymbellhau yn fwy llafar nag unrhyw rybudd geiriol. Doedd dim golwg o Carl na'i rieni ac wrth i Daniel arogli coginio o gyfeiriad y gegin sylweddolodd fod brecwast ar y gweill.

Prysurodd John a Miriam at y gwaith o baratoi'r pryd, gydag yntau yn gosod y bwrdd a Miriam yn ffrio'r bacwn a'r wy. Roedd y cyfan wrth gwrs ar ordors Carl – 'full Welsh a dim nonsens' – ac er nad oedd un o'r ddau yn hapus i ildio i'w orchmynion rhoddai'r dasg rhyw elfen o normalrwydd a chyfle i ddianc yn feddyliol os nad yn gorfforol. Roedd eu carcharor yn mwynhau smôc y tu allan i'r drws cefn ac wrth iddi sefyll wrth y Rayburn holodd Miriam y cwestiwn a fu'n ei phoeni ers rai oriau.

Petrusodd cyn magu hyder, "John, mae gan Lydia gleisiau ar ei chorff."

"Pa fath o gleisiau?"

"Rhai glas a melyn ar yr ysgwydd chwith."

"Sut wnest ti sylwi?"

Damo! Roedd pob sgwrs yn troi'n sesiwn o groesholi, beth oedd yn bod ar y dyn? Pam na allai ei gŵr ddangos mymryn o gydymdeimlad a diosg mantell y barnwr am unwaith?

"Lee wnaeth afael yn y gadwyn ar ei gwddf, a hithau'n symud yn glou i osgoi ei law a daeth y cleisiau i'r golwg."

"Beth? Wnaeth y mochyn geisio cymryd mantais?"

"Paid â siarad mor uchel. Na, dim byd fel 'na. Roedd yr holl beth drosodd mewn eiliad ond roedd y briwiau'n edrych yn gas. Ti'n meddwl bod Lydia wedi cwympo? Damwain falle?"

"Nid damwain, Miriam, dim o'r fath beth. Y pêl-droediwr 'na sy'n gyfrifol. O'r funud gyntaf yn yr oriel wnes i erioed hoffi'r dyn. Prynu lluniau, taflu pres o gwmpas a'r cyfan yn dwyll, yn gyfle i swyno a gosod ei ddwylo brwnt ar Lydia. Dwi wedi gweld digon o enghreifftiau o chwant anifeilaidd tebyg yn y llys."

Doedd Miriam ddim yn rhyfeddu at y geiriau, fe'u clywodd

droeon, ond teimlodd fod yn rhaid iddi ymateb. "Hiliaeth, John! Dyle fod cywilydd arnot ti."

"Cywilydd? Mae'n bryd i ti ddihuno i realiti, Miriam, a deall fod pob blac—"

Torrwyd y frawddeg ar ei hanner wrth i John sylwi ar gysgod Carl yn sefyll wrth y drws, y codi lleisiau wedi'i ddenu. Tynnodd y sigarét o'i geg a'i gwthio rhwng gwefusau John.

"Stwffia honna lawr dy gorn gwddw a lan dy din, Mr Barnwr. Ti a dy sort yn troi arna i. Gwybod y cyfan a gwybod dim. Nawr, cer i roi brecwast ar y bwrdd."

Carl a Lee oedd yr unig rai i fwynhau'r brecwast, y ddau yn sglaffio'r bacwn a'r wy a gofyn am ail rownd o dost a choffi ychwanegol. Pigo ar y bwyd wnaeth y teulu, y tost yn galed a'r coffi'n chwerw. Rhyfeddodd John ar allu'r Risleys i gladdu'r cyfan, roedden nhw'n anifeilaidd yn eu harchwaeth, y tad yn estyn ar draws yn ddifanars, yn mynnu hyn a'r llall ac wedi meddiannu'r gadair siglo ar un pen y bwrdd yn union fel petai'n feistr yr aelwyd. Sylwodd ar Lee yn llygadu Lydia, gan ymdrechu i dynnu sgwrs â hi bob hyn a hyn, a diolchodd na chafwyd unrhyw arwydd o ymateb ganddi. Tawedog hefyd oedd Daniel a dim syndod chwaith, yn nhyb John. Wedi'r cyfan, fe oedd yn gyfrifol am y gwarchae ac am yr ymdrech i achub y teulu o'u pydew dieflig. Daeth y pryd i ben a diflannodd y dynion i'r lolfa gan adael Miriam a Lydia i glirio'r bwrdd a llwytho'r llestri i'r peiriant.

Bu'r ddwy wrthi'n dawel am rai munudau ac yna mentrodd Miriam ar y cwestiwn yr eilwaith, "Wyt ti am esbonio shwt gest ti'r cleisiau?"

"Na."

"Os wyt ti mewn poen mae gen i eli yn y llofft. Mae e'n wyrthiol, yn lleddfu poen ar unwaith."

"Dwi'n iawn, Mam, sdim poen."

"Rhaid bod ti mewn poen. Alla i fynd i nôl y stwff nawr, dim trafferth."

"Mam, peidiwch ffysan! Dwi'n iawn. Faint o weithiau sy angen dweud? Dyna ddiwedd ar y mater."

Gwthiodd Lydia heibio i'w mam a chamu'n benderfynol i'r lolfa. Yn benisel, ailgydiodd Miriam yn dasg o glirio ac i drefnu'r jygiau ar y dreser, nid fod rhaid trefnu, roedd yr holl jygiau'n sgleinio ac mewn rhes berffaith yn barod. Rhywbeth i'w llusgo o'r hunllef, unrhyw beth rhag meddwl am y briwiau ar gorff ei merch a rhag arswydo at dwyll ei mab. Taflodd olwg at y drws cefn a chofio mai gweithred olaf Carl cyn symud i'r lolfa oedd cloi'r drws, gan bocedi'r allwedd. Dim siawns dianc felly, a hyd yn oed petai'r drws led y pen ar agor, ble allai hi fynd? Roedd y tŷ agosaf a'r cymdogion a anwybyddwyd fel ciwed fusneslyd gan John, o leiaf hanner milltir i ffwrdd ar hyd llwybr caregog. Symudodd i'r ffenest i wrando ar y gwynt yn sgubo'r cymylau o'r dyffryn islaw a syllu ar y diferion cyntaf o law yn taro yn erbyn y cwareli gwydr. Mewn anobaith, sychodd Miriam y dagrau o'i boch a thristáu am y corwynt a chwythodd y cymylau ar draws ei bywyd a'i gobeithion.

Doedd hi ddim yn gwybod am faint o amser y bu'n pwyso ar sil y ffenest, ond digon iddi deimlo'r oerfel a throi'n ôl at wres y gegin. Wrth wneud sylwodd ar y pentwr llyfrau ar silff isaf y dreser ac atgoffa ei hun mai heddiw oedd diwrnod ymweld y llyfrgell deithiol. Tybed? Ciledrychodd i gyfeiriad y drysau dwbl rhwng y gegin a'r lolfa, gweld neb a chlywed y lleisiau o ben pellaf yr ail stafell. A allai feiddio? Estynnodd am ddarn o bapur, sgriblo'r neges a'i osod y tu mewn i glawr un o'r llyfrau. Yna, yn ddirybudd, synhwyrodd yr anadl sur, a gweld bod Carl wrth ei hochr.

"Be chi'n neud?" holodd Carl.

"Tacluso, dim ond tacluso," atebodd Miriam mor ddidaro ag y gallai. "Sychu'r bwrdd a dyna ni, wedi bennu."

*

Er gwaethaf y glaw roedd Brian yn ddyn bodlon. Bodlon yn ei swydd fel llyfrgellydd teithiol, swydd a roddai'r cyfle iddo yrru ar hyd ffyrdd cefn gwlad gan fwynhau'r golygfeydd boed law neu hindda a bodlon yn ei barodrwydd i blesio ei gwsmeriaid. A'r bore 'ma roedd ganddo reswm ychwanegol am ei fodlonrwydd, sef ei gwsmer cyntaf, Mrs Miriam Simmons, dynes garedig, wastad yn barod ei chroeso a'i phaned. Nid felly ei gŵr, a oedd byth a hefyd yn cwyno am afradu arian trethdalwyr ar wasanaeth mor wirion â llyfrgell deithiol. Yn ei farn ef, os oedd pobl eisiau darllen llyfrau dylent fynd i'r siop a phrynu rhai, yn hytrach na dibynnu ar eraill i brynu drostyn nhw. Digon hawdd i farnwr cyfoethog goleddu'r fath syniadau, meddyliodd Brian, ond beth am y rhai na allai eu fforddio a beth am breswylwyr Glanmeurig, filltiroedd o unrhyw siop lyfrau? Llywiodd y fan drwy'r pentref, taflu cipolwg ar yr abaty a dod at y troad. Wrth yrru ar hyd y dreif sylwodd ar fwy o geir nag arfer; tri wrth y stablau, ac yn rhyfedd iawn roedd Range Rover yn rhannol guddiedig yn y llwyni cyn dod at y tŷ. Ar ôl cwblhau hanner cylch parciodd mor agos ag y gallai at y drws cefn, rhedeg drwy'r gawod a chnocio.

Lee oedd y cyntaf i glywed y fan. Cododd ar frys i adael Daniel wrth y cyfrifiadur, croesi at ffenest y lolfa a'i gweld yn agosáu a dod i stop wrth y drws cefn. Disgynnodd dyn o'r fan yn cario llyfrau a chiliodd Lee o'r neilltu rhag ofn iddo gael ei weld.

"Ma rhywun 'ma!" brathodd. "O'n i'n meddwl fydde neb yn galw."

Tawelwch ac yna er syndod i bawb Miriam yn ateb, "Y llyfrgell deithiol. Sori, o'n i wedi anghofio."

Doedd Lee, un o'r ddinas, erioed wedi clywed am y fath wasanaeth. "Blydi hel! Be nawr, Dad?" holodd.

O glywed y curo sylweddolodd Carl fod rhaid gweithredu ar fyrder.

"Lee, aros fan hyn a chadw pawb o'r ffenest. Miriam, dewch gyda fi."

Gwthiwyd y fam i'r gegin. Wrth basio'r dreser cododd Miriam y pentwr llyfrau.

"Pam codi rheina?" hisiodd Carl.

"Bydd e'n disgwyl y llyfrau. Dyna'r drefn. Os na, fydd e'n amheus ac yn meddwl bod rhywbeth o'i le."

Nodiodd Carl. "Reit, ewch i ateb, bydda i tu ôl i'r drws gyda'r gwn. Peidiwch chi mentro dweud gair. Deall?"

Curiad eto, y tro hyn yn fwy pendant. Agorodd Miriam y drws i wynebu Brian.

"Bore da, Mrs Simmons, biti am y glaw. Dwi wedi llwyddo i gael llyfrau yr awdures 'na o'r Eidal, y nofelau am hanes y teulu o Naples. Mae'r pedwar gyda fi fan hyn, os hoffech chi ddod i'r fan i gofnodi'r benthyciad."

"Dim diolch, Brian. Mynd... mynd i ffwrdd ar wyliau, a bydd pedair nofel yn rhy drwm yn y cês. Rhain 'nôl i chi, a dyna'r cyfan am heddi."

Rhyfedd, meddyliodd y llyfrgellydd. Dim croeso, dim paned a Mrs Simmons yn gwrthod y llyfrau y bu'n holi amdanyn nhw ers tro, a'r esgus braidd yn dila. Roedd ar fin gofyn a ddylai gadw'r nofelau tan yr ymweliad nesaf pan drodd Miriam Simmons a chau'r drws yn glep. Safodd am eiliad yn rhythu ar y drws cyn brysio i gysgod y fan.

Gyrrodd o'r tŷ, troi i'r chwith ar ben y dreif a dechrau dringo. Os mai Miriam Simmons oedd un o'i ffefrynnau roedd y cwsmeriaid nesaf yn gas ganddo. George ac Angela

Brownlow – fe yn gyn-ddeliwr sgrap o Ganolbarth Lloegr a hithau'n ymdrechu i sefydlu ei hun fel ledi a phwysigyn yr ardal. Roedd eu tŷ, Ridgeback, yn grandiach na chartref y Simmons, gydag ôl gwario ar bob teilsen a bricsen. Wrth iddo nesáu gallai weld Mrs Brownlow yn disgwyl amdano wrth ddrysau enfawr y stafell haul, a'r pwll nofio y tu ôl iddi. Parciodd wrth y drysau ac yn syndod o sionc am ddynes mor dew, rhedodd Angela drwy'r glaw, ei gwallt melyn potel yn ysgwyd yn gyrlau ffals dros ei hysgwyddau. Dringodd i'r fan ac ar unwaith llanwyd y cerbyd gan dawch persawr a oedd yn gyfoglyd o felys.

"Chi'n hwyr, Brian," dywedodd. "Sipian te gyda'r Simmons eto? A shwt oedd ein parchus gymdogion?"

Dysgodd Brian, o brofiad chwerw, i wrthsefyll y demtasiwn i gario clecs, yn enwedig yng nghlyw Angela Brownlow. Un gair ac fe fyddai'r stori ar gerdded yn Glanmeurig. Aeth y ddynes drwy'r silffoedd gan gwyno – fel y gwnâi bob tro – am y diffyg deunydd newydd a dewis dwy nofel rhamant – eto fel y gwnâi bob tro. Cariodd y llyfrau at y cownter bychan ac wrth iddi wneud dymchwel y cyfrolau a adawyd gan Miriam Simmons.

Ailosodwyd y pentwr ar y cownter.

"Dylech chi gadw'r fan yn fwy taclus, Brian. Does prin lle i symud 'ma. Nawr, os wnewch chi stampio'n gyflym, mae George a finne ar ein ffordd i sêl ceffylau yng Nghasgwent."

Ufuddhaodd Brian, yn falch o weld yr hen sneipen yn brasgamu am y tŷ. Awyr iach o'r diwedd ac os oedd y gwynt yn fain roedd yn llawer mwy derbyniol ac yn falm i'r enaid ar ôl drewdod myglyd y persawr. Cydiodd yn y llyfrau o'r cownter, symud i ailosod y pentwr a sylwi ar nodyn y tu mewn i un o'r cloriau. Darllenodd y llyfrgellydd y geiriau a chydiodd ar unwaith yn ei ffôn.

PENNOD 8
MIRIAM

STAFELL SIABI OEDD hi. Dodrefn hen ffasiwn, petheuach a gasglwyd o siopau ail-law, y carped yn dreuliedig, y soffa a'r cadeiriau esmwyth yn gamddisgrifiad o'r gair esmwyth a'r cylchoedd ar wyneb y bwrdd yn dystion i brydau diderfyn. Er i Miriam geisio gwneud rhywbeth o'r lle drwy osod ambell ornament ar y silffoedd llyfrau a phosteri ar y waliau i guddio'r damp, gwyddai yn ei chalon iddi fethu ac mai gwell fyddai gwrando ar sylwadau John. Trigfan dros dro oedd y tŷ teras, yr unig le y gallent fforddio wrth iddo sefydlu ei hun fel bargyfreithiwr. A Duw a ŵyr, roedd cael dau ben llinyn ynghyd yn anodd ac oherwydd gadael ei swydd yn sgil ei beichiogrwydd byddai'r dasg yn anoddach fyth. Mae'n wir i ddweud nad oedd ei gwaith fel clerc yn talu llawer ond i Miriam roedd yn rhoi rhyddid, rhyddid i gwrdd ag eraill, cael sgwrs a chymdeithasu ac yn bennaf oll, i fynd allan o'r tŷ. Ym marn y meddyg gallai fod wedi gweithio am rai misoedd eto, nid fod hynny wedi mennu iot ar farn ei gŵr. Lle'r wraig oedd bod adref ar yr aelwyd, yn tacluso, paratoi bwyd a disgwyl yn amyneddgar am y penteulu i ddychwelyd ar ôl diwrnod o waith.

Ochneidiodd Miriam yn dawel a chofio eto fyth am rybuddion ei mam, "Mae'n ddyn penstiff, Miriam. Digon rhwydd i ti sôn am ddyfodol disglair, ond sdim ceiniog 'da fe ar hyn o bryd. Beth am Dei Trewern, ma fe wedi dy ffansïo di ers dyddie ysgol. Ti'n siŵr, bach?"

Wel, *roedd* hi'n siŵr ac yn fwy na pharod i fachu'r cyfle

i ddianc o'r pentref bach, busneslyd yng nghanol cefn gwlad lle roedd pawb yn byw ym mhocedi ei gilydd, a dianc rhag Dei, y labwst o fab ffarm a siaradai byth a hefyd am ragoriaethau defaid Suffolk a phwysigrwydd amseriad torri silwair.

Fe'i llusgwyd o'i synfyfyrio gan gnoc ar y drws. Aeth i ateb a chanfod ei chymydog, Mr Patel, yn sefyll ar y palmant, dyn hynod o foesgar yn rhyfeddu'n gyson ei fod yn byw drws nesa i un o uchel weision llysoedd Ei Mawrhydi.

"Prynhawn da, Mrs Simmons, chi'n cadw'n iawn?"

"Yn dda, diolch. A chithau a Mrs Patel?"

"Ninnau hefyd yn dda, diolch. Mae Mrs Patel yn cofio atoch chi, yn enwedig o dan yr amgylchiadau."

Gwyddai Miriam ei fod yn cyfeirio at ei beichiogrwydd gan wybod ar yr un pryd na allai gyfeirio'n benodol at ei chyflwr – byddai hynny'n ormod, yn feiddgar ac yn achosi embaras. Prin fod Mrs Patel yn gadael y tŷ, a hyd a lled pob ymdrech ar ei rhan i agor sgwrs dros glawdd yr ardd oedd gwên swil a mwmial rhywbeth tebyg i 'No English'.

"Fyddech chi'n lico dod mewn, Mr Patel?"

Plethu dwylo a mwy o embaras. "Na, na dim o gwbwl. Neges oddi wrth Hamza, siop y gornel. Mae parsel yno i Mr Simmons. Post wedi methu cael ateb. Hamza'n dweud i chi ei gasglu pan mae'n gyfleus."

Cyn iddi gael cyfle i ddiolch diflannodd ei chymydog a brysio at ei dŷ. Caeodd Miriam y drws a theimlo'r oerfel wrth symud i eistedd ar y soffa. Cynheuodd y tân nwy, setlo i wylio rhaglen gwis ar y teledu a rhyfeddu at wybodaeth y cystadleuwyr. Dilynwyd y cwis gan bennod o opera sebon, cyfres y bu'n ei dilyn a rhwng swyn cymhlethdod y plot a chysur y tân, syrthiodd i gysgu.

"Miriam, mae'r lle 'ma fel ffwrnes! Allwn ni ddim gwastraffu arian ar nwy. Os wyt ti'n oer gwisga mwy o ddillad. A threulio'r prynhawn yn gwylio sothach. Pam na wnei di ddarllen neu fynd allan am dro? Byddai ychydig o ymarfer ac awyr iach yn fwy llesol na gorweddian fan'na."

Yn ddiamynedd diffoddodd John y teledu a'r tân.

Roedd ei gŵr mewn hwyliau drwg. Cododd Miriam yn araf o waelodion y soffa a gafael yn mraich cadair i sadio ei hun wrth ddioddef cnoad o boen yn ei bol. Ni sylwodd John, oedd â'i gefn ati a heb air o gŵyn cerddodd drwyddo i'r gegin fechan i baratoi swper. Gormodiaith oedd y gair paratoi; y cyfan oedd angen oedd trefnu'r letys, y tomatos a'r cig oer ar blât, gosod y bwrdd a rhoi'r platiau arni. Eisteddai John yn ei le arferol, ei gefn at y ffenest, yn darllen y *Times*, ei wydraid nosweithiol o wisgi wrth ei ochr. Digon parod dy rybudd am wastraffu ar nwy, meddyliodd Miriam, ond dim gair am arbed ar dy lymaid Single Malt. Rhai moethau, megis cadw'n gynnes y tu hwnt i afael, ac eraill, ei gysuron ef yn bennaf, yn hanfodol i batrwm bywyd.

"Salad eto," dywedodd John yn gwynfanllyd.

"Wel, roedd y stwff yn dal yn y ffrij ac angen bennu'r cig. Ti sy'n sôn byth a hefyd am fod yn ofalus."

"Salad oedd i swper neithiwr hefyd. Byddai'n braf cael ychydig o amrywiaeth. Allet ti drio'n galetach, Miriam? Mae'n bwysig i ti hefyd fwyta'n iach."

Roedd ar fin dadlau bod salad *yn* iach ond brathodd ei thafod ac ystyried mai gwell fyddai newid y testun.

"Mae parsel i ti yn siop Hamza. Y post wedi ffaelu cael neb gartre."

Cododd John ei aeliau fel petai'n synnu clywed y newyddion.

"Os galwodd Hamza pam na adawodd *e*'r parsel 'ma?"

"Nid Hamza, Mr Patel drws nesa ddaeth â'r neges."

"Beth, daeth Patel i mewn i'r tŷ?"

"Naddo, John. Sgwrs fer ar y stepen drws, dim byd mwy.

Ti'n gwbod fel mae e, rhy swil, parchu ffiniau a chadw at ei aelwyd ei hun. Fe a Mrs Patel."

"A diolch i'r drefn am hynny. Dwi wedi dweud eisoes, Miriam, mae'n bwysig cadw lled braich oddi wrth Patel a'i deip. Mae gyda nhw eu harferion a'u diwylliant eu hunain ac mae gyda ni ein diwylliant ni. Waeth heb i ti feddwl am gymysgu a chyfeillachu, dim ond dros dro fyddwn ni yn yr hofel yma, a diolch am hynny."

Hofel? A phwy sy'n gyfrifol am ein byw a bod yn yr hofel, dywedodd Miriam wrthi hi ei hun, ond am yr eildro ni ynganodd air. Ar ôl bwyta'n ddwyedwst am dipyn gwthiodd John y plât gwag o'r neilltu, aeth Miriam i'r gegin i nôl y pwdin a gosod yr hufen iâ o'i flaen.

"Dyna'r cyfan? Hufen iâ ar ddiwrnod oer fel hyn? Diddychymyg a dweud y lleia."

"Os hoffet ti gaws, mae ychydig o Cheddar ar ôl. Gyda bach o afal, falle?"

"Y caws oedd gyda ni dros y penwythnos? Dim diolch, roedd e'n ddiflas bryd hynny, bydd e mor galed â haearn erbyn heddiw. Beth bynnag, allwn ni ddim fforddio gwastraffu'r hufen iâ, oer neu beidio."

Mwy o ddistawrwydd ac yna cliriodd Miriam a mynd ati i olchi'r llestri. Dychwelodd â dwy baned o goffi a sylwi fod ei gŵr ar ei ail wydriad erbyn hyn. Mentrodd ar gwestiwn, "Sut ddiwrnod yn y swyddfa?"

"Symol. Na, trychinebus! Yr un broblem ag arfer. Fi yw'r ifanca, hen ddesg, agosa at y drws, neb yn talu sylw, a'r gwaith yn cael ei ddosbarthu i bawb ond fi. Dwi wedi gwario ffortiwn i sicrhau aelodaeth yn y practis a, hyd yn hyn, dwi wedi cael y nesa peth i ddim i ddangos am y buddsoddiad."

"Fe ddaw dy gyfle di, gei di weld. Mae gyda ti radd dosbarth cyntaf yn y gyfraith o Gaergrawnt, cystal a gwell na neb."

"Ma nhw i gyd â graddau o Rydychen neu Gaergrawnt, pob jac wan," atebodd John yn llychlyd. "Nid graddau sy'n bwysig ond pa ysgol. Mae pawb yn cyfeirio hyd syrffed at Rugby a Charterhouse ac am beth alla i sôn? Ysgol Gyfun Meysydd yng nghymoedd y de. Alla i ddim mentro crybwyll enw'r lle. Dwi'n gwybod beth fyddai'r sylwadau, 'Too bad old boy, put it behind you, we've all got our crosses to bear'. A mynd ymlaen i drafod llwyddiant Charles a Sebastian. 'Surely you know Sebastian? Everybody knows old Seb'. Wel, dwi heb gael y pleser o nabod y diawl a dyna rhan o'r broblem. Cylchoedd, blydi cylchoedd. Nhw mewn a fi allan."

"O diar."

"O diar! Dyna'r cyfan sy gen ti i'w ddweud? Dwi'n trafod ein dyfodol ni, Miriam, ti a fi a'r plentyn, a'r cyfan fedri di ddweud yw 'o diar'? Mae'n bryd i ti sylweddoli'r anawsterau dwi'n eu hwynebu'n ddyddiol. A'r cythrel Henderson yn waeth na neb."

"Henderson?"

"Newydd gael ei ddyrchafu'n bartner. O'n i'n meddwl 'mod i wedi bachu briff i amddiffyn y dyn busnes 'na gafodd ei gyhuddo o ddwyn miloedd. Achos pwysig, a siawns am ffi sylweddol ac yn fwy na hynny, cyfle am gyhoeddusrwydd, cael fy adnabod, sefydlu fy hun fel bargyfreithiwr. Ond beth ddigwyddodd? Henderson, yn manteisio ar ei gysylltiadau i ddwyn y briff, yr hen sarff gwenwynig fel ag yw e."

"Beth am yr apêl caniatâd cynllunio yn erbyn y cyngor sir? Enghraifft berffaith o gamweinyddu wedest ti, a byddai'r cês yn talu'n dda ac yn denu sylw'r wasg."

"Mae'r cyngor wedi setlo ar iawndal yn hytrach na brwydro yn y llys ac felly naw wfft i'r cyfle yna." Cododd John o'i gadair a chamu at y drws. "Dwi'n mynd rownd y gornel i siop Hamza i gasglu'r parsel."

"Mae wedi wyth o'r gloch, John. Mae Hamza siŵr o fod ar fin cau. Gwell i ti frysio."

"Brysio? Paid â siarad nonsens, Miriam. Mae'r siop ar agor bob awr o'r dydd a'r nos. Dyna unig rinwedd y twll lle."

I ochel rhag cyhuddiad arall o afradu arian ar nwy aeth Miriam i'r llofft i nôl siwmper ac ar dop y stâr cymerodd y cyfle i gael cipolwg ar y stafell wely a glustnodwyd i'r babi. O leia roedd pob peth yn ei le yno, y cyfan yn barod, y crud yn y gornel wrth y cwpwrdd dillad, rhes o greaduriaid meddal, y paent a'r papur wal yn ffres a llawen. Aildrefnodd y flanced ar y crud, gosod ei dwylo'n dyner ar ei bol a synhwyro balchder a llawenydd ymhob cymal o'i chorff. Byddai pethau'n well ar ôl geni'r babi, byddai'n mwynhau a thrysori pob diwrnod a John yn ymfalchïo yn y plentyn. Gwenodd. Yn sgil yr hapusrwydd fe ddeuai llwyddiant. Roedd ganddi ddigon o ffydd yng ngallu ei gŵr i wybod i sicrwydd y deuai llwyddiant. Clywodd glicied y drws allan a disgyn i'r parlwr i weld John yn sefyll wrth y bwrdd yn agor y parsel.

"Rhywbeth pwysig?" holodd.

Taflodd John y catalog ar y bwrdd.

"Cynigion diweddaraf y cwmni teithiau môr. Allan o'r cwestiwn, wrth gwrs. Ac wedyn hwn. Post yn dweud na allen nhw ei wthio drwy'r drws a Hamza'n cadw'r llythyr dan y cownter. Ers pryd, dyn a ŵyr."

Byseddodd John yr amlen wen, ei phapur yn drwchus a sgleiniog ac ar ôl astudio'r cyfeiriad am ennyd estynnodd am gyllell o ddrôr i agor yr amlen yn ofalus. Roedd cerdyn y tu mewn ag ymylon aur, a'r print mewn ffont osgeiddig, glasurol. Edrychodd John ar y neges a thaflu'r cerdyn i'w wraig.

Yn syber ac mewn hanner rhyfeddod darllenodd y geiriau:

"Pleser gan Laurence a Honoria Henderson eich gwahodd i

swper yn Osborne House, Y Waun Wen, Caerdydd am hanner awr wedi saith nos Sadwrn Ebrill 15 i ddathlu dyrchafiad Laurence yn bartner ym mhractis Hartman Fairbrother. Gwisg anffurfiol. RSVP."

Lledodd llygaid Miriam mewn pleser ac ar ôl chwarddiad ysgafn dywedodd, "Neis, yndyfe? Chwarae teg iddyn nhw."

Roedd adwaith John Simmons yn hollol i'r gwrthwyneb. Cododd gwrid ar ei fochau, tarodd y bwrdd o'i flaen a dechrau gweiddi. Trodd ar ei wraig a gofyn sut y gallai fod mor ddwl, gweld y mater o'i safbwynt ei hun yn unig, heb grebwyll am y goblygiadau cymdeithasol? Treuliai hi ddydd ar ôl dydd yn diogi, darllen cylchgronau neu wylio sbwriel ar y teledu yn gibddall i realiti ei ymdrechion i sefydlu gyrfa. Un cyhuddiad yn dilyn y llall a'r llais yn uwch ac yn uwch.

Safodd Miriam gyferbyn â'i gŵr, y bwrdd yn amddiffynfa. Doedd hi erioed wedi gweld yr ochr yma i gymeriad ei gŵr. Ceisiodd achub y sefyllfa.

"Plis John, paid gweiddi. Y cyfan oedd gen i mewn golwg oedd mor neis oedd derbyn y gwahoddiad ac mor neis fyddai cael noson mas yng nghwmni ein gilydd."

"Neis? Neis! Pobl gomon sy'n defnyddio'r gair 'neis', Miriam, a fydd y digwyddiad ddim yn neis am y rheswm syml na fyddwn ni yno."

"Pam?"

"Ti wedi colli'r gallu i ddarllen hefyd? Edrycha eto, 'gwisg anffurfiol.' Nid disgrifio crys Hawaii a throwsus penglin mae'r hybarch Mr a Mrs Henderson ond siwt ddrudfawr i fi a ffrog ffasiynol i ti. Dim ond un siwt sydd gen i, fy siwt gwaith sy'n sgleinio fel gwydr ac yn gyfarwydd i bawb. Ac os oes gen ti ffrog ffasiynol, wel, mae wedi'i chuddio yn mhen pella'r wardrob yn rhywle."

"Fel mae'n digwydd, mae'r ffrog..."

Torrodd John ar ei thraws i boeri'r geiriau, "Blydi hel, ti'n dwp neu beth?"

Mewn anobaith llwyr a chan wylo dagrau hallt croesodd Miriam i ben draw'r bwrdd a thaflu ei hun i freichiau ei gŵr. Yn hytrach na gafael ynddi mae'n ei gwthio naill ochr yn ffyrnig gan achosi iddi daro ei phen ar ymyl y bwrdd a syrthio i'r llawr yn sgrechian mewn poen.

*

Rhyfedd. Mae'r stafell yn oleuach a chynfasau'r gwely yn galed ac anystwyth. Ceisiodd droi ar ei hochr a chanfod rhywbeth tebyg i beipen blastig yn ei hatal. Od, dyw hi ddim yn cofio'r beipen yno wrth ddringo i'r gwely. Mae ei cheg yn grimp ond yn lle estyn am ddŵr a styrbio'r hen beipen ddwl mae'n penderfynu aros tan y bore ac yn suddo'n ôl i gysur cwsg.

Oriau yn hwyrach, wel, mae'n ymddangos fel oriau yn ddiweddarach, mae rhywun yn gosod gwydr wrth ei gwefusau ac mae'n yfed yn swnllyd. Mae'r ddynes sy'n dal y gwydr mewn iwnifform ac arogl antiseptig ar ei dwylo. Hen bryd iddi hithau godi i wneud ychydig o lanhau, tacluso, cael y tŷ'n berffaith cyn i John gyrraedd adref. Munud arall o gwsg ac wedyn codi.

Mae'r ddynes wedi diflannu, ac yn ei lle mae dyn tal yn gwisgo cot wen. Dyw hi ddim yn ei adnabod ac wrth iddo ddechrau siarad mae ei lais yn swnio'n bell ac yna'n agos. Dyn mewn awdurdod – mae'r got wen yn rhoi awdurdod – pam ar y ddaear na allai siarad yn fwy eglur? Mae'r dyn yn ailgychwyn siarad, "Mrs Simmons, allwch chi glywed?"

Hen holiad gwirion. Ble mae synnwyr y dyn? Meddwl ei bod hi'n dwp neu beth? *Blydi hel, ti'n dwp neu beth?* Mewn fflach mae'n cofio. Cofio'r cweryl, y gwewyr arteithiol, yr hunllef o fod rhwng byw a marw ac yna, mae'n cofio'r sypyn bach gwaedlyd yn cael ei gymryd oddi arni. Teimlodd law'r dyn ar ei llaw hithau, yr un arogl ond y tro hwn llaw oer.

"John?"

"Mae Mr Simmons tu fas. Cyn iddo fe ddod i mewn, dwi am ofyn cwestiwn." Pwyllodd y dyn cyn mynd yn ei flaen. "Mae gyda chi glwyf cas ar eich talcen, mor gas fel y bu'n rhaid i chi gael pwythau. Hefyd mae marciau ar un ysgwydd. Chi'n deall, Mrs Simmons? Ddigwyddodd rhywbeth?"

Mae Miriam Simmons yn deall yn berffaith ac yn ateb yn ddiamwys, "Na, dim byd, ddigwyddodd dim byd."

PENNOD 9

TRIDIAU'N RHYDD O'R gwaith, meddyliodd Gareth Prior.
Gall rhywun arall boeni am y lladron a'r fandaliaid tra
'mod i'n ymlacio a diogi. Ond, yn agosach ati, rhywun arall i
drafferthu am y ffurflenni a'r domen o waith papur a lanwai
fwyfwy o'i amser. Stop – paid hyd yn oed ag ystyried gwaith
am y dyddiau nesaf, dy gynlluniau di sy'n bwysig nid eu
cynlluniau nhw. Gorweddodd yn esmwyth yng nghlydwch y
gwely, a throi ar ei ochr gan ildio'n fodlon i ofynion cwsg.

Dihunodd ryw awr yn hwyrach a chroesi i gegin ei fflat
uwchben harbwr Aberystwyth ac o glywed yr amser ar
raglen foreol Radio Cymru deallodd na fedrai loetran dros
frecwast. Beth bynnag, ac yntau wedi trefnu gwyliau byr
roedd y cwpwrdd bwyd bron yn wag a bu raid iddo fodloni ar
weddillion y dorth a chornelyn o gaws. Digon o laeth, diolch
i'r drefn, i baratoi paned o goffi cryf a dwy lwyaid o siwgr i
waredu *hangover* neithiwr. Edrychodd allan drwy'r ffenest
ar ehangder Bae Ceredigion, clywed clep taran a sylwi ar y
cymylau tywyll yn gyflym nesáu o gyfeiriad Penrhyn Llŷn ac
Enlli. Ym, siawns dda mai'r un cymylau oedd yn chwythu
tuag at Ardal y Llynnoedd gan roi sbocsen yn ei gynllun i
gwrdd â chriw o ffrindiau coleg i gerdded y mynyddoedd.
O wel, glaw neu beidio, byddai'n braf gweld y mêts, dal
lan â'r glonc, claddu ambell beint a chofio'r dyddiau da yn
Llundain.

Aeth ati i daflu dillad i siwtces bychan, dillad hamddena,
siwmperi cynnes a dau bar o jîns, dim byd rhy smart gan
gofio mai tafarn ar lan un o'r llynnoedd a drefnwyd fel
llety. Roedd ei offer cerdded eisoes yn barod yn y bag cefn.

73

Rhoddodd y ces a'r bag wrth ddrws y fflat ac o edrych ar ei wats deallodd fod amser ganddo am gawod gyflym cyn cychwyn ar ei siwrnai. Gosododd dymheredd y gawod mor boeth ag y medrai ei ddioddef, arllwys yr hylif sebon dros ei gorff a'i wallt cyn ailosod y tap i'r man oeraf posib. Hen arfer a ddysgodd ar ôl gêm galed ar y cae rygbi – dim ots pa mor rwff oedd y taclo, dim ots pa mor fyglyd oedd y pen, roedd y tric poeth ac oer yn llwyddo bob tro. Syllodd ar ei adlewyrchiad yn y drych wrth redeg tywel drwy ei wallt tywyll, dim cweit mor dywyll ag y bu chwaith, gyda'r llwyd yn lledu ar flaen ei dalcen ac yn ddwy adain dros ei glustiau. Lledu hefyd oedd y disgrifiad tecaf o'r bol. Angen mwy o ymarfer arnat ti, gwd boi, sibrydodd wrth ei adlewyrchiad gan gysuro ei hun y byddai'r tridiau nesaf yn gam i'r cyfeiriad cywir, dim ond wrth gwrs i'r cyfnodau cerdded fod yn gymesur â'r cyfnodau wrth y bar! Gwnes addunedau fil...

Casglodd allwedd yr Alfa Romeo, camu at y drws a chodi'r bagiau. Roedd ar fin croesi'r trothwy pan ganodd y ffôn yn ei boced. Ei ymateb cyntaf oedd anwybyddu ond ailfeddyliodd wrth ystyried y gallai un o'r bois fod ar y lein – newid yn yr amser cwrdd efallai.

"Bore da, Gareth Prior."

"Tom Daniel. Mae Dilwyn Vaughan, y Prif Gwnstabl, wedi bod yn trial cysylltu â ti. Bach o fflap fan hyn, ma arna i ofon, ac mae e am i ti ddod miwn ar unwaith."

Gwyddai holl aelodau'r ffors nad oedd Vaughan yn ddyn i'w groesi. Ei elyn peryclaf oedd y wasg, ciwed a oedd, yn ei farn ef, fawr gwell na chnafon busneslyd yn tarfu ar waith yr heddlu.

"Tom, dwi reit wrth y drws, yn gadael am dri diwrnod o wyliau, y brêc cynta ers misoedd. All rhywun arall wneud y tro?"

"Mae Vaughan yn bendant – ti, a neb arall. A gwell i ti siapo, mae e ar ei ffordd lan. Wedi ffonio o'r car."

"Beth yw'r panig?"

"Ma'r cyfan yn hysh hysh. Nawr, hasta! Paid gwastraffu amser yn cloncan neu bydd e 'ma o dy flân di, mewn hwylie drwg a bydd pawb yn diodde."

Torrodd Gareth y cysylltiad a gwasgu botymau'r ffôn fechan i hysbysu un o'i ffrindiau na fedrai ymuno yn hwyl y gwyliau cerdded wedi'r cyfan. Yn sydyn canodd y gloch a gwaethygodd ei hwyliau yn fwy byth wrth iddo ganfod dwy ddynes, yn amlwg yn aelodau o Dystion Jehofa yn sefyll ar y rhiniog. Gwthiodd y ddynes gyntaf bamffled i'w law cyn ei gyfarch mewn llais hyderus, "Bore da, syr ac on'd dyw hi'n fore braf? Ni'n galw yn enw'r Arglwydd."

"Mae 'mhell o fod yn fore braf. Mae glaw a storom ar y ffordd. Sdim amser nawr…"

Ymunodd yr ail ddynes yn y sgwrs. "Rhaid i chi fod ag amser, syr. Mae Llyfr y Pregethwr yn datgan, *Y mae tymor i bob peth ac amser i bob gorchwyl dan y nefoedd* ."

Trwy rym arallfydol llwyddodd Gareth i reoli ei dymer ond nid oedd am atal rhag saethu'r bwledi.

"A beth am orchwylion eich sect o wahanu a dieithrio aelodau o'r un teulu? A beth am yr achosion o gamdrin rhywiol?" Berwodd ei waed ac o ddyfnderoedd ei atgofion clywodd eto y sylw a leisiwyd mor aml o bulpud ei dad. "Chi'n ddigon parod i ddyfynnu'r Beibl, ond mae 'na adnod am y trawst yn dy lygad dy hun. Nawr, baglwch hi o 'ma!"

Ar ôl gwaredu'r Tystion rhedodd at y car, neidio i sedd y gyrrwr a thaer erfyn ar y blwmin peiriant i fihafio. Prynodd yr Alfa Romeo ar foment wan gan ddeliwr huawdl – "Beautiful car, sir, in Monza Red, you'll never regret it, reduced today, special price." Deallodd yn ddigon buan pam fod y pris mor isel ac edifarhaodd sawl gwaith. Ar ei orau roedd y car yn freuddwyd ar bedair olwyn, ond ar ei waethaf yn gythrel o wastraff arian. Trodd yr allwedd – dim byd. Cofiodd am y glaw neithiwr a rhegi'n dawel dan ei anadl. Cynefin naturiol yr Alfa oedd ei famwlad, haul cynnes Napoli, nid lleithder canolbarth Cymru. Ail gynnig a gyda phesychiad nerthol, taniodd y car.

O weld y BMW ym maes parcio'r orsaf deallodd Gareth fod y Prif Gwnstabl eisoes wedi cyrraedd ac mai cerydd nid croeso fyddai ei ffawd. Y cyfan wnaeth Tom Daniel oedd pwyntio bys ac ynganu'r geiriau "Stafell gynhadledd, nawr!". Brasgamodd ar hyd y grisiau, cerdded yn gyflym i ben pellaf y coridor a chnocio'n ysgafn ar y drws.

Dilwyn Vaughan oedd yr unig un yno a hynny'n peri syndod i Gareth. Os oedd y mater yn ddifrifol pam nad oedd swyddogion eraill yn bresennol? Sbeciodd y llygaid llwyd oeraidd arno cyn i Vaughan frathu, "Chi'n hwyr, Prior."

Prin y gallai gyflwyno ymweliad y Tystion na'r Alfa fel esgusodion a bodlonodd ar "Sori, syr."

Ar unwaith daeth yr esboniad pam fod Vaughan yn ddigwmni.

"Mae'r manylion yma yn gwbl gyfrinachol i chi a phwy bynnag fydd yn cynorthwyo. Mae gwybodaeth wedi dod i law sy'n awgrymu bod John Simmons, barnwr yn yr Uchel Lys a thri arall dan warchae yng nghartref Simmons, Hightrees, Glanmeurig, y pentref o fewn eich dalgylch chi."

"Dwi'n gwybod am Lanmeurig ac wedi clywed am Simmons ond heb sylweddoli ei fod e yn byw yn y pentref."

"Yn yr oes sydd ohoni," dywedodd Vaughan mewn llais awdurdodol, fel petai'n esbonio ffaith amlwg i dwpsyn, "mae barnwyr yr Uchel Lys wedi derbyn cyngor gan yr Adran Gyfiawnder i gadw proffil isel, yn enwedig am leoliad eu cartrefi. Wythnos nesaf, John Simmons sydd i eistedd yn achos dau derfysgwr sy wedi ceisio dychwelyd i dde Cymru ar ôl brwydro dros ISIS yn Irac. Cafodd y ddau eu dal yn Gatwick ar ôl hedfan o Istanbul. Yn ychwanegol at eu brwydro yn Raqqa mae 'na dystiolaeth i'r ddau fod ynghlwm â chynllun i osod bomiau mewn canolfannau siopa yng Nghaerdydd ac o fewn y stadiwm yn y ddinas."

"O ble ddaeth y wybodaeth am y gwarchae?"

"Yn gynharach bore 'ma galwodd y llyfrgell deithiol yn Hightrees. Mae'r llyfrgellydd, Brian Roach, fel arfer yn derbyn croeso gan wraig John, Miriam, ac roedd gyda fe barsel o lyfrau wedi'i glustnodi ar ei chyfer. Yn ôl Roach gwrthododd Mrs Simmons y parsel, rhoi eitemau i'w dychwelyd iddo a chau'r drws yn ei wyneb. Roedd y nodyn hwn y tu fewn i un o'r llyfrau."

Darllenodd Gareth y neges ar y darn papur:

Pedwar Ni – Dan Warchae
Dau Nhw – Gynnau

"Copi yw hwn. Mae'r gwreiddiol yn cael ei brofi am olion DNA, dim llawer o obaith ond rhaid trio. Yn fwy eglur ar y gwreiddiol mae marc beiro o dan yr ail linell yn awgrymu bod Mrs Simmons ar fin ychwanegu mwy ac wedi cael ei rhwystro. Ni'n cymryd yn ganiataol mai hi sgwennodd y nodyn."

"A'r pedwar?"

"Methu bod yn bendant am neb, ar wahân i Mrs Simmons. Yr amcan gorau yw John, Miriam wrth gwrs, eu mab Daniel a'u merch Lydia. Mae Mrs Simmons yn cyfeirio at 'ni' sy'n awgrymu teulu. Mae'r mab yn rheolwr yng nghangen Caerdydd o'r banc preifat Marcher Montagu a'r ferch yn arlunydd yn byw yn Lerpwl."

"A 'nhw'?"

"Ar wahân i ongl y terfysgwyr, neb penodol. Mae gan y ddau sydd i ymddangos yn y llys, Vakil Moakir a Rahim Adeel, gontacts yn Manceinion, unigolion sy'n cael eu tsiecio ar hyn o bryd."

"Beth yw'r telerau? Os y'n ni'n delio â'r patrwm arferol o warchae, am beth maen nhw'n gofyn?"

Plethodd Vaughan ei fysedd at ei gilydd mewn siâp pabell fechan a'u gosod ar ei drwyn. Oedodd cyn ateb a synhwyrodd Gareth iddo daro ar fan gwan yn nadansoddiad y Prif Gwnstabl drwy holi y cwestiwn a berai hyd yn oed mwy o ddryswch.

"Ar hyn o bryd, dim. Ni'n monitro pob ffôn, llinell y tŷ, ffonau symudol y mab a'r ferch ac unrhyw ffôn arall. Y cyfan sy wedi dod i'r fei yw galwadau i geisio cysylltu â banciau ym mhen draw'r byd."

"Felly, dyw'r rhai sy'n dal y teulu'n wystlon ddim wedi hawlio unrhyw beth ond yn ceisio rhoi eu dwylo ar bres. Rhyfedd, ac yn wahanol i'r hyn fydde rhywun yn ei ddisgwyl. Chi'n siŵr mai'r terfysgwyr sy yn y tŷ?"

Roedd y diffyg amynedd yn blaen yn ateb Vaughan.

"Y terfysgwyr yw'r posibilrwydd cryfa, a dyna'r lein i chi. Y flaenoriaeth nawr yw penderfynu ar dacteg i achub y teulu. Mae'r achos llys wedi golygu misoedd o baratoi ac os nad yw Simmons yno mae siawns gref y gallai oedi wanhau erlyniad y Goron. Felly, rhyddhau Simmons a'i deulu, wrth gwrs, a bachu'r rhai sy'n gyfrifol am y gwarchae. Dyna'r nod."

"Beth am ddefnydd o'r we?"

Yr un mor siort dywedodd Vaughan, "Mae Hightrees mewn man anghysbell yng nghanol coedwig. Mae cyswllt y we yn eithriadol o wan a sigledig ac o'r herwydd mae bron yn amhosib olrhain unrhyw batrwm defnydd. Beth bynnag, agwedd ddibwys yw'r we. Anghofiwch am y manion a chanolbwyntio ar dactegau. Mae'r llyfrgellydd yma, mewn stafell gyfweld ar draws y coridor. Holwch y dyn yn dwll ac adrodd 'nôl mewn awr. Pwy welodd e, beth oedd yn wahanol, yr olwg ar wyneb Mrs Simmons ac ati. Dewch, Prior, do's bosib fod rhaid dysgu pader i berson?"

Nac oes, meddyliodd Gareth, ond fe wnei di.

*

Yn hytrach na chroesi'n syth i gyfarfod y llyfrgellydd aeth Gareth i'r swyddfa lle roedd y Ditectif Gwnstabl Teri Owen yn disgwyl amdano. Gwisgai Teri ei 'hiwnifform' arferol – bŵts tywyll, jîns, crys t gwyn a siaced ledr ddu, ei gwallt wedi'i liwio'n las borffor ac mor bigog ag erioed. Crybwyllodd Gareth y manylion a gafodd gan Vaughan, gan wybod yn reddfol beth fyddai adwaith ei DC.

"Fflipin od, Gar. Terfysgwyr, yn ôl Vaughan, yn cadw teulu cyfan yn gaeth, gofyn am ddim, a helfa i ben draw'r byd am arian. Ni'n gwybod o brofiad mai man cychwyn pob gwarchae yw gorchmynion y rhai sy'n rheoli, a'r amodau. Dyw dadansoddiad Vaughan ddim yn dal dŵr. Beth yw'r cysylltiad?"

"Yr unig gysylltiad hyd y galla i weld yw fod Daniel, mab Simmons, yn gweithio i fanc preifat yng Nghaerdydd, Marcher Montagu. Dwi am i ti hel gwybodaeth am Mr Simmons, cefndir, natur ei swydd a chyfrifoldebau ac yn benodol pam mae e adre ar yr aelwyd yn lle wrth ei waith. O ie, ac unrhyw fanylion am ein parchus Farnwr, record deddfu, stwff fel 'na. Mae Vaughan am gynnal cyfarfod mewn awr, felly mae'r amserlen yn dynn. Dwi'n mynd i holi Mr Roach."

Pwysai Brian Roach ar y sil ffenest yn edrych ar yr olygfa. Golygfa ddiflas mewn gwirionedd, maes parcio'r orsaf, rhes o faniau gwyn a glas yr heddlu a thu hwnt i'r ffens roedd seddau a stand maes pêl-droed a chornelyn o'r maes ei hun. Safodd ar flaenau ei draed i ganfod a allai weld y môr. Amhosib am ddau reswm – teras o dai yn y ffordd ac oherwydd y glaw a'r cymylau isel a guddiai'r bryniau a'r bae ei hun. Cerddodd o gwmpas y stafell a'i chael hyd yn oed yn fwy digalon na'r pictiwr y tu hwnt i'r ffenest. Bwrdd metel a phlastig a chadeiriau o'r un defnydd, geiriau wedi'u cerfio ar y bwrdd, negeseuon fel 'Jason luvs Deb'. Profiad ail law oedd ganddo o orsafoedd yr heddlu, profiad a gynaeafwyd o wylio cyfresi fel *Morse* a *Midsomer Murders* ac o draflyncu nofelau ditectif. Wrth sefyll yn nhlodi'r cwb o le gwelodd mai gwan oedd y gymhariaeth rhwng y ffuglen a'r ffaith, ond er hyn teimlodd fymryn o gynnwrf ei fod e, ie fe Brian Roach, ar gyrion helynt difrifol. Hei, hanesyn da i adrodd wrth fois y pencadlys, myfyriodd, gwell stori nag unrhyw bennod o *Midsomer Murders*, ac mewn breuddwyd felys trodd eto at y ffenest a phrin glywed sŵn y drws.

"Mr Brian Roach? Insbector Gareth Prior."

Edrychodd drwy ei sbectol drwchus ar y ditectif. Er bod ei wallt yn britho roedd yn ifancach o dipyn na Morse, tua deuddeg ar hugain falle. Dyn solet, sgwarog, wyneb onest, agored ond y llygaid du yn dreiddgar ac yn arwydd o rywun anodd ei dwyllo, unigolyn a galedwyd gan ochr dywyll bywyd. Cariai lyfr nodiadau a beiro yn ei law.

Ailofynnwyd y cwestiwn, "Mr Brian Roach?"

"Bydd Brian yn iawn."

"Brian, dwedwch wrtha i beth weloch chi yng Nglanmeurig."

"Dwi wedi rhoi'r hanes unwaith yn barod."

"Falle i chi anghofio rhywbeth, rhywbeth sy o bosib yn allweddol. A'r tro yma, bydda i'n cymryd nodyn o'r cyfan. I gychwyn, pa mor aml chi'n galw yn... enw'r tŷ?"

"Hightrees. Yn fisol nawr oherwydd toriadau, ond yn

arfer galw bob pythefnos. Bòs yn disgwyl i chi wneud yr un gwaith mewn hanner yr amser. Ha! Digon hawdd iddi hi, yn eistedd wrth ddesg, map mewn un llaw, *stopwatch* a rhestr o gartrefi yn y llall. Fi'n dadlau am safon a hithe'n malu awyr am effeithlonrwydd. Gwybod dim am chwaeth darllenwyr na ffyrdd cefn gwlad a'r dasg o ddringo'r ffordd gul i'r tŷ. Mae sawl plet yn yr hewl i gyrraedd y lle."

"A beth am yr amser?"

"Simmons yw'r cwsmeriaid cyntaf. Tua chwarter i ddeg."

"Oedd yr hyn weloch chi yn wahanol i'r arfer?"

"Oedd, fel arfer dim ond Jaguar fe mei lord, ond y bore 'ma roedd dau gar arall, Renault ac Audi. A cyn i chi ofyn, na, sylwes i ddim ar y rhifau. Parcio'n agos i osgoi'r glaw a rhedeg at y drws."

"A Mrs Simmons yn ateb?"

Adroddodd y llyfrgellydd yr hanes am y llyfrau a archebwyd, y wraig yn eu gwrthod am reswm pitw a'i adael yn gegrwth ar y stepen drws.

"Weloch chi rywun arall, aelod o'r teulu neu berson arall?"

"Neb."

"Dewch 'nôl at Mrs Simmons. Ymddangos yn nerfus?"

Ystyriodd Roach. "Taflodd hi olwg sydyn at y tŷ, y llygaid yn unig, heb symud ei phen. O ie, y drws yn gilagored. Arwyddocaol, falle?"

Ydi, meddyliodd Gareth. Rhywun yn sefyll y tu ôl – a gwn yn ei law, o bosib. "Weloch chi neb arall? Beth am John?"

"Na, byth yn ei weld e. Ymweliad y llyfrgell islaw dyn fel 'na. Sori, dwi'n rong, wnaeth e ateb un tro a galw ar y wraig. Dyn diamynedd, siarad â fi fel baw. Mrs Simmons yn hir yn dod a fynte'n gweiddi, 'Miriam, ar unwaith!' mewn ffordd anghwrtais."

"A beth wedyn, Brian?"

Aeth Roach yn ei flaen i roi manylion am y wraig yn gosod y llyfrau i ddychwelyd yn ei ddwylo cyn iddo yrru at yr alwad nesaf.

"Oedd 'na wahaniaeth pan wnaeth hi roi'r llyfrau? Oedd hi'n benderfynol, yn mynnu bod chi'n eu derbyn? Cryndod yn ei dwylo o bosib? Wnaeth hi ddweud rhywbeth?"

"Rhyw eiriau tebyg i 'Y cyfan am heddi.' A dyna ni." Pwyllodd y llyfrgellydd a chau ei lygaid mewn ymgais i ddwyn yr olygfa i gof. "Chi'n iawn, *roedd* 'na wahaniaeth. Wnaeth hi blannu'r llyfrau yn 'y nwylo i fel petai hi'n awyddus i gael eu gwared nhw. O ie, roedd chwys ar y dwylo, gymaint fel bod olion ar y llyfrau. Mae hynna'n gwneud sens nawr, o ystyried y neges."

"Diolch am y cymorth, help mawr. Nawr, Brian, dwi am i chi gadw'r cyfan yn gyfrinachol. Chi wedi darllen y neges ac yn gwerthfawrogi mae'n siŵr fod bywydau mewn peryg."

Nodiodd Brian. Ychydig o siom na fedrai ailadrodd y stori. Serch hynny roedd ei bori yn y nofelau'n dangos bod ystyriaethau difrifol ar waith ac ymfalchïodd o ystyried ei ran yn y plot. Cododd a symud at y drws a agorwyd gan Prior. Ac yntau ar fin gadael, safodd yn stond a throi at y ditectif.

"Dwi newydd gofio. Roedd 'na gar arall, Range Rover du, wedi'i guddio yn y llwyni cyn dod at y tŷ."

Pennod 10

ROEDD YR YSTAFELL gynhadledd yn llawn. Eisteddai Dilwyn Vaughan yn ei gadair arferol ar ganol y bwrdd gyda dau ddyn wrth ei ymyl ar yr ochr dde. Roedd y dyn nesa at Vaughan wedi'i wisgo mewn dillad milwrol du o'i gorun i'w sawdl a'r unig arwydd nad oedd yn filwr oedd y label bychan glas ar y frest yn dwyn yr enw POLICE. Er ei fod yn eistedd gallech weld ei fod yn ddyn cryf, ei ysgwyddau'n llydan, ei freichiau cyhyrog yn gorwedd ar y bwrdd, ei ddwylo'n aflonydd a'r cyfan yn creu syniad o rywun diamynedd. Roedd ei wallt llwyd yn grop ond yr aeliau'n drwchus ac yn hanner cuddio'r llygaid gwyrdd a sbeciai'n ddrwgdybus ar weddill y cwmni. Cododd ei ben i wylio Gareth a Teri'n symud at eu seddau – dim cyfarchiad ac yn sicr dim gwên. Allai'r llall ddim bod yn fwy annhebyg. Os oedd y plismon yn dal roedd hwn yn fyr, ei siwt dywyll yn ymdrechu i guddio tewdra'r corff – yn ymdrechu ac yn methu. Crys gwyn, y botymau'n brwydro ar draws y canol, pen y llewys wedi'u clymu mewn dolenni aur a thei streipiog porffor a du. Yn wahanol i'w gyfaill fe wnaeth hwn gyfarch y lleill, ond roedd 'na ffalsrwydd yn y wên, rhyw flas o awydd i ddangos clyfrwch ac argraff gref o unigolyn a fyddai bob amser yn gwybod yn well.

Cliriodd Vaughan ei lwnc.

"Gyfeillion, Insbector Gareth Prior a'r Ditectif Gwnstabl Teri Owen fydd yn gyfrifol am... am ochr reolaeth y gwarchae." Trodd at y dyn yn y wisg filwrol. "Dyma Insbector Neill Scarrow, gynt o Heddlu Llundain ac Arweinydd Sgwad Ymateb Arfog Dyfed-Powys. Dwi'n siŵr nad oes angen esbonio mwy am gyfraniad Neill a'r gobaith yw na fydd rhaid troi at sgiliau arbenigol y sgwad. Dod â'r helynt i ben yn heddychlon yw'r amcan." Pesychodd Scarrow gan beri i Vaughan ychwanegu'n frysiog, "Wrth gwrs, y prif nod yw sicrhau rhyddhau'r teulu yn ddianaf ac yn naturiol os fydd rhaid defnyddio arfau, wel, dyna ni." Os oedd Vaughan yn ymwybodol iddo wrth-ddweud ei hunan o fewn ychydig eiriau ni chafwyd argoel o hynny ac aeth yn ei flaen yn hyderus. "A dyma Nigel Reardon o'r Weinyddiaeth Gyfiawnder. Mae Nigel yma i roi mwy o gefndir am yr achos llys yn erbyn y terfysgwyr a'r pwysigrwydd o gael John Simmons yn eistedd fel barnwr ar yr achos. Nigel, dechreuwch chi, yn fyr ac i'r pwynt os gwelwch yn dda. Cyflyma i gyd y gorffennwn ni yma, cyflyma y bydd y cynlluniau ymarferol ar waith."

Pwysodd y gwas sifil fotwm ar y rimôt o'i flaen i oleuo un o dair sgrin deledu yn union gyferbyn ac ymddangosodd llun gŵr mewn lifrai barnwrol ar y sgrin ganol. Dechreuodd ddarllen yn undonog o ffeil drwchus o'i flaen.

"Mr John Simmons, barnwr yn yr uchel lys ers degawd. Cyn hynny roedd yn bartner ac yna yn brif bartner ym mhractis bargyfreithwyr Hartman Fairbrother. Ei waith llys yn canolbwyntio ar achosion enllib, yn arbennig achosion o amddiffyn unigolion adnabyddus yn y cyfryngau ac ym myd y campau. Cryn brofiad hefyd o achosion troseddol, lladradau ac ymosodiadau. Daeth i sylw'r cyhoedd a chreu cryn enw iddo'i hun yn amddiffyn Caron Llewelyn oedd wedi'i gyhuddo o ladd bachgen ifanc y tu allan i glwb nos yn Abertawe. A sylwch, mae e bob amser yn amddiffyn, byth yn erlyn, amddiffyn yw ei *forte* fel bargyfreithiwr, er enghraifft, achos amddiffyn y cyflwynydd teledu—"

"Nigel, plis," arthiodd Vaughan, "dyna ddigon o'r wers hanes. Dewch at eich coed, ddyn, a sôn am achos wythnos nesa."

Gwridodd Reardon, ymbalfalu drwy'r ffeil a chael gafael o'r diwedd ar y tudalennau perthnasol.

"John Simmons fydd y barnwr yn achos Vakil Moakir a Rahim Adeel, dau derfysgwr sydd wedi'u cyhuddo o gynllwynio i osod bomiau mewn canolfannau siopa ac o fewn o leiaf un stadiwm yng Nghaerdydd. Mae rheswm felly i gredu mai aelodau o'r un gang sy'n dal y teulu dan warchae."

"Gyda'r bwriad?" holodd Gareth.

Vaughan atebodd, "Yn syml, dwyn pwysau i ryddhau Moakir ac Adeel."

"Mae'r llyfrgellydd, Brian Roach, yn galw am chwarter i ddeg. Mae'n debyg bod y terfysgwyr, os terfysgwyr hefyd, yno ers tipyn, efallai dros nos. Mae nawr yn agosáu at ddeuddeg ac eto dim cais, dim gorchymyn, dim amodau. Ni'n gwybod o brofiad nad yw cipwyr yn rhai i wastraffu amser – i mewn, cyhoeddi bygythiad ac yn amlach na pheidio yn clymu'r bygwth yn erbyn amserlen dynn," dadleuodd Gareth.

"Mae'n bosib troi'r ddadl ar ei phen, Prior," atebodd Vaughan. "Fel dwi newydd grybwyll, dyw'r achos llys ddim tan wythnos nesaf, felly pam y pwyslais ar neges mewn cwta dwy awr? Ac os nad terfysgwyr, Prior, pwy? Wel?"

Distawrwydd a bachodd Vaughan ar ei gyfle.

"Mwy buddiol i lynu at y ffeithiau yn hytrach na gwag drafod. Ac yn benodol y ffeithiau gan Roach, yr unig dyst. Gawn ni adroddiad y cyfweliad yn llawn?"

Cyflwynwyd y manylion, gyda Gareth yn talu sylw i'r tri car ar glos Hightrees ac anesmwythder Miriam Simmons.

"Roedd hi'n ciledrych at y tŷ ond yn osgoi symud ei phen, ymgais o bryder heb dynnu sylw. Prin yn agor y drws, felly siawns dda fod un o'r cipwyr yn gwrando ar bob gair. Roach yn cyfeirio at y ffaith fod dwylo Mrs Simmons yn chwyslyd, arwydd o nerfusrwydd. Gweld neb arall, neb o'r teulu na neb arall."

Protestiodd Vaughan, "A dyna'r cyfan? Dylech chi fod wedi gwasgu'n galetach. Mwy neu lai yr hyn gafwyd yn y cyfweliad cyntaf gyda'r dyn."

"Ddim yn hollol. Wrth iddo yrru at y tŷ mae Roach yn cofio gweld Range Rover du, hanner o'r golwg yn y llwyni. O ystyried y ceir eraill, ni'n gwybod i sicrwydd mai John Simmons yw perchennog y Jaguar a siawns dda mai Daniel y mab sy bia'r Audi a Lydia y ferch y Renault. Sy'n gadael y cipwyr yn berchen neu wedi cyrraedd yn y Range Rover. Dewis anarferol o gar i derfysgwyr yn fy marn i, ond dyna ni. Cyn i chi ofyn, doedd Roach ddim wedi sylwi ar y rhif. DC Owen."

"Ocê. I ddechrau gyda'r ceir. Mae'r DVLA yn Abertawe wedi cadarnhau mai'r mab a'r ferch yw perchnogion yr Audi a'r Renault – y Renault yn enw Lydia Catherine Simmons a'r Audi yn enw Daniel Rhys Simmons." Dosbarthodd Teri nifer o daflenni. "Mae Lydia yn arlunydd ac yn gweithio yn oriel Salthouse yn ardal dociau Lerpwl. Mae Daniel yn un o reolwyr cangen Caerdydd o'r banc masnachol Marcher Montagu ac wedi dal swyddi cyffelyb yn Frankfurt a Hong Kong cyn dychwelyd adre fel petai. Mae'n arbenigo mewn cynlluniau i osgoi talu treth incwm drwy sefydlu *off shore accounts*. Ddwy flynedd yn ôl roedd Daniel Simmons yng nghanol achos Mitre Pharma pan gyhuddwyd y cwmni o osgoi talu treth gorfforaethol ym Mhrydain. Mae holl ffatrïoedd a gweithlu Mitre yn Mhrydain ond y cwmni wedi'i gofrestru yn y Seychelles. Mitre yn ennill yr achos, yn bennaf oherwydd tystiolaeth Simmons."

Roedd hyn yn ormod i'r dyn o'r Weinyddiaeth Gyfiawnder a sythodd ei hun i'w lawn dwf.

"Mr Vaughan, *plis*. Ydi hyn yn berthnasol? Profwyd fod

ymarweddiad Mitre yn gwbl gyfreithiol ac mae Mr Daniel Simmons yn ŵr uchel ei barch."

"Dwi heb gael y pleser o nabod y boi a wnes i ddim awgrymu torcyfraith am eiliad," atebodd Teri yn siarp. "Fydden i ddim yn meiddio, ym mhresenoldeb arbenigwr ar y gyfraith!"

"DC Owen, ychydig o barch!" rhybuddiodd y Prif Gwnstabl. "Chi'n gwastraffu amser. Fel Nigel, dwi'n methu gweld perthnasedd y straeon am ryw achos llys o'r gorffennol."

"Meddwl y byddai ychydig o gefndir yn help, syr," atebodd Teri mewn llais diniwed na thwyllodd neb. "Iawn, gobeithio bod y nesaf *yn* berthnasol. Rydyn ni, Gareth a fi, wedi bod yn pendroni pam mae Daniel a Lydia adre. Wnes i ffonio swyddfa Marcher Montagu a darganfod bod 'na ddathliad teuluol, John a Miriam yn dathlu pen-blwydd priodas arbennig, a'r mab a'r ferch yno i ymuno yn y dathliadau."

"Dwedwch hynna eto, DC Owen, wnaethoch chi ffonio Marcher Montagu?"

"Do, beth yw'r broblem?"

"Y broblem yw 'mod i wedi gofyn am gyfrinachedd llwyr. O ganlyniad i'ch galwad, mae'n debyg fod y byd a'r betws yn ymwybodol o'r gwarchae."

"Na, na, dim siawns," haerodd Teri yn bendant.

"O, a sut allwch chi fod mor sicr?"

"Oherwydd i fi gyflwyno fy hun fel cyfarwyddwr cwmni mwyngloddio yn chwilio am ffyrdd i gladdu arian dros y dŵr ac yn awyddus i siarad â Daniel Simmons. Dywedwyd nad oedd Mr Simmons yn y swyddfa am rai diwrnodau. Ychydig mwy o holi, a rhoi'r argraff 'mod i'n ffrind a chael gwybod am y dathliad."

Temtiwyd Gareth i chwerthin ond nid oedd am gynddeiriogi Vaughan ymhellach. Yn llawn hyder a gyda'r gwynt yn ei hwyliau cododd Teri a mynd i sefyll wrth y sgrin deledu lle serennai John Simmons yn ei holl ogoniant. "Mae 'da fi gwestiwn. Pam mae mor bwysig i gael Simmons yn farnwr ar yr achos? Os nad yw e yno, oherwydd salwch er enghraifft, a fyddai barnwr arall yn camu i'r adwy?"

Cyhoeddodd Reardon yn biwis. "Mae llawer o waith wedi'i wneud i baratoi am yr achos, a John Simmons yn rhan annatod o hynny. Byddai gosod barnwr arall yn golygu oedi a phosibilrwydd o dorri amodau estraddodi a osodwyd gan Twrci. O ganlyniad, byddai Moakir ac Adeel yn rhydd i ddychwelyd i Istanbul i wynebu achos llys yno. Siawns o achos yn Nhwrci yn llai na hanner cant y cant, a ta-ta i unrhyw erlyniad ym Mhrydain."

Camodd Teri yn ôl i'w lle i ddosbarthu taflen ychwanegol. "Does dim cysylltiad felly â record Simmons o fod yn farnwr hallt, yn gosod y gosb hiraf a chaletaf bosib ar unigolion o gefndiroedd ethnig." Darllenodd o'r daflen. "Yn 2015 fe'i rhybuddiwyd gan yr Arglwydd Ganghellor—"

Ni allai Vaughan ymatal rhag taro'r bwrdd â'i ddwrn.

"Stop, DC Owen! Jyst i'ch atgoffa, ni yma i benderfynu ar dacteg i ryddhau Simmons a'i deulu. Petaech chi'n gaeth yn y tŷ byddech chi, gobeithio, yn dangos mymryn o gydymdeimlad a mwy o grebwyll. Pardduo enw da'r mab heb unrhyw dystiolaeth, a nawr yn ymosod ar y tad. Dyna ddigon o sylwadau twp, dibrofiad. Scarrow, cynlluniau'r sgwad ar fyrder, a gronyn o sens i'r drafodaeth, er mwyn Duw."

Neidiodd Scarrow o'i sedd fel milwr yn ymateb i orchymyn ac yn wir ymddangosai fel petai ar fin saliwtio. Dros ddwy fetr o gryfder, cyfleai argraff o berson cwbl ffyddiog yn ei alluoedd i oresgyn anawsterau, unigolyn a frwydrai i'r eithaf i drechu, doed a ddelo. Er ei faint, symudai'n ysgafn ac roedd y croesi tuag at y sgriniau teledu yn ddiymdrech.

Daeth tŷ deulawr i'r golwg, plasty bychan, â'i furiau o garreg lwyd, y to o lechen las ac ar yr olwg gyntaf edrychai'n Duduraidd o ran pensaernïaeth ond roedd yr adeiladwaith a'r defnyddiau yn amlwg o oes Fictoria. Safai stablau a thŷ gwydr ar yr ochr dde ac ar ymyl y llun gallech weld garej a chlos trionglog yn arwain at ddreif rhwng llwyni isel a dwy linell o goed pinwydd. Ailwasgodd Scarrow'r rimôt i ddangos golygfa ehangach – cwrt tenis ar y chwith a lawnt yn y blaen gyda'r tirwedd ochr draw i gloddiau'r lawnt yn plymio i'r dyffryn islaw. Tu hwnt i'r gerddi amgylchynwyd y tŷ gan fwy o goed ac roedd hi'n amlwg ei fod mewn lle eithriadol o breifat a diarffordd.

"Hightrees," cyhoeddodd Scarrow. "Fel y gwelwch chi, enw addas. Mae'r tŷ ryw filltir a hanner o bentref Glanmeurig, i'r chwith o'r ffordd fawr, dringo, a gât ar y chwith yn arwain i'r dreif. Mae ail fynedfa o'r cefn drwy'r coed, dim llawer gwell na llwybr troed ond yn bosib gyda *four by four*. Mae'r tŷ agosaf hanner milltir i ffwrdd ar hyd y llwybr, lle o'r enw Ridgeback, cartref eu cymdogion, Mr a Mrs Brownlow. Mae'r coed o gwmpas Hightrees yn rhoi cysgod o bob cyfeiriad ond o'r pen blaen gan fod y tir o dan y gerddi yn disgyn yn serth i'r dyffryn."

Newidiodd y llun i ddatgelu'r olwg fewnol.

"Gan anwybyddu'r llofftydd, y stafelloedd cysgu ac ymolchi, ar y llawr gwaelod mae lolfa, stafell fwyta a stydi ar y blaen; cegin, pantri a lle golchi dillad yn y cefn. Y drws cefn yn arwain yn syth i'r gegin. Ffenestri mawrion ym mhob un o'r stafelloedd blaen yn arbennig y lolfa gyda ffenestri drysau dwbl o'r nenfwd i'r llawr a phob ffenest yn rhoi golygfa glir o'r lawntiau a'r cwrt tenis. Ar y llaw arall, os llwyddwn ni i leoli plisman yn y coed islaw'r tŷ, bydd yn gallu gweld unrhyw symudiad yn y stafelloedd blaen a'r drws ffrynt sy rhwng y lolfa a'r stydi. Unrhyw gwestiynau?"

Tawelwch.

"Reit, y cynlluniau. Ma gyda ni un fantais fawr, sef yr elfen o syrpréis. O ganlyniad i nodyn Mrs Simmons ry'n ni'n gwybod am y terfysgwyr, ond maen nhw yn y tywyllwch, sy'n fantais. Ac yn ymwybodol mai dau sy yno. Ond mae dau berson dan bwysau yn gallu bod mor beryglus â nifer llawer uwch ond, a bod yn blwmp ac yn blaen, os llwyddwn ni i ddileu un, ry'n ni wedi haneru'r broblem yn syth."

Sylwodd Gareth ar amwysedd y gair 'dileu.' Doedd ganddo ddim dowt beth olygai Scarrow, ond taw pia hi, meddyliodd.

"Mae'r nodyn yn crybwyll gynnau. Dim manylion am faint o ynnau, pa fath, na gwybodaeth am arfau eraill. Dylid cadw mewn cof mai hoff dacteg terfysgwyr yw defnyddio bomiau a'r perygl o ffrwydro'r tŷ os byddwn ni'n gwrthod ildio i'w bygythiadau. Nawr, wrth i ni drafod, mae safle rheoli yn cael ei sefydlu yn neuadd gyhoeddus Glanmeurig yr ochr draw i'r abaty. Dyma fydd y prif fan cyfathrebu a lleoliad y sgwad wrth gefn. Wedyn..."

Cododd Gareth ei law a gofynnodd, "Ydych chi'n gyfarwydd â Glanmeurig, Insbector?"

"Dwi wedi astudio lluniau."

"Mae tua saith cant yn byw yn y pentref. Fel pob pentref yng nghefn gwlad mae pawb yn nabod pawb ac mae siawns dda fod rhan helaeth o'r trigolion yn gwybod am Simmons a'i dŷ wedi'i gladdu yn y coed. Bydd gweld tyrfa o blismyn mewn lifrai milwrol yn ennyn chwilfrydedd, a dweud y lleia. Cyn diwedd y dydd heddiw, betia i gan punt y bydd y stori ar led."

Roedd ymateb Scarrow mor swta a chaled â'r dyn ei hun.

"Mae gweithio yn y dirgel a chadw cyfrinachau yn rhan annatod o bob aelod o'r sgwad. Allwch chi roi'r un addewid, Prior?"

Anwybyddodd Gareth yr ensyniad.

"Nid dyna'r pwynt. Mae'n amhosib gwadu na fydd trigolion Glanmeurig yn sylwi ar haid o blismyn yn glanio. Rhoi dau a dau at ei gilydd, gair bach yng nghlust boi o'r BBC a cyn i chi droi rownd..."

"Gwastraffu amser, Prior, dal i wastraffu amser," meddai Vaughan. "Un rhybudd olaf, bawb. Nid rhyw seiat gwyno a dadlau yw hon ond cyfarfod i roi canllawiau ar waith i achub pedwar unigolyn sy dan warchae. Ymlaen plis, Scarrow."

Ni ellid llai na sylwi ar yr olwg hunanfoddhaus ar wyneb Scarrow wrth iddo gynhesu at ei destun.

"Bydd y prif safle rheoli mewn cerbyd ar ben y dreif a *four by four* arall ar y llwybr cefn a'r ddau gerbyd felly yn cloi'r lleoliad ac yn sicrhau na fedr neb yrru o'r safle. Yn naturiol bydd y cerbydau hefyd yn rhwystro unrhyw fynediad. Y dasg gyntaf bydd i roi stop ar unrhyw siawns o ddefnyddio'r Range Rover ac ar yr un pryd nodi'r rhif i tsiecio perchnogaeth. Bydd deg aelod o'r sgwad ar y safle, dau yn y cerbyd ar y llwybr, saith yn guddiedig ar y chwith yn y coed tu hwnt i'r cwrt tenis, un islaw'r gerddi, a ni yn y cerbyd rheoli. Pob aelod o'r sgwad yn arfog ac yn cario reiffl Heckler and Koch G36 ac arfau eraill os bydd rhaid ymosod. Gosod y cerbydau ar unwaith, y dreif a'r llwybr allan o olwg neu'n ddigon pell o'r tŷ. Gweddill y sgwad yn dilyn fesul un i osgoi tynnu sylw. Dal ati i fonitro pob galwad ffôn. Bydd y Prif Gwnstabl yn cloi drwy esbonio'r tactegau."

Ar hyn cafwyd cnoc ar y drws, camodd plisman ifanc yn betrus at Teri, sibrwd yn ei chlust a gadawodd hithau. Doedd Vaughan ddim yn hapus ond roedd ymadawiad y ditectif mor ddirybudd fel na chafodd gyfle i brotestio a gyda naws rhywun wedi'i fwrw oddi ar ei echel cychwynnodd ar ei lith. O ystyried mai ef oedd uchaf ei gloch am wastraffu amser bu'n tindroi am dros bum munud yn sôn am broffil uchel y mater dan sylw, statws John Simmons, y perygl o wynebu terfysgwyr arfog, cyn dod o'r diwedd at y pwynt craidd.

"Mae 'na ddwy agwedd i bob gwarchae, dwyn perswâd i

ddod â'r cyfan i ben yn heddychlon ac os yw perswâd yn methu, rhaid ymosod yn galed. Prior, chi fydd yn gyfrifol am y perswadio, agor trafodaeth gyda'r terfysgwyr, canfod yn union beth maen nhw isie a phenderfynu pryd i ildio a phryd i sefyll. Byddwch chi'n gweithio law yn llaw gyda Scarrow a fe, fel arweinydd y sgwad, bydd yn penderfynu pryd i ymosod a natur yr ymosodiad. Fel rwy wedi dweud, y nod yw rhyddhau'r teulu. Mae pob peth arall yn eilradd. Rhyddhau Mr a Mrs Simmons, y ferch Lydia a'r mab Daniel. Yn naturiol mae embargo llwyr. Byddai'r manylyn lleiaf yn y wasg yn peryglu'r holl gynllun. Bydda i'n cadw golwg ar yr agwedd yna o'r safle rheoli yn y maes parcio a dwi am i chi gadw mewn cof fod enw da'r ffors ar y lein a bod llwyddiant..."

Prin y sylwodd Vaughan ar ddychweliad Teri. Fodd bynnag, doedd y Ditectif Gwnstabl ddim yn un i blygu glin na thalu gwrogaeth a mynnodd gael ei chlywed.

"Sori, syr, mae adroddiad pwysig wedi dod i law. Yn oriau mân bore heddi stopiwyd Audi TT coch, CP66HTF gan batrôl Dyfed Powys am oryrru ar ffordd osgoi Aberhonddu. Daniel Simmons oedd wrth y llyw, prawf anadl yn negatif, cafodd rybudd yn unig a gadawyd i Simmons barhau â'i siwrnai i Gaer, yn ôl yr heddlu. Sylwodd y blismones fod crac yng ngolau brêc y car. Am agos i naw y bore 'ma cafwyd corff ger cylchdro ar ffordd osgoi Merthyr, gŵr ifanc wedi'i daflu oddi ar ei feic a'i ladd. Erbyn hyn mae profion ar y beic yn dangos crafiadau a phaent coch. Roedd Simmons felly wedi dweud celwydd am ben draw ei daith. Ar sail manylion am rif yr Audi, aeth dau blismon o heddlu De Cymru i fflat Simmons yn Osborne Court, Cyncoed. Drws agored, llanast ac olion o ladrad yn y fflat ond yn rhyfedd roedd y stwff gwerthfawr heb ei gyffwrdd. Tystiolaeth hefyd fod Simmons yn cymryd cocên. Mae cymdoges yn cofio sylwi ar Simmons yn gadael neithiwr yn yr Audi am hanner awr wedi naw ac yn meddwl iddi weld car glas tywyll yn parcio ar safle Osborne Court yn hwyrach. Jîp, neu Merc falle."

Ystyriodd y pump y wybodaeth. Pesychodd Vaughan a dweud, "Hmmm. mae hyn yn rhoi gogwydd newydd ar bethau. Ond heb newid iota ar yr amcan gwreiddiol, sef rhyddhau'r teulu. Scarrow, Prior, at y dasg, a Prior, dwi am adroddiadau cyson."

Cododd pawb ond roedd gan Gareth un cwestiwn tyngedfennol.

"Syr, ar ddechrau'r cyfarfod fe sonioch chi mai fi oedd yn gyfrifol am ochr rheolaeth y gwarchae. Wedyn cyfeirio at ddwy agwedd, sef perswadio ac ymosod. Pwy felly sydd i arwain, fi neu Insbector Scarrow?"

Clywyd rwmblan taran ac roedd atsain o'r un ffyrnigrwydd yn ateb Vaughan.

"Prior, byddwch chi'n rhannu'r gwaith."

PENNOD 11

MEWN RAS WYLLT llwyddodd Gareth a Teri i osgoi'r gwaethaf o'r gawod a chyrraedd yr Alfa yn gymharol sych. Setlodd y ddau yn y car, ond cyn eistedd bu raid i Teri glirio papurau newydd a bagiau plastig o'r sedd a llwyddo wedyn i ddisgyn i gysgod y car.

"Hei, beth yw'r annibendod? Mae fel bin sbwriel! Drycha, cylchgrawn mynydda *tri* mis oed." Taflodd y papurach at ail bentwr ar y sedd gefn. "Nefoedd wen, Gar, prin bod lle i gorrach 'nôl fan'na. Pam na allet ti brynu car *boring* fel pawb arall?"

Gwên oedd yr unig ymateb wrth i Gareth lywio'r Alfa allan o faes parcio'r orsaf. Gyrrodd yn ofalus drwy Aberystwyth a gwasgu'r sbardun ar y ffordd fawr uwchben y môr. Ymhen ychydig gwelwyd yr arwydd i Lanmeurig, trodd i'r chwith, a gostwng y sbid wrth i'r hewl gulhau.

"Agor y bocs 'na o dy flân, ac estyn y mints. Mae gyda ni daith o dros hanner awr i'r pentre. Pasia un i fi, plis."

"Ma losin yn pydru'r dannedd, cofia. Dim lles i neb."

"Wna i gymryd y risg. Beth o't ti'n meddwl o'r cyfarfod gyda Vaughan?"

"Dim lot. Casáu'r prat Edwards 'na."

"Sylwes i."

"A Scarrow... boi od. Ti'n trysto fe? Smwddi, llawn o'i hunan, yn rhy barod i ateb. Dwi wedi nabod unigolion fel Scarrow, a naw gwaith mas o ddeg maen nhw'n cuddio rhywbeth."

Am filltir neu ddwy canolbwyntiodd Gareth ar droadau'r ffordd wledig a bu raid iddo gilio i'r ffos bron i roi lle i homar o dractor. O brofiad roedd Teri yn sylweddoli ei fod yn pwyso a mesur a ddylai ddatgelu manylyn allweddol.

"Ti'n iawn, mae gan Insbector Scarrow orffennol tywyll. Roedd y ffaith i'r boi symud o Lundain i Ddyfed Powys yn gam rhyfedd. Cyn gadael y stesion ffonies i fêt yn y Met a chanfod yn union pam gadawodd Scarrow. Ti'n cofio darllen am y Southwark Siege?"

"Rhywbeth am fam a merch?"

"Tair blynedd yn ôl cipiodd Liam Beck ei gyn-bartner, Cheryl Hewson, a'u merch Lauren o gartref rhieni Cheryl yn Reading. Cyn yr ymosodiad roedd y teulu wedi cyd-fyw'n weddol hapus ond gadawodd Cheryl oherwydd creulondeb a cham-drin. Liam yn gwrthod derbyn hynny a dechrau plagio, a'r helynt yn dod i benllanw gyda Liam yn casglu Lauren o'r ysgol a'i chadw am naw mis. Cheryl yn mynd at yr heddlu a llwyddo i ennill gorchymyn llys i wahardd unrhyw gysylltiad pellach. Bore'r gwrandawiad aeth Liam i gartref y rhieni gyda gwn yn ei law, cloi'r rhieni yn y seler, llusgo Cheryl a Lauren o'r tŷ a gyrru i fflat yn Southwark. Rhieni yn malu ffenest a llwyddo o'r diwedd i ddenu sylw cymdogion. Cysylltu â'r heddlu a dyna gychwyn gwarchae a barodd am agos i wythnos. Un o arbenigwyr y Met yn cynghori'r tîm trafod a Neill Scarrow yn arwain y sgwad ymosod. Ar y dechrau roedd hi'n ymddangos fod Beck yn agored i berswâd ac y gellid dwyn y cyfan i ben yn heddychlon. Yna am ryw reswm, does neb yn gwybod pam, dechreuodd Beck ystyfnigo a gosod mwy a mwy o amodau. Yr heddlu yn newid strategaeth a Scarrow yn gyfrifol am y newid. Torrwyd cyflenwad trydan y fflat, gwrthod bwyd a diod a symud at dactegau caletach a chaletach. Yn y pen draw fe wnaeth Scarrow fygwth ymosod, Beck yn gweiddi o'r llofft, 'Fucking losers, if I can't have them, nobody will,' a saethu Cheryl a'i ferch, a throi'r gwn arno fe ei hunan.

Y fersiwn swyddogol oedd i'r heddlu ymdrechu i'r eithaf i arbed Cheryl a Lauren ac fe guddiwyd y ffeithiau am y newid cynllun. Symudwyd Scarrow o'i ddyletswyddau arfog ond ar ôl cyfnod yn y cysgodion cafodd y dyn ddyrchafiad i raddfa Insbector a nawr mae'n arweinydd Sgwad Ymateb Arfog Dyfed-Powys."

"Blydi hel."

"Yn union, Teri, blydi hel."

"Ac mae Vaughan yn gwbod?"

"Wrth gwrs. Os lwyddes i i gael y manylion mewn un alwad ffôn glou mae Vaughan yn ymwybodol o'r gwir ac yn gwybod mwy na fi, siŵr o fod."

"Felly…"

"Felly pam apwyntio Scarrow o gwbwl? Dyna'r cwestiwn, a sdim ateb gyda fi. Y cyfan alla i awgrymu yw fod 'na gylch cyfrin yn yr heddlu sy'n llwyddo i neidio o bob ffrwgwd yn ddi-staen. Un eiliad yng nghanol y caca a'r funud nesa yn arogli fel rhosynnau." Pwyllodd Gareth cyn parhau. "Ti'n cofio fi'n holi ar ddiwedd y cyfarfod pwy oedd i arwain, fi neu Scarrow, a Vaughan yn sôn am rannu'r gwaith? Wel, mae rhywbeth o'i le ar ddehongliad Vaughan. Fe wnaethon ni'n dau gyfeirio at y gwendidau a na'th neb wrando. Felly, pan wnawn ni gyrraedd y pentref dwi am i ti aros gyda'r sgwad wrth gefn a defnyddio'r gliniadur sy yn y bŵt i dyrchu'n ddyfnach i gefndir Daniel Simmons. Ac wedyn, ongl y terfysgwyr. Roedd Vaughan yn dweud bod gan y rhai sy i ymddangos o flaen John Simmons gontacts ym Manceinion. Ni angen enwau, ble yn y ddinas a beth yn union yw canlyniadau'r holi. Ac mae'r tawelwch o Hightrees yn rhyfedd iawn. Neb yn cysylltu, dim galwadau, hawlio dim, dim bwm. Y gloch beryclaf yw'r un sy byth yn canu."

Treuliwyd gweddill y siwrnai mewn distawrwydd, gyda Gareth a Teri yn ystyried difrifoldeb a pherygl y dasg o'u blaen. Daethant at y dyffryn a gweld sgerbwd yr abaty ar lannau'r afon a'r muriau a wynebodd helyntion di-rif yn sefyll yn gadarn yn erbyn hyrddiadau'r gwynt. Roedd plisman yn gwarchod maes parcio'r neuadd gyhoeddus a bu raid i Gareth ddangos ei gerdyn warant i gael mynediad. Parciodd yr Alfa mewn bwlch gerllaw drws y neuadd lle safai Neill Scarrow yn cysgodi ac wrth iddo godi llaw clywyd clec taran, yn arwydd eglur fod y storm yn agosáu. Er gwaethaf y glaw roedd dyrnaid o drigolion Glanmeurig wrth ymylon y maes parcio, pob un yn syllu'n holgar ar fynd a dod aelodau'r sgwad yn eu dillad milwrol.

*

Wrth i John Simmons sefyll wrth ffenestri dwbl y lolfa clywodd glec taran a gallai weld y cymylau duon a'r glaw yn casglu ar y bryniau yn y pellter. Gwerthfawrogodd yr olygfa hon ganwaith a dyna un o'r rhesymau dros brynu'r tŷ mewn gwirionedd. Newidiai'r darlun gyda'r tymhorau: yn y gaeaf byddai'r lawntiau'n wyn dan orchudd o rew, blagur planhigion yn dangos dyfodiad y gwanwyn, borderi'r ardd yn gyfoeth o liw yn yr haf a nawr, yn yr hydref, dail y perthi'n melynu i ailgychwyn y cylch. Ac mewn ffordd ryfedd roedd cysondeb yn y newid, un tymor yn dilyn y llall a sicrwydd yr abaty fel symbol o hanes a diogelwch oesol yn y dyffryn islaw. Diogelwch oesol, meddyliodd yn sinigaidd. Pa fath o ddiogelwch oedd ganddo dros y funud hon, yr eiliad hon? Roedd yn garcharor yn ei gartref ei hun, a'r diawled Risleys yn effro i bob symudiad, Carl yn prowlan o stafell i stafell a Lee wrth benelin Daniel yn archwilio sgrin y cyfrifiadur. A Daniel? Y mab a gafodd y gorau – addysg ysgol fonedd, cwrs gradd yng Ngholeg Imperial Llundain, cwrs meistr yn Caltech a hyfforddiant gyda Marcher Montagu yn Frankfurt a Hong Kong. Ac i beth? Yr holl fanteision yn cael eu hafradu a Daniel fawr gwell na'r Risleys, yn golchi pres y fasnach gyffuriau ac yn ddeliwr yn y stwff. Cynddeiriogodd. Onid oedd wedi dyfarnu mewn sawl achos yn y maes a chosbi'n hallt? Onid oedd union eiriau un dyfarniad yn canu yn ei glustiau?

'Diolch i'r rheithgor am ysgwyddo'r baich o wrando ar dystiolaeth a oedd ar adegau'n annynnol ac yn esiampl o sut y gall pobl ymddwyn yn giaidd tuag at unigolion ifanc, dibrofiad. A chi, y ddau ddiffynnydd, daethoch chi yma o ddwyrain Ewrop, yn ffoi rhag rhyfel gan ennill lloches gwleidyddol. Fe wnaethoch chi ad-dalu'r gynhaliaeth a'r cymorth gawsoch chi yma mewn modd ffiaidd drwy ddefnyddio merched ifanc er eich pwrpas rhywiol eich hun a'u gorfodi i droi at buteindra. I chi, doedd y merched hyn yn ddim mwy na darn o gnawd ac fe ddefnyddioch eu henillion i brynu a gwerthu cyffuriau yn Ne Cymru. Bydd y ddau ohonoch yn mynd i garchar am ddeuddeg mlynedd, y gosb galetaf o fewn fy ngallu. Ewch â nhw i lawr.'

Teimlodd symudiad, trodd o'r ffenest a gweld Miriam yn sefyll wrth ei ochr.

"Ma'r olygfa'n ddiflas heddi, John. Pam na ddei di i'r gegin am ginio? Mae'n gynhesach fan'na."

"Carl yno mae'n siŵr, yn bwyta fy mwyd i, yn lordio o un pen y tŷ i'r llall fel petai'n berchen y lle. Ydi e 'na?"

Ein bwyd *ni*, ein tŷ *ni*, meddyliodd Miriam, ond yn hytrach na lleisio'i barn bodlonodd ar ateb y cwestiwn, "Nag yw, dim ond Lydia a fi. Mae Carl wrth y drws cefn yn smocio."

"O leiaf fydd 'na ddim oglau mwg wedi i ni gael gwared o'r ddau. A Lee, ble mae hwnnw?"

"Gyda Daniel. Ti'n meddwl... ti'n meddwl y bydd Daniel yn llwyddo i gael gafael ar yr arian i ddod â'r hunllef 'ma i ben? A chael gwared o'r Risleys?"

"Dwi ddim yn gwybod beth i feddwl ac i fod yn onest dwi

wedi colli adnabyddiaeth ar fy mab fy hun. Digon siŵr y daw e o hyd i'r arian. Mae claddu enillion y Risleys yn golygu ei fod yn hen law â chorneli tywyll ym mhen draw'r byd. O edrych ar fywyd Daniel – y fflat, y car, y dillad a'r gwyliau – prin y bydd cant a hanner o filoedd yn ergyd drom iddo. Dwi bron yn sicr y bydd y pres yng nghyfri'r Risleys erbyn hanner nos. Nid dyna'r broblem. Bydd y ffaith fod Daniel yn ddeliwr yn fwgan, yn gysgod parhaol drosta i. Iawn, bydd Carl a Lee yn cael eu dwylo ar y pres a gobeithio yn baglu o 'ma. Ond beth wedyn? Bydd gafael y tad a'r mab yn gryfach arno, yn hawlio mwy o ffafrau a blacmel dan yr wyneb o hyd. Mae Daniel wedi dewis trachwant a chyffuriau i gamu i'r rhwyd ac fe fydd y rhwyd yn cau amdano, un ffordd neu'r llall. Creda fi, Miriam, dyna arferion brwnt y byd cyffuriau."

"Ti'n swnio fel taset ti'n siarad o brofiad."

"Heb amheuaeth. Dwi'n deall o brofiad rhes o achosion, gweld gwerthwyr yn dinistrio bywydau, gweld merched ifanc yn gwerthu'u cyrff a gweld trueiniaid y gwter yn fodlon cyflawni unrhyw drosedd er mwyn y ffics nesa."

Tynnodd John Simmons anadl ddofn cyn datgan yr hyn oedd yr ergyd drymaf yn ei farn ef.

"Nid yn unig mae Daniel wedi difetha'i yrfa ei hun, mae wedi peryglu fy swydd i fel barnwr. Elli di ddychmygu'r penawdau, Miriam? JUDGEMENT DAY FOR JUDGE. SON OF HIGH COURT JUDGE APPEARS ON DRUG DEALING AND MONEY LAUNDERING CHARGES. SEND HIM DOWN, SAYS FATHER. Gohebwyr ym mhob man a chyd-farnwyr rhagrithiol yn cydymdeimlo'n gyhoeddus ond yn gwawdio'n breifat. Ha-ha, druan o John! Fel y cwympodd y cedyrn."

Allai Miriam ddim coelio geiriau ei gŵr. Ei deulu dan fawd dihirod ac yntau'n boddi mewn trochfa o hunanoldeb. Fi, fi, neb ond fi. Ni allai ymatal.

"Dyna i gyd sy'n dy boeni di, John? Dy yrfa, dy barchusrwydd, dy enw da di? Taset ti wedi ymddiddori mwy ym magwraeth dy blant, falle fydden ni ddim yn y picil 'ma nawr."

"Beth yw ystyr hynna, e? Ti byth yn newid, wyt ti? Yr un Miriam gwynfanllyd, wastad yn barod i rwbio halen y gorffennol ar y briw, wastad â'r gallu i wneud sefyllfa wael yn waeth. Taro'n isel iawn tro 'ma. Rhag dy gywilydd di."

Safodd John uwch ei phen yn agor a chau ei ddyrnau hyd nes i'r esgyrn glecian. Am eiliad tybiodd Miriam ei fod ar fin ei tharo. Yna gadawodd y lolfa heb air ymhellach. Daeth cryndod drosti a gafaelodd mewn cadair i achub ei hun rhag syrthio. Roedd ei chalon yn curo fel gordd a brwydrodd am ei gwynt. Sadiodd o dipyn i beth ac ymdawelu. O'i chadair gallai weld cornel y dreif a chofiodd am y neges i'r llyfrgellydd. Gwastraff amser a gwastraff ymdrech, meddyliodd, un arall o dy syniadau gwantan, Miriam fach.

Rhyw shifft o bryd oedd cinio, bara a chig oer, ond doedd gan y pedwar aelod o'r teulu ddim llawer o archwaeth. Ymosododd Carl a Lee ar y bwyd a mynnodd Carl y dylid cael potel o win, gan lusgo John i'r storfa wrth ymyl y pantri. Dychwelodd y ddau, Carl â dwy botel o win coch dan ei geseiliau a John yn cario dwy o win gwyn. Pasiodd Carl un o'r poteli i Lydia gyda gorchymyn i'w hagor a gosod gwydrau ar y bwrdd.

"Man a man joio," dywedodd wrth lowcio'r gwydraid mewn un. Edrychodd ar y label, "Château Lafite," darllenodd. "Diawl o enw stiwpid, swnio fel troed chwith. Stwff ocê, bach yn sych, fel y cwmni!" ychwanegodd gan bwffian chwerthin ar ei jôc ei hun.

Sobor oedd ymateb y teulu, yn enwedig John o weld ei win drutaf yn cael ei ddrachtio fel pop. Treuliwyd gweddill y pryd mewn tawelwch ac mewn byr o dro gafaelodd Lee yn Daniel a'i dywys yn ôl at y cyfrifiadur.

Yn sgil eistedd yn yr un lle am oriau roedd Daniel wedi blino a'i lygaid yn dyfrio wrth iddo syllu ar y sgrin. Roedd anwadalwch y cyswllt â'r we yn felltith ychwanegol a sawl gwaith ac yntau ar fin cyrraedd y nod cafodd y profiad chwerw o wylio disodli gwefan gan y rhybudd 'You have no Internet connection'. Ar yr olwg leiaf o nogio byddai Lee yn arthio arno i dalu sylw, y Glock yn gyson wrth law rhag ofn iddo hyd yn oed ystyried gwrthod neu orffwys. Symudodd y llygoden o dan ei law a gan groesi bysedd teipiodd y geiriau 'Blantyre Oceanic'. Daeth gwefan i'r golwg ac o'r diwedd ymddangosai fel petai ar y trywydd cywir a bod y cyswllt yn gadarn. Darllenodd y ddau y blyrb, y manylion yn hen gyfarwydd i Daniel ond yn hollol newydd i Lee:

BLANTYRE OCEANIC

Blantyre Oceanic is a law firm and corporate service provider based in Colón Panama, the republic being the world's fourth biggest provider of offshore financial services. Panama's offshore sector is intimately tied to the Panama Canal, which has made it a gateway for international trade. Panama has the largest shipping fleet in the world, greater than those of the US and China combined. Panama extended its minimalist approach to maritime registration to taxation, regulation and financial disclosure requirements to the world of offshore finance. For decades, offshore finance had a relatively modest profile in Panama, but it took off in the 1970s as world oil prices surged. During this time, the Republic of Panama passed legislation entrenching corporate and individual financial secrecy. By 1982, partly attracted by business opportunities deriving from the Panama Canal and its free trade zone, more than 100 international banks had offices in Panama City. The names of shareholders of Panamanian corporations, trusts and foundations are not required by law to be publicly registered. Panama has no exchange controls: this means that for individual clients of Panama's offshore banking, as well as for offshore business entities incorporated in Panama, there are no limits or reporting requirements on money transfers into or out of the country. Panama also has very strict banking secrecy laws: for example, it is forbidden for Panamanian banks to share any information about offshore bank accounts or account holders, except under special circumstances instigated by the Panamanian authorities

Blantyre Oceanic specializes in commercial law, trust services, investor advisory, and international business structures. It also offers intellectual property protection and maritime law services. We offer a confidential service individually tailored to your needs.

Ymddangosodd bocs bychan o dan y blyrb gyda'r gorchymyn 'Existing clients enter your triple lock password here'. Pwysodd Lee yn agosach ond roedd bysedd Daniel yn llithro mor gyflym dros y botymau fel na fedrai Lee weld beth oedd yr allweddeiriau. Ail orchymyn: 'What do you wish to do?' a Daniel yn teipio 'Transfer the equivalent of one hundred and fifty thousand pounds sterling from my account to the account of Silverpath Ltd. registered as a limited company at Blantyre Oceanic.' Gwenodd Lee. O'r diwedd.

"Ocê, galw ar dy dad."

Mewn llai na munud roedd y tri yn y stydi, Daniel yn dal i eistedd wrth y cyfrifiadur a Carl a Lee y naill ochr iddo. Esboniodd Daniel, "Iawn, mae'r arian wedi'i drosglwyddo. Croeso i chi tsiecio. Dwi wedi cyflawni fy ochr i o'r fargen. Wel, fwy neu lai. Mae un gorchymyn, un allweddair ar ôl. Bwydo hwnnw ac fe allwch chi fynd o 'ma. Mae rhai ffeithiau dylwn i ychwanegu. Yn gyntaf, dwi'n gwybod am holl gyfrinachau Silverpath ac mai ffrynt yw'r siopau trin gwallt, y salonau ewinedd a'r parlwrs tylino honedig. Dylwn i wybod, wedi'r cyfan, fi greodd y gragen wag o gwmni a'i gofrestru yn Panama. Yn ail, y gorchmynion a'r codau i Blantyre Oceanic. Os am unrhyw reswm y metha i adnewyddu'r gorchymyn yn fisol dros y dair blynedd nesaf bydd gwybodaeth am holl weithgareddau Silverpath yn mynd i'r heddlu ac asedau'r cwmni yn cael eu trosglwyddo i gyfri cudd. Yn syml, os dwi'n mynd lawr, chi'n mynd lawr. Deall?"

Rhythodd y tad a'r mab ar Daniel, ei fys yn hofran uwchben y llygoden.

"Wel?" gofynnodd yn dawel a phwyllog. "Chi bia'r dewis."

Fflachiodd mellten ar y lawnt a chlywyd dwndwr taran yn syth uwchben y tŷ. Ar ail fflach diffoddodd y trydan gan adael y tri yn syllu ar ei gilydd yn sarrug yn y llwydolau wrth i'r glaw chwipio ar ffenest y stydi.

"Ffycin hel!" bloeddiodd Lee. "Syniad pwy oedd dod i'r *shithole* hyn?"

PENNOD 12
LEE

Y N EI DRWMGWSG, prin y clywodd Lee y floedd. Yna, gwaeddodd y llais eilwaith, "Dere, cwyd! Os na ddei di nawr fe fyddi di'n hwyr a fi fydd yn cael ffycin row."

Swatiodd o dan y cwrlid tenau. Roedd hi'n glyd yno, ei gorff tenau yn ddiogel a chynnes yn oerfel y stafell. Dyna reswm arall dros loetran yn y gwely. Gwyddai y byddai camu ar y carped tyllog fel camu i ffos rynllyd ac roedd am ohirio'r profiad diflas mor hir ag y medrai.

"Lee! Oes rhaid i fi ddod lan?"

Yn llwyr ymwybodol o ganlyniadau hynny doedd Lee ddim am i'w dad ddod i'r stafell wely ac felly llusgodd ei hun o'i wâl i wisgo'r dillad a daflwyd neithiwr yn bentwr anniben i'r gornel. Golchodd ei wyneb gyda'r mymryn lleiaf o ddŵr, rhoi sgwriad sydyn i'w ddannedd, cribo'r mwng a rhedeg i lawr y grisiau i'r gegin. Roedd y brecwast ar y bwrdd – cornfflêcs, tafell o fara gwyn toeslyd, jam coch a glased o sgwash oren. Dyma oedd y fwydlen ddigyfnewid, a hiraethai Lee am y brecwastau blasus a baratowyd gan ei fam. Diod poeth, wy wedi'i ferwi, neu 'wy tap-tap' yn ieithwedd hoffus y ddau, y melyn yn llifo dros y sowldiwrs o dost a dorrwyd mor ofalus.

"Lee! Byta dy fwyd. Hasta, sdim amser i freuddwydio."

Na, doedd dim amser ganddo. Dim amser i feddwl am y gweiddi a'r dadlau yn oriau mân y bore, dim amser i esbonio'r cylchoedd duon o dan lygaid ei fam ac yn sicr doedd ganddo ddim amser i ddirnad pam y gadawodd mor sydyn. A nawr, ar orchymyn ei dad fyth i grybwyll enw na phresenoldeb y ddynes a'i magodd mor dyner, roedd hi'n rhy hwyr. Anghofia'r gorffennol, Lee, dyna'r drefn, ti a fi sy'n bwysig, ti a fi 'da'n gilydd, rial bois, dim angen neb arall. Drymiwyd y geiriau dro ar ôl tro ac yn anfoddog gwyddai Lee fod rhaid iddo dderbyn y bregeth.

Clywyd cnoc ar ddrws y fflat a diflannodd ei dad. Canolbwyntiodd Lee ar fwyta'i gornfflêcs a llyncu'r llaeth ond yna wrth gydio yn y bara sleifiodd i'r pasej i wrando. Er y lleisiau isel llwyddodd Lee i graffu ar y geiriau, "Un ffafr, Carl, sai'n gofyn lot, arian yn dy law, dere, fydd neb callach.' Daeth y sgwrs i ben a rhedodd Lee yn ôl i'w gadair. Ni holodd am yr ymwelydd. Dysgodd fod rhai ffeithiau yn saffach yn y dirgel ac roedd y fisitors annisgwyl yn amheus, ac na ddylai crwt wyth mlwydd oed wybod amdanyn nhw. Os nad wyt ti'n gwybod, fedri di ddim dweud, dyna gyngor ei dad.

"Benna dy frecwast, dwi'n mynd lan lofft am funud."

Aeth y funud yn ddeg ac wrth aros cliriodd Lee y llestri a chasglu ei lyfrau a'i fag. O'r diwedd dychwelodd ei dad yn llawn ffrwst, cydio yn ei law a hanner rhedeg at yr ysgol yn bracso rhybuddion am fod yn hwyr gan anghofio mai ef ac nid Lee oedd ar fai. Daethant at y fynedfa ac mewn gweithred gachgïaidd gwthiodd Carl ei fab i'r dosbarth a throi ar ei sawdl a gadael Lee i wynebu'r athro. Ond clywyd llais yr athro o ben pellaf y dosbarth. Brasgamodd Dewi Roberts tuag atynt.

"Mr Risley, ga i air sydyn, plis? Lee, cer di at y plant." Ufuddhaodd y bachgen ar unwaith. "Mr Risley, mae'r ysgol yn agor am naw a'r gwersi yn cychwyn yn fuan ar ôl hynny. Mae nawr bron yn hanner awr wedi naw. Nid dyma'r tro cyntaf i chi a Lee gyrraedd yn hwyr. Beth yw'r esgus heddiw, tybed?"

Ymateb greddfol Carl oedd plannu dwrn ar wên sarcastig y pwrsyn diawl ond bodlonodd ar fwmian rywbeth am anawsterau rhiant sengl.

"Mae sawl rhiant arall mewn sefyllfa debyg, Mr Risley, a sawl rhiant yn gyfrifol am fwy nag un plentyn. Maen nhw'n llwyddo i gyrraedd erbyn naw. Dyfodol Lee sy yn y fantol fan hyn. Fe wna i drefniadau i chi weld y pennaeth brynhawn Gwener am bedwar. Ac am unwaith, Mr Risley, gwnewch fwy o ymdrech i fod ar amser!"

Un ffrind oedd gan Lee yn y dosbarth, disgybl tywyll ei groen o'r enw Jamal. Roedd rhai eraill yn elyniaethus tuag at Lee, yn gwatwar ei olwg a'i ddillad tlodaidd, yn ei binsio'n slei ac yn galw enwau fel 'Lee Pi-pi' yn sgil damwain anffodus. Wrth iddo nesáu at y bwrdd lle roedd aelodau ei grŵp yn gweithio ar dasg y bore, chododd neb eu pen i'w gyfarch. Safodd am eiliad heb wybod beth i'w wneud. Yna cododd un ei ben a gwenodd Jamal arno, symud o'r neilltu i greu bwlch a chamodd Lee yn ddiolchgar i'r cylch.

Gweithiodd y ddau yn hapus gytûn ar y dasg fathemateg, y naill yn cynorthwyo ac yn annog y llall. Roedd Lee yn hoffi datrys posau cyfri ac yn elwa ar y wers a ddysgodd gan ei dad, "Os galli di gownto mwy o arian yn dy boced ar ddiwedd wthnos nag ar ddechre wthnos, ei di'n bell." Felly, pan ddaeth yr athro at y grŵp i holi am yr ateb dwylo Jamal a Lee oedd y rhai cyntaf i godi gyda'r ddau yn gweiddi'n frwdfrydig, "Syr, syr!"

"Da iawn, hollol gywir, ac yn gyflym. Esiampl wych i'r lleill."

Gwenodd y ddau yn browd o'r ganmoliaeth. Nid felly gweddill y grŵp, y genfigen yn amlwg yn eu sibrydion a'u taflu golwg sbeitlyd. Pen bandit y giwed oedd Siôn, bachgen talaf y dosbarth. Syllodd yn sarrug ar Lee a Jamal, culni ei lygaid gwyrdd oeraidd yn llawn addewid o ddial a tharo'n ôl. Aeth y wers yn ei blaen gyda mwy o broblemau cyfri hyd nes i'r gloch gyhoeddi amser chwarae.

Yn benderfynol o achub y blaen brysiodd Siôn am y drws

ac wrth i Lee a Jamal ddilyn, safodd yn heriol ger y fynedfa i flocio'r ddau.

"Meddwl bod ti'n glyfar wyt ti, Lee? Ti a dy fwnci o ffrind? Dim rhyfedd bo' chi'n fêts. Dim ond un ffrind sy 'da ti." Pwniodd Lee yn ei frest. "Gawn ni weld faint o ffrind yw e." Camodd Siôn yn nes ac roedd ar fin ymosod pan ddaeth aelod o staff i'r golwg gan beri iddo gilio ond nid cyn iddo frathu'r geiriau "Wela i ti, titsh."

Yn unol â'i fygythiad aeth Siôn ati yn fwriadol i chwilio am Lee yn ystod yr awr ginio. Bu'n prowlan am dipyn cyn gweld ei darged ar ei ben ei hun yng nghornel bellaf yr iard. Casglodd ei ffrindiau, y lleill bron mor dal ag yntau a rhedodd y pedwar tuag at Lee a'i amgylchynu. Ac yn y foment honno, un yn erbyn pedwar, a neb i'w amddiffyn, roedd yn eithriadol o unig, yn fachgen bach unwaith eto, yn ysu am warchodfa ei dad ac mewn ennyd ddagreuol yn dyheu am gysur ei fam. Yn ei fraw gwlychodd ei hun.

"Lee Pi-pi, Lee Pi-pi," llafarganodd Siôn. "Wedi digwydd eto, wedi digwydd eto. Y titsh bach drewllyd wedi llanw'i bants. Ddim mor glyfar nawr, wyt ti?"

Geiriau syml oedd yn adrodd cyfrolau. Gwyddai Lee beth oedd i ddod. Fe'i gwthiwyd i'r llawr, cic rhwng ei goesau, dyrnu a chwerthin wrth ei wylio yn gwingo mewn poen. Mwy o chwerthin wrth iddo rolio mewn ymdrech i osgoi'r ergydion. Synhwyrodd Lee fod ei afael ar realiti yn llithro ymhellach, neb i glywed ei gri am help a'r pedwar a safai drosto yn gwybod hynny. Dewiswyd adeg a lleoliad y ffrwgwd yn ddieflig o ddoeth. Chwysodd yn lleithder y glaswellt gan sylweddoli nad oedd yr artaith drosodd.

"Pam na wnei di godi?" poerodd Siôn. "Lee yn gachgi, cachgi, cachgi!"

Ymunodd y lleill yn y diwn gron ac yna clywyd llais gwahanol. "Gadwch e fod. Dyw hynna ddim yn deg."

Sbeciodd Siôn i gyfeiriad y llais a rhoi'r gorau i'r pwnio.

"Hei, drychwch, bois, mwnci bach wedi dod i achub ei ffrind. Wel, be ti'n mynd i neud?"

Heb oedi a heb ystyried y perygl am eiliad rhuthrodd Jamal i ganol yr ymladd i roi pelten i Siôn ar ei drwyn a chael y pleser o wylio'r gwaed yn llifo. Ar hyn, ymunodd pawb yn y sgarmes, breichiau'n chwifio a chyrff yn taro'n wyllt erbyn ei gilydd. Atseiniodd y gri "Ffeit, ffeit!" ar draws yr iard gyda'r waedd yn tyfu ac yn denu cynulleidfa.

Yn sydyn syrthiodd cysgod ar draws y sgrechian a'r ffusto.

"Dyna ddigon!" gwaeddodd Dewi Roberts. "Jamal, stop! Siôn, dwi'n synnu atoch chi o bawb. Lee, codwch o'r llawr, drychwch ar 'ych dillad, yn fwd a llaca o un pen i'r llall. Nawr, beth ar y ddaear yw'r rheswm dros yr ymladd 'ma?"

Rhuthrodd Siôn i ateb, yn awyddus i fod y cyntaf i gael ei big i mewn. "Nhw ddechreuodd! O'n i'n chwilio am le i chwarae pêl a daeth Jamal a Lee o unman a gafael yndda i. Jyst fel 'na, heb unrhyw reswm, syr."

"Beth, dau yn erbyn pedwar?" holodd yr athro.

Llithrodd gweddill y celwydd yr un mor slic a diymdrech. "O'n i ar ben fy hunan, syr, a welodd y lleill beth oedd yn digwydd a dod draw i helpu."

Nodiodd y tri yn frwdfrydig i gefnogi eu ffrind. Safai Lee yn fud, ychydig ar wahân, ei lygaid yn goch a'r rhychau dagrau'n llinellau trist ar ei wyneb gwelw. Ceisiodd dacluso ei wallt a oedd yn gymysgedd o faw a gwlybaniaeth. Rhedodd ei law dros fryntni ei ddillad a meddwl yn bryderus am ddwrdio ei dad.

Sylweddolodd Jamal fod y cyfrifoldeb o leisio ochr arall y ddadl yn syrthio'n sgwâr ar ei ysgwyddau e.

"Nid fel'na oedd hi, syr. Nhw bitsiodd ar Lee, pedwar yn erbyn un, ac fe ddes i draw i helpu. Dwi'n cyfadde wnes i daro Siôn, ond dim ond i amddiffyn Lee. Dyna'r gwir."

Arweiniodd hyn at weiddi a thaeru gan Siôn a'i ffrindiau a bu raid i Dewi Roberts godi ei lais i dawelu pawb ac i roi terfyn ar y gynnen.

"Dyna ddigon! Oes, mae dwy ochr i bob ffrwgwd, ac fe gewch chi ddadlau'ch achos o flaen y pennaeth. Lee, cer i olchi dy hunan a thacluso dy ddillad."

*

Eisteddai Lee a Jamal ar fainc bren wrth ochr gât yr ysgol. Roedd yr hewl gyferbyn yn hollol wag a'r ceir a ddeuai i godi'r disgyblion wedi hen adael. Edrychodd Lee i gyfeiriad pen y stryd ond doedd dim golwg o'i dad. Trodd at Jamal a dweud, "Sdim rhaid i ti aros, bydda i'n iawn."

"Dim probs. Mae Mam a Dad yn gweithio'n hwyr heno a fydd neb yn y tŷ tan tua saith o'r gloch." Gwelodd Jamal fod angen cwmni ar Lee. Ceisiodd gysuro ei ffrind. "Bydd Carl 'ma mewn munud, gei di weld."

Rhwbiodd Lee ei ddwylo mewn nerfusrwydd a symud un llaw dros ei drowsus a oedd yn dal yn fwdlyd.

"Bydd e'n grac am y dillad, mae e wastad yn dweud fod dillad yn ddrud." Symudodd ychydig ar y fainc gan ochneidio mewn poen wrth i'r clais ar ei goes daro yn erbyn y pren. "Dwi'n mynd i gael row. Mae Dad yn dweud mai cachgi sy'n colli. A dyna beth ydw i."

Eisteddodd y ddau mewn distawrwydd anesmwyth. Ymhen hir a hwyr clywyd chwibanu, ymddangosodd Carl a sylwi ar unwaith ar olwg ei fab. "Be sy 'di digwydd? O'dd y trowsus 'na bron yn newydd a nawr drycha ar ei olwg e. Ti fel tramp!"

Cronnodd y dagrau yn llygaid y crwt a phenderfynodd Jamal y byddai'n rhaid iddo esbonio.

"Mae pawb yn y dosbarth yn gwbod bod Siôn yn fwli."

"Os nhw startodd, wel, bydd yr *head* yn deall hynny."

Yn hen ben ar ysgwyddau ifanc ychwanegodd Jamal, "Mae mam Siôn yn bwysig. Siarad lot mewn cyfarfodydd ar ôl ysgol ac eistedd mewn cadair ar ganol y llwyfan."

Er gwaethaf anawsterau'r crwt i esbonio'n iawn, deallodd Carl ergyd ei neges i'r dim.

"Reit, gewn ni weld nawr."

Cydiodd yn llaw Lee, a dweud, "Diolch, Jamal. Fyddet ti'n lico dod i weld y ffwti 'da ni pnawn Sadwrn ac am byrgyr wedyn?"

Mr Rhun ap Siencyn, BA, MAdd, Pennaeth, dyna'r geiriau ar yr arwydd. Cnociodd Carl y drws ac aeth yn syth i mewn, gyda Lee yn nerfus y tu ôl iddo. Roedd y stafell yn wag, desg ar ganol y llawr, cadair swyddfa y tu ôl iddi a dwy gadair o'i blaen. Taflodd Carl olwg dros y pentwr papur ar y ddesg, ffeiliau a memos, cyn sylwi ar amlen binc ar ben y cyfan. Edrychai'r amlen yn rhyfedd yn y papurach, rhywbeth od ymhlith y dogfennau a'r cyfarwyddiadau swyddogol ac yn reddfol bron gafaelodd Carl ynddi a'i hagor i ddarllen y neges.

Syllodd Lee arno yn bryderus, "Na, Dad, paid!"

"Lona?"

Atebodd ei fab ar unwaith. "Miss Lewis. Dad, ti'n cofio Miss Lewis?"

Pwy allai anghofio Lona Lewis? Rhoddodd Carl yr amlen yn ei boced a chamu i'r coridor i aros. O fewn llai na phum munud hwyliodd Rhun ap Siencyn i'r golwg. Crebachodd ar Carl a brysio heibio'n llawn gwynt fel petai islaw ei sylw. Fe'i dilynwyd yn syth a chaeodd Carl ddrws y swyddfa'n glep ar ei ôl.

"Oes gyda chi apwyntiad, Mr...?"

"Risley, Carl Risley, tad Lee. Dwi isie gair am y ffeit heddi."

Goleuodd llygaid y pennaeth. Bu mewn sefyllfaoedd cyffelyb yn y gorffennol a gwyddai o brofiad i reoli'r drafodaeth o'r cychwyn cyntaf.

"Amhosib, Mr Risley, cwbl amhosib. Dwi wedi derbyn adroddiad yr athro, ac fe fydda i'n siarad â'r ddwy ochr fory ac yn dod i benderfyniad teg."

Pwysodd Carl dros y ddesg i siarad wyneb yn wyneb. "Dyna'r broblem. Sdim tryst byddwch chi'n deg."

Gwylltiodd y pwysigyn gan geisio codi ar ei draed mewn ymgais i sefydlu awdurdod. Mewn gweithred yn debyg i daro chwannen rhoddodd Carl bwniad ysgafn i ysgwydd y dyn i achosi i'r gadair olwynion lithro am yn ôl. "Hei, pwy y'ch chi i fygwth? Wna i alw'r gofalwr."

"Galwch y gofalwr. Galwch gant gofalwr. Gân nhw weld be sy'n hwn." Yn bwyllog a diymdrech tynnodd Carl yr amlen binc o'i boced a dechrau darllen y llythyr. "'Annwyl Geth. Profiad secsi yn y car echnos. Edrych ymlaen at y cwrs penwythnos, lot i ddysgu! Caru ti, Lona.' A lot o swsus."

Nid Rhun ap Siencyn BA, MAdd, Pennaeth oedd yno bellach ond balŵn fflat a bigwyd yn ei statws ei hun, gwlanen ddi-nod a gollodd ei rwysg a'i rodres. Rhythodd mewn sioc, gan agor a chau ei geg fel pysgodyn aur yn brwydro am ei anadl olaf.

"Yn eich geiriau chi, Mr Siencyn, penderfyniad teg. Gadwa i'r llythyr jyst rhag ofn."

Heb air ymhellach trodd Carl i'r coridor lle arhosai Lee amdano. "Pob peth yn iawn, Dad?"

"Pob peth yn hollol iawn." Cerddodd y ddau law yn llaw ar hyd y coridor gwag ac wrth iddynt agosáu at gât yr ysgol dywedodd Carl, "Ti a fi sy'n bwysig, Lee, ti a fi 'da'n gilydd, rial bois, sdim angen neb arall."

PENNOD 13

G WNAED YN SIŴR na fyddai'r Range Rover yn symud o'i guddfan drwy blannu cyllell ymhob un o'r teiars. Ar wahân i hisian sydyn a foddwyd gan ruo'r gwynt a'r glaw roedd y weithred yn dawel ac yn annhebyg o dynnu sylw neb yn Hightrees. Yn ôl y rhif cofrestru – CP11EXG – roedd y cerbyd yn berchen i unigolyn o'r enw John Smith, 42 Dunbar Street, Pengam, Caerdydd, a danfonwyd dau dditectif, Dan Edwards a Selian Kumar o Heddlu'r De i'r cyfeiriad. Er bod y ddau'n adnabod yr ardal doedden nhw ddim yn gyfarwydd â'r stryd ond y rheswm pennaf am y benbleth oedd fod y pâr ynghanol stad ddiwydiannol fechan, pob sied yn hynod o debyg, pob un yn cyhoeddi enw'r busnes, prin neb yn cynnwys rhif ar yr arwydd. Yna, wrth yrru ar hyd y stryd am y trydydd tro a gweld rhif pedwar deg ar yr ochr dde, penderfynwyd mai'r drws nesaf oedd y man perthnasol.

Roedd yr adeilad brics coch ar ddau lawr ac yn debycach i swyddfa nag unrhyw ffatri neu weithdy. Roedd rhes o ffenestri ar y llawr uchaf a'u golau llachar yn adlewyrchu ar y palmant gwlyb, a'r un rhes ar y llawr gwaelod. Rhwng y ddau roedd arwydd mawr coch yn dynodi mai Muscle Bound oedd enw'r busnes ac mewn llythrennau llai, 'Your local peak physique centre'. Heb betruso parciodd Edwards yn yr unig fwlch gwag yn union uwchben y geiriau 'Reserved for Managing Director'. Gellid gweld y fynedfa i'r dde o'r bwlch, drysau dwbl gyda baner y Ddraig Goch uwchben ac, yn rhyfedd braidd, barrau haearn trwchus y tu ôl i bob darn o wydr.

Cyflwynodd y ddau dditectif eu hunain. Er i'r ddynes wrth

y cownter ymateb yn gwrtais ni ellid llai na sylwi ar y syndod wrth i'r ddau blismon gamu tuag ati. Roedd wedi'i gwisgo mewn tracwisg goch, ei gwallt golau yn syrthio'n donnau ar ei hysgwyddau llydan ac roedd ei chorff yn dyst o'r ffaith ei bod yn un o ddefnyddwyr cyson y gampfa. Cododd i gyfarch, "Kelly Prydderch, alla i helpu?"

Kumar atebodd, " Rhif 42 Dunbar Street?"

"Ie."

"Chi'n gweithio yma fel derbynwraig, Miss Prydderch?"

"Mrs. Fy ngŵr, Dafydd, a fi sy berchen y busnes ac yn rhedeg y lle. Gyda llaw, chi newydd barcio yn ei le cadw. Falle'ch bod chi'n gyfarwydd ag enw Dafydd, mae e'n aelod o dîm seiclo Cymru."

Roedd Selian Kumar yn cofio gweld Dafydd Prydderch ar y teledu yng nghyd-destun sgandal dôpio yn y Gemau Ewropeaidd. Tybiodd mai ef oedd y gyfrifol am y Ddraig Goch, am liw tracwisg ei wraig a'r tariannau Cymreig ar y silffoedd y tu ôl i'r cownter. "Oes staff arall yn gweithio 'ma, Mrs Prydderch?"

"Oes, wrth gwrs. Mae Dafydd i ffwrdd dipyn, yn Ffrainc ar hyn o bryd. Felly mae gyda ni hyfforddwraig ran-amser, a dwi'n helpu allan gyda'r merched, a dau hyfforddwr."

"Beth am y gwaith glanhau?"

"Cyflogi cwmni allanol." Am y tro cyntaf yn ystod y sgwrs clywyd tinc o amharodrwydd a diffyg amynedd yn llais Kelly Prydderch. "Drychwch, dwi'n barod i helpu ond beth yw'r rheswm am yr holl gwestiynau?"

"Oes rhywun o'r enw John Smith ymhlith y staff?"

Ystyfnigodd y wraig. "Sori, 'na ddigon. Dwi ddim am ddweud mwy. Gallwch chi esbonio neu adael."

Plannodd Dan Edwards ei ddwylo trymion ar y cownter a thuchan mewn perfformiad o ffug drueni. Mewn gyrfa hir roedd wedi cyfarfod â ribidirês o unigolion tebyg i hon ac wedi hen berffeithio'i dacteg. "Chi bia'r dewis, Mrs Prydderch. Gallwch chi osgoi trafferth drwy ateb fan hyn neu gallwch chi ddod i'r stesion. Ond falle bod gyda chi reswm dros wrthod."

Daeth edrychiad bwdlyd i wyneb y wraig ac ar amrantiad diflannodd y tlysni. Yn y gweddnewidiad gallech weld person a sbwyliwyd yn rhacs, yn gyfarwydd ag ennill pob dadl a chael ei ffordd ei hun. Gwgodd a mwmial, "Na."

"O, da iawn! A byddai'n dda gweld y cofnodion cyflogaeth."

Trodd y ddynes at gwpwrdd ffeilio, agor drôr a thaflu dwy ddogfen ar y cownter. Archwiliodd Edwards y dogfennau a gweld nad oedd yr enw John Smith ar y naill na'r llall.

"Hapus? Falle wnewch chi adael nawr, er mwyn i fi roi sylw i redeg y busnes, sy'n talu trethi i gynnal gwasanaethau fel yr heddlu gyda llaw."

Roedd y ddau dditectif ar fin gadael pan dynnwyd sylw Selian Kumar gan focsys pres yn erbyn wal y coridor a arweiniai i'r gampfa gyda fflap, rhif a chlo ar bob bocs. "Beth yw'r rheina?"

"Bocsys post. Ni'n rhentu bocs i unigolion a busnesau, pobl sy'n gweithio o adre ac am osgoi cynnal costau swyddfa, er enghraifft, rhai sy'n prynu a gwerthu ar y we. Mae e'n wasanaeth diogel, yn gyfrinachol a chost-effeithiol."

Fentra i ei fod e, meddyliodd Kumar. Dolen i'r economi dywyll – osgoi cynnal costau swyddfa a chyflogi staff, osgoi cyhoeddi elw ac osgoi talu treth incwm. "A shwt mae'r cyfan yn gweithio?"

"Mae'r cleient yn rhentu bocs, yn cadw'r allwedd, a galw i osod rhywbeth dan glo neu i weld os oes neges neu barsel wedi'u gadael."

"Gan gynnwys arian?"

"Alla i byth â dweud. Nhw sy'n penderfynu beth i roi yn

y bocs, am faint o amser a pwy sydd i gasglu. Ac mewn rhai achosion fyddwn ni byth yn gweld y cleient, mae'r mynd a dod yn nwylo *courier*."

Camodd Edwards at y drws i roi un o'i ddwylo cryfion ar y barrau haearn. "Ond mae'r lle fel Fort Knox."

"Wnes i ddim gwadu'r posibilrwydd o arian. Fel dwedes i, dwi ddim yn gwybod."

"Ydych chi'n gyfarwydd â'r cleientiaid? Nabod rhai yn reit dda?"

"Rhai byth yn ymweld, fel wnes i sôn. Eraill yn mynd a dod. Rhai yn llogi bocs am ychydig ddiwrnodau. Anodd cadw cownt."

"A shwt maen nhw'n talu?"

Gan feddwl ei bod ar dir saffach cafwyd ateb yn ddiymdroi, "Arian parod neu archeb banc."

Lled-wenodd y ditectif. "Handi, a chyfrinachol. Felly sdim syniad gyda chi pwy sy'n berchen y bocsys. Mynd a dod, adnabod neb, pob cwsmer yn diflannu'n daclus i'r niwl. Hm, anodd credu." Cododd Edwards ei lais. "Mae gyda chi restr o bob cwsmer a rhifau pa focs maen nhw'n defnyddio. Ga i weld y rhestr, Mrs Prydderch? Os byddwch chi'n gwrthod fe gewch chi eich restio. 'Obstructing a law enforcement officer in the discharge of his duties', dyna'r geiriad swyddogol."

Doedd Kelly Prydderch ddim am ildio. "Credwch neu beidio, o'n i'n arfer bod yn ysgrifenyddes mewn swyddfa cyfreithwyr ac felly galla i ddyfynnu'r gyfraith cystal â chi. Mae angen gwarant wedi'i llofnodi gan JP cyn chwilio safle rhywun o dan amheuaeth. Oes gyda chi un?"

Wrth wrando ar y cega bu Selian Kumar yn archwilio'r silffoedd a'r cypyrddau oer a safai gyferbyn â'r bocsys post. Roedd y cypyrddau'n llawn diodydd chwaraeon, a oedd yn ei thyb hi ddim gwell na chymysgedd o ddŵr a siwgr. Camodd at y silffoedd a gweld tybiau o rywbeth a ddisgrifiwyd fel Professional Whey – am hanner can punt – ac ar y silff oddi tano, sachau plastig o bowdr protin blas siocled neu fanila, bargen am bum punt ar hugain. Yna, yn hanner cuddio rhwng y sachau, gwelodd res o boteli bychain a chapiau metel. Gafaelodd mewn un a darllen y rhybudd 'Anabolic Steroid Vaccine, to be administered by medical practitioner. Not licensed for use in the UK'.

Gyda'r gorchymyn i heglu oddi yno yn canu yn ei glustiau symudodd Dan Edwards at ddrws y gampfa ond fe'i hataliwyd gan ei gyd-dditectif. Gosododd Kumar y botel fechan ar y cownter a mwynhau'r pleser o wylio llygaid Kelly Prydderch yn lledu mewn braw a gofid.

"Mrs Prydderch, fe holoch chi'n gynharach oedden ni'n gyfarwydd ag enw'r gŵr, Dafydd, ac yn syth fe wnes i gofio am sgandal dôpio yn y Gemau Ewropeaidd y llynedd." Pwyntiodd at y botel. "A drychwch ar hon. Ar werth ar y silff yn hollol agored, er gwaetha'r rhybuddion."

"Mae'r stwff 'na'n gwbl gyfreithlon," taerodd.

"Bolycs! Sdim trwydded i werthu na defnyddio'r rhain ym Mhrydain a sdim sicrwydd gyda chi y bydd pob dos yn cael ei chwistrellu gan ddoctor." Pwyllodd Kumar a mesur ei geiriau'n ofalus cyn parhau, "Gawn ni'r rhestr, os gwelwch yn dda? Neu fe fyddwn ni'n ffonio archwilwyr cyffuriau y tîm seiclo. Diwedd gyrfa Mr Prydderch a'r busnes bydd hi wedyn."

Gwelodd Kelly a sylweddoli nad oedd dewis ganddi bellach. Agorodd ddrôr arall yn y cwpwrdd ffeilio i estyn dogfen gyda theitl POST BOX RECORDS ar ei blaen. Roedd yr enwau a'r rhifau ar y ddwy dudalen gyntaf yn nhrefn y wyddor ac yng nghanol yr ail dudalen roedd yr enw JOHN SMITH mewn llythrennau bras a rhif 66 gyferbyn â'r enw.

"Allwedd rhif 66, plis," mynnodd Edwards.

"Cym on, dwi newydd esbonio bod yr allweddi ym meddiant llogwyr y bocsys."

"Sgriwdreifar 'te."

Yn anfoddog ymbalfalodd Kelly Prydderch o dan y cownter a phasio'r twlsyn i'r ditectif. Bu'n straffaglu ar glo y bocs tan i hwnnw agor gyda gwich. Gan roi macyn poced dros ei law cododd Edwards amlen frown o'r bocs, a'i hagor i ddatgelu bwndel sylweddol o arian. Yn gorwedd yn dwt ar ben y bwndel roedd cerdyn busnes Sensei Therapies a chyfeiriad ar ochr orllewinol Caerdydd.

"Reit, Mrs Prydderch, tapiau'r camerâu, os gwelwch yn dda. Chi'n dod gyda ni i'r stesion i weld os allwch chi adnabod y dyn dirgel 'ma, John Smith."

*

Yn wahanol i'r gampfa, tasg hawdd oedd ffeindio Sensei Therapies. Yn syth ar ôl croesi pont Elái gwelwyd y siop a pharciodd Dan Edwards ar ddwy linell felen y tu allan. Cyhoeddai arwyddion yn y ffenestri dwbl fod Authentic Oriental Massage yn cael ei gynnig yno. Gwelwyd fod rhaid canu cloch i gael mynediad, gwasgodd Selian Kumar y botwm ac ar unwaith bron atebwyd gan ddynes neilltuol o hardd wedi'i gwisgo mewn blows batrymog o sidan a sgert hir las o'r un defnydd. Roedd ei gwallt du yn sgleinio ac yn syrthio mewn cynffon gyda'r cwlwm ar ei chorun wedi'i rwymo gan freichled aur. Camodd o'r neilltu i dywys y ffordd i dderbynfa, carped blodeuog porffor ar lawr, cadeiriau a soffa ledr, bwrdd isel yn llawn cylchgronau a desg fechan o flaen ail ddrws a arweiniai at weddill yr adeilad.

"Alla i helpu?"

"DC Selian Kumar a DC Dan Edwards, Heddlu De Cymru. A chi?"

"Lawan Sanoh."

"Diolch. Fel rhan o ymchwiliad i fater difrifol rydyn ni wedi dod o hyd i swm sylweddol o arian, ynghyd â hwn, cerdyn busnes Sensei Therapies. Allwch chi esbonio'r cysylltiad?"

"Faint o arian?"

"Cyfrinachol, mae'n ddrwg 'da fi."

"Ble oedd yr arian?"

"Cyfrinachol."

"Chi'n disgwyl esboniad am swm amhenodol o arian mewn man amhenodol. Wel, gallai unrhyw un godi cerdyn o'r pentwr fan hyn ar y ddesg. Dyw'r ffaith fod cerdyn busnes gyda'r arian yn profi dim."

Deallodd y ddau na ddylen nhw gael eu twyllo gan lais meddal nac ymarweddiad diniwed y ddynes. Camgymeriad fyddai hynny, a'r tu ôl i'r wên groesawgar a'r cwrteisi llechai agwedd ochelgar a theimlad ei bod yn cuddio rhywbeth. Er iddi fod yn weddol sicr o'r ateb holodd Kumar, "Beth yw natur y busnes fan hyn?"

Moesymgrymodd Lawan Sanoh mewn sioe oedd yn agos at waseidd-dra a phwyntio at y ffenest, "Authentic Oriental Massage. Galla i weld beth sy'n mynd drwy'ch meddwl, ond nid yn Sensei Therapies. Triniaeth gan ferched profiadol i waredu straen ar y cefn a'r ysgwyddau, helpu'r corff i ymlacio, dyna'r arbenigedd a dyna'r cyfan sy ar gael."

Torrwyd ar draws y cwestiynu gan ganiad y gloch. Aeth y ddynes i ateb a chroesawu dyn canol oed mewn dillad swyddfa – siwt nefi, crys claerwyn a thei streipiog – y stereoteip o gyfreithiwr neu gyfrifydd. Syllodd yr ymwelydd ar y ddau dditectif am eiliad cyn troi ei gefn i gychwyn sgwrs dawel gyda Lawan Sanoh. Gafaelodd hithau yn ei fraich yn ysgafn a mynd o'i flaen drwy'r ail ddrws.

Doedd dim amdani ond aros i Sanoh ddychwelyd ac wrth aros bodiodd Edwards drwy'r pamffledi a orweddai ar y cylchgronau. Yn eu plith roedd pamffled yn cyhoeddi canghennau Sensei Therapies yn Abertawe a Chasnewydd ac yn cloriannu'r gwasanaethau a oedd ar y cyfan yn agos at y disgrifiadau a gafwyd. Gan fachu ar y cyfle, cododd i gael cipolwg ar gwpwrdd y ddesg, cael ei siomi o weld hwnnw'n hollol wag a methiant hefyd fu ei ymdrech i ddihuno'r cyfrifiadur ac agor y blwch arian oddi tano. Clywodd lais o'r stafell gefn, brysiodd i aileistedd ac yn ei hast dymchwelodd y pentwr cylchgronau a phamffledi. Teimlai fel crwt ysgol a gafodd ei ddal yn camfihafio. Taflodd Lawan Sanoh olwg ddigon siarp tuag ato.

Ailymunodd Kumar yn yr holi.

"Sdim byd arall i'w ddweud am y swm o arian?"

"Na, dim byd."

"Ond ry'ch chi'n amlwg yn derbyn ac yn trafod arian. Be sy'n digwydd ar ddiwedd dydd er enghraifft?"

"Mynd â'r arian i'r banc. Mae risg o gadw symiau yma dros nos yn llawer rhy uchel."

Cododd Kumar ei haeliau a symud ymlaen. "Mae'r bamffled hefyd yn rhestru canghennau yn Abertawe a Casnewydd. Un rheolwr sydd i'r tri lle?"

"Ie, fy ngŵr Panit Sanoh, sy'n gweithio yng nghangen Casnewydd."

Oedodd Kumar cyn gofyn, "Ydy'r enw John Smith yn gyfarwydd i chi?"

Gwibiad yn y llygaid a ddiflannodd mor sydyn ag y daeth. "John Smith? Enw cyffredin iawn. Na, ddim yn gyfarwydd."

Symudodd y ddynes tuag at y fynedfa gan obeithio mae'n siŵr fod yr ymweliad ar ben. Fe'i siomwyd.

"Ydy hi'n bosib cael pip o gwmpas yn y cefn," gofynnodd Kumar, "jyst i sicrhau fod pob peth yn unol â'r gyfraith cyn i ni fynd?"

Doedd dim gair y tro hyn am warant chwilio, er am eiliad

ymddangosai Sanoh fel petai am wrthod, yna gwenodd rhyw gysgod o wên, bowio a symud i agor y drws. Cerddodd y tri o stafell i stafell, pob un wedi'i haddurno mewn steil ffug drofannol – dodrefn pren tywyll a bambŵ, clustogau o gotwm amryliw a pherlau a lluniau brodwaith o eliffantod a choed palmwydd ar y muriau. Roedd bwrdd triniaeth yng nghanol yr holl stafelloedd a'r unig olau yn dod o lanterni a rhesi o ganhwyllau a roddai aroglau ffrwythau a sbeis i'r lle.

*

Canolbwyntiodd Selian Kumar ar y traffig ar y siwrnai'n ôl i'r pencadlys. Erbyn hyn roedd y fflyd codi plant yn llenwi'r ffyrdd a daethant at y dagfa arferol ger cylchdro Gabalfa. Rhwbiodd y weipars yn erbyn y sgrin a rhegodd Kumar yn dawel wrth iddynt lusgo yn eu blaenau hwb cam a naid. Gwaethygodd y dagfa a throdd at Dan Edwards.

"Wel, o't *ti'n* credu honna?"

"Na, roedd hi'n rhaffu celwyddau. *Knocking shop* a dim byd arall, *knocking shop* uchel-ael. Ble oedd y merched oedd yn rhoi'r driniaeth arbenigol ac i ble aeth y cwsmer parchus, dyn y siwt las? O'n nhw wedi cael rhybudd fod dau dditectif yn y dderbynfa?"

"A pheth arall – y Nuru Massage ar y rhestr. Triniaeth gnawdol ac erotig o'r India yw honna."

Chwarddodd Edwards. "Ti'n siarad o brofiad, wyt ti?"

Ar ôl dianc o grafangau'r dagfa gwasgodd Kumar ar y sbardun. Wrth iddi godi sbid gwaeddodd ei chyfaill, "Tynna mewn wrth y siop 'na, plis. Dwi ar glemio."

Rhedodd drwy'r gawod a dychwelyd mewn byr o dro yn cario pecyn o greision a bar o siocled. Dechreuodd gladdu'r creision ac aros hyd nes i Kumar orffen ei galwad ffôn. "Rhywbeth pwysig?"

"Neges am yr archwiliad fforensig ar y Range Rover. Ffeindio nhw'r nesa peth i ddim ar wahân i gyflenwad o siampŵ ac offer trin gwallt yn y bŵt."

Roedden nhw ar fin cyrraedd pen y daith pan gafwyd ail waedd gan Edwards. "Tro rownd, dwi newydd gofio rhywbeth. Dere'n ôl i'r parlwr tylino a rho'r golau glas mlân."

Ufuddhaodd Kumar ac wrth i'r traffig gilio o'r neilltu ar rybudd y seiren cyrhaeddwyd Sensei Therapies mewn llai na deng munud. Safai Lawan Sanoh wrth y fynedfa yn amlwg yn paratoi i adael. Neidiodd Edwards o'r car, gwthio heibio'r ddynes a edrychodd arno yn gegrwth, a brasgamu yn ei ôl gan ddal un o'r pamffledi.

"Edrych ar y dudalen gefn, y busnesau eraill. Gad i ni fynd at hon gynta, Hair Apparent."

Daethpwyd o hyd i'r lle mewn rhes o adeiladau di-raen – siop fetio, siop elusen, tecawê byrgyrs a chebábs, groser pedair awr ar hugain, a Hair Apparent yr olaf yn y rhes. Roedd gwedd lewyrchus ar y salon a drwy'r ffenest gellid gweld dwy wraig ganol oed yn manteisio ar arbenigedd y merched a safai y tu ôl iddyn nhw. Cyndyn oedd y merched i ateb unrhyw gwestiynau; roedd yr enw John Smith yn ddieithr; a datgan yn blaen mai nhw oedd perchnogion y siop a'r adeilad. Ac anwybodaeth lwyr am unrhyw chwaer fusnesau ar y bamffled. Glynodd y merched at eu stori fel gelen, gyda'r cwsmeriaid yn clustfeinio ar bob gair.

Gofynnodd Kumar, "Ydych chi wedi gweld Range Rover du yn parcio fan hyn?"

Ateb negyddol arall ond dilynwyd hynny gan lais un o'r gwragedd oedd newydd gael ei rhyddhau o helmed y sychwr gwallt. "Range Rover du? Wrth gwrs dy fod ti! Mae e tu fas bron bob dydd. Car y ddou 'na sy ag offis lan lofft."

Gwrthododd y drws wrth ochr y siop ildio modfedd i hyrddiadau'r Ditectif Cwnstabl Dan Edwards. Roedd y merched a'r gwragedd wedi camu allan, y merched yn protestio a'r gwragedd yn gwylio'n fusneslyd. Ar y trydydd dyrniad chwalwyd y drws yn rhacs a dringodd Edwards a Kumar y grisiau.

Hen ddesg, cwpwrdd yn erbyn y wal, dwy gadair a charped treuliedig, dyna hyd a lled cynnwys y swyddfa. Er yr olwg dlodaidd gwnaed tri darganfyddiad arwyddocaol yn sgil chwiliad cyflym. Ymhlith y crugyn o bapurau ar ddesg roedd llythyrau ac anfonebau wedi'u cyfeirio at C Risley, Silverpath Ltd. Yn ail, yn nrôr y ddesg roedd amlen yn cynnwys o leiaf pum mil o bunnoedd. Yna, ac yn dyngedfennol, y tu ôl i botel frandi ar un o silffoedd y cwpwrdd gwelwyd clorian fechan i fesur purdeb cocên.

Pennod 14

WRTH GERDDED I mewn i Neuadd Gyhoeddus Glanmeurig gwyddai Teri beth fyddai ymateb y sgwad ac fe'i profwyd yn gywir cyn iddi gymryd pedwar cam. Syllodd yn heriol i lygaid y plismyn gan ennyn gwawdio. Eto i gyd roedd ganddi ronyn o gydymdeimlad ag aelodau'r sgwad er na fyddai'n dymuno newid lle am eiliad – oriau hir o eistedd o gwmpas, disgwyl am alwad ac yna cyfnod byr o weithredu dan bwysau a bod yn barod i ladd. Fel sawl ditectif bu ar gwrs ymarfer saethu a gwyddai hanfodion sut i ddal ac anelu gwn. Un peth oedd tanio at darged ffug a chael canmoliaeth o weld y rhwyg ar y galon bapur, ond mater gwahanol oedd anelu at darged o gig a gwaed oedd â'r grym a'r gallu i saethu'n ôl.

Daeth Neill Scarrow ati a'i helpu i gysylltu'r gliniadur â'r rhwydwaith dros dro, gan gynnwys bwydo'r allweddeiriau. Ei thasg gyntaf oedd canfod mwy am y ddau derfysgwr oedd i ymddangos o flaen John Simmons, a'u cysylltiadau honedig ym Manceinion. O archwilio gwefan fewnol Llys y Goron Caerdydd cadarnhawyd mai enwau'r ddau oedd Vakil Moakir a Rahim Adeel. Roedden nhw i sefyll eu prawf ar gyhuddiad o frwydro dros ISIS yn Raqqa ac o fod yn rhan o gynllun i osod bomiau mewn canolfannau siopa a stadiwm yng Nghaerdydd.

Ffoniodd Teri Uned Gwrthderfysgaeth y Gogledd-Orllewin ac ar ôl cryn berswâd cael ei chyfeirio at y Dirprwy Bennaeth, Marcus Foxton. Esboniodd hwnnw mai sail y cysylltiad oedd i Adeel a Moakir letya yn ardal Fallowfield y ddinas gyda dyn o dras Cwrdaidd, Mahdi Hassan. Arbenigedd Hassan oedd cynghori terfysgwyr eraill sut i weithredu yn y dirgel ac roedd wedi datblygu gwefan ar hacio cyfrifiaduron yr heddlu. Tra bod Hassan yn bodoli yn y rhithfyd roedd ei denantiaid yn byw yn y byd go iawn ac yn danbaid yn yr ymgyrch yn erbyn y Kuffar, holl elynion Allah. Arweiniodd y rhwyg at gweryl a'r pen draw oedd i Adeel a Moakir deithio i ymladd yn Syria.

Tua mis yn hwyrach arestiwyd Hassan am fod yn aelod o ISIS a ffeindiwyd cyhoeddiadau'r mudiad ar y cof bach yn ei feddiant. Roedd yn bendant mai pregethu stryd a gweithgareddau cyhoeddus Adeel a Moakir a arweiniodd at yr arestio. O'r herwydd mynnodd Foxton fod unrhyw gysylltiad rhwng y tri wedi'i chwalu'n llwyr. Ymhellach, datgelodd – a hyn yn gyfrinachol – fod yr achos llys yn deillio o glustfeinio ar y defnydd o ffonau symudol yn Syria, ac mai gwantan oedd unrhyw ddolen gydiol Brydeinig. Diolchodd Teri iddo am ei gymorth a thynnu'r alwad i ben.

Cnoc sylweddol felly i theori Vaughan mai terfysgwyr oedd yn dal y teulu'n gaeth. Ond fel y gofynnodd Vaughan, os nad terfysgwyr, pwy? Ei cham nesaf oedd twrio unwaith eto i orffennol John Simmons ac at yr achosion y bu'n barnu arnynt. Roedd pob barnwr o reidrwydd yn creu gelynion ond a allai'r elyniaeth esgor ar awydd i daro'n ôl? Eisoes darganfu fod gan Simmons enw am fod yn hallt ei ddedfryd. Dangosai ei record iddo fod yn llym neilltuol ar droseddwyr ethnig, gydag un dyfarniad yn arwain at feirniadaeth gan yr Arglwydd Ganghellor. Cafwyd ail wrandawiad ac, yn y pen draw, rhyddhawyd dau ddiffynnydd tywyll eu croen. Roedd Simmons hefyd yn llawdrwm mewn achosion cyffuriau, a'i ddatganiadau yn dangos gwrthwynebiad i gyfreithloni rhai cyffuriau fel canabis. Tybed felly, myfyriodd Teri, beth fyddai adwaith Simmons i'r ffaith fod ei fab ei hun yn ddrygi? Serch hynny, anodd dirnad sut y gallai hyn fod yn sail i warchae. Beth oedd yr amcan? Stynt gwleidyddol yn erbyn y gyfundrefn gyfreithiol? Rhyw ffantasi gan ddau wallgofddyn i ddwyn barnwr o flaen ei well yn llys y cyhoedd? Anodd dychmygu hynny, ond dysgodd Teri o brofiad na ellid diystyru dim.

Amser troi'r chwyddwydr ar ddafad ddu'r teulu felly, sef Daniel Simmons. Estynnodd Teri am ddarn o bapur i restru'r hyn oedd eisoes yn hysbys am y mab. Ffaith – cael ei ddal yn goryrru ac yn sgil holi gan y blismones datgan mai Caer oedd pen draw ei daith. Pam y celwydd? Ffaith fwy difrifol o lawer – siawns dda iddo fod yn gyfrifol am ladd y seiclwr yn ystod y siwrnai. Ffaith arall – ei fod yn ddefnyddiwr cocên a'r posibilrwydd ei fod dan ddylanwad y cyffur wrth yrru adref i Lanmeurig. Ffaith eto, ac ar yr un trywydd – gwybodaeth yn deillio o'r lladrad o'i fflat yng Nghaerdydd, lladrad anghyffredin ar y naw. Dwyn arian a dwyn gliniadur gwerth cannoedd a gadael wats aur a stwff arall gwerth miloedd. Ac yn olaf ar ei rhestr, y cyfan yn digwydd o fewn chwech i saith awr.

Nesaf, trodd i ganfod mwy am ei hanes ariannol. Gwyddai y gellid dysgu llawer o gyfrifon banc – symiau sylweddol i mewn neu allan, nifer y cardiau credyd a'u defnydd, amseroedd, lleoliadau. Deallodd yn fuan fod Daniel yn cynnal ei holl drafodion banc ar-lein a hynny drwy fanc Fairoak yn Ynys Manaw. A dyna stop sydyn ar y twrio. Tu hwnt i enw a chyfeiriad y banc methodd â darganfod dim pellach, a'r cyfrinachedd yn greiddiol i fanteision y cyfrif. Gwell lwc gyda'r cardiau credyd. Roedd Daniel yn meddu ar gerdyn Platinwm Amex a cherdyn Chase Sapphire ac yn gwario'n drwm ar nwyddau megis gwinoedd yn syth o winllannoedd Bordeaux, dillad drudfawr a thâl aelodaeth nifer o glybiau gan gynnwys un yng Nghaerdydd o'r enw Blades. Casglu pwyntiau a buddion ar sail y gwariant a'u defnyddio yn bennaf i hedfan – dosbarth cyntaf bob tro – i leoliadau egsotig ym mhob cwr o'r byd.

Rhywbeth oedd yn achosi syndod i Teri o hyd yn ei gwaith oedd parodrwydd unigolion i ddatgelu cyfrinachau trwy eu defnydd o Facebook a'u patrwm ar Twitter. Dro ar ôl tro gwelodd bobl a gymerai bob cam posib i guddio ffeithiau yn fwy na pharod i ymffrostio ar y cyfryngau cymdeithasol. Roedd chwilota ar gyfrifiadur yn gyflym, yn fuddiol ac yn rhoi darlun cyfoethog o berson.

Deallodd mai presenoldeb dethol oedd gan y mab ar Facebook gyda'r rhan fwyaf yn troi o gwmpas ei fywyd personol heb nemor ddim cyfeiriadau at waith na gyrfa. O sgipio drwy ei gyfri Twitter ni ellid llai na sylwi fod Daniel yn dewis ei gylch o ffrindiau'n ofalus, gan lynu at y rhai oedd yn ganmoliaethus. Sylwodd er enghraifft ar gysylltiadau cyson a niferus at ferch o'r enw Emma Miller, sawl un yn cynnwys ffotos awgrymog ohoni hi a Daniel. Roedd gŵr busnes ac adeiladydd o'r enw Alun Pryce yn ffrind agos – lluniau o Daniel ac Alun ar y cwrs golff, cyd-ddathlu un o fuddugoliaethau Cymru ym Mharis yng nghwpan UEFA a llun o'r ddau yn eu siwtiau mewn derbyniad crachaidd yn y Cynulliad.

Roedd Daniel yn trydar hefyd drwy'r ddolen @dansimm, a'r tro hyn *yn* sôn am waith. Nodi swydd – Rheolwr Marcher Montagu ac islaw roedd disgrifiad dryslyd o'i hun fel Leader, Winner, Brainbox, Rebelutionary, Saint, Sinner, Time Traveller. Hy! Ti wedi anghofio'r gair 'prat', meddyliodd Teri. Brolio oedd prif nodwedd ei drydariadau. Un neges ar ôl y llall yn datgan hyd syrffed am ogoniannau prydau bwyd, rhagoriaeth gwinoedd, pleserau gwyliau a chyfeiriadau niferus at glwb Blades, yr hafan i giwed uchel-ael Caerdydd. Ymhlith y sbwriel hedonistaidd roedd ambell berl yn dangos fod Daniel yn apostol i gyfalafiaeth ac yn barod i glochdar ei arbenigedd mewn creu *off shore accounts* gyda rhai negeseuon amwys iawn:

@dansimm 16h16 hours ago

Nexus investigation Cayman Isl the most implausible off shore fraud story ever. Seychelles safe. Gibraltar hi risk. Wise men follow me. Dnt blv Muddyshorts.

Yr unig gyfeiriad at deulu oedd sylw negyddol i arddangosfa yn oriel ei chwaer:

@dansimm 23h30

Exhibition tomorrow at sis gallery Salthouse L'pool. Pics not my taste but boyfriend will buy. Time for sis to get rl job not rely on Dad subs.

Lydia Simmons felly yn ddibynnol ar ei thad i gynnal ei gyrfa fel arlunydd. Gwglodd Teri Salthouse Gallery Liverpool a gweld adolygiad o'r arddangosfa yn y *Liverpool Echo* ynghyd â rhai o'r paentiadau. Roedd yr erthygl hefyd yn cynnwys ffoto o Lydia fraich ym mraich â'i chariad, Omar Daumal, aelod o dîm pêl-droed Everton.

Sythodd i geisio gwaredu'r cric yn ei gwddw. Bu wrthi am dros awr a heb lawer o obaith bwydodd ei enw i wefannau busnes rhai o bapurau Llundain a tharo'r jacpot. Bu raid i Daniel Simmons ymddangos o flaen ei well mewn achos o dwyll ariannol. Os oedd Teri yn deall yn iawn, gwraidd y cyhuddiad oedd i Marcher Montagu estyn benthyciadau ar log afresymol i gwmnïau bychain mewn trafferth. Y busnesau wedyn yn methu talu'r llog, mynd yn fethdalwyr a Marcher Montagu yn bachu ar y cyfle am fargen. Daniel oedd meistr yr holl gynllun ac er iddo osgoi carchar fe'i damniwyd gan y llys. "The unacceptable face of capitalism," oedd geiriau'r barnwr. Felly, gofynnodd Teri i'w hun, ai hyn oedd y tu ôl i'r holl helynt, sef bod cyfarwyddwyr un o'r cwmnïau yn dial am y dinistr?

Disodlwyd y syniad mor gyflym ag y daeth gan yr hyn

ddigwyddodd nesaf. Croesodd aelod o'r sgwad ati i ddweud fod ditectif o Heddlu De Cymru ar y ffôn yn awyddus i gysylltu â rhywun oedd yn gyfrifol am reolaeth y gwarchae. Gan fod Prior a Scarrow y tu hwnt i gyrraedd ar safle Hightrees a fyddai hi'n barod i dderbyn yr alwad? Ar lein wael deallodd Teri ei bod yn siarad â'r Ditectif Gwnstabl Dan Edwards. Roedd wedi llwyddo i olrhain perchnogaeth y Range Rover, dyn o'r enw Carl Risley ac roedd tebygolrwydd mai yntau a'i fab Lee oedd yn dal y teulu'n gaeth. Roedd y ddau'n cynnal cadwyn o fusnesau yn Ne Cymru, salonau trin gwallt ac ewinedd a pharlyrau tylino a'r holl gadwyn yn ffrynt i'r gwir fusnes o ddelio mewn cyffuriau.

O'r diwedd, rhesymodd Teri, y wybodaeth am bwy oedd yn gyfrifol am y gwarchae a'r cyswllt yn amlwg. Roedd y Risleys yn delio mewn cyffuriau a Daniel yn ddrygi a defnyddiwr cocên. Syrthiodd darn arall o'r jig-so i'w le wrth iddi gofio'n sydyn i gymdoges Daniel sôn am weld jîp glas tywyll y tu allan i Osborne Court noson y lladrad, Merc o bosib. Mercedes glas tywyll a Range Rover du, dau gar hynod o debyg a gormod o gyd-ddigwyddiad. Dyma reswm, yn sicr, iddi hel ei thraed am Hightrees.

*

Wrth i'r prynhawn lusgo yn ei flaen trymhaodd y glaw a thrymhau hefyd wnaeth y gynnen a'r chwerwder yng nghegin Hightrees. Bu'r teulu'n gaeth ers bron i ddeuddeg awr ac roedd ymateb pawb i'r straen yn cael ei ddangos mewn gwahanol ffyrdd: John Simmons yn ymdrechu i gynnal awdurdod, ei lygaid eryr yn dal i sbecian ar bawb a phob peth; Miriam yn plethu a dadblethu'i dwylo mewn nerfusrwydd; Lydia yn bictiwr o bwdu ac o ymbalfalu am ffordd i ddwyn yr hunllef i ben. Ac er y gwyddai'r tri fod datrysiad y cyfan yn nwylo Daniel, roedden nhw'n sylweddoli fod ei barodrwydd i dalu pris eu rhyddid yn ddiwerth tan ailsefydlu'r cyflenwad trydan.

Rhwystredigaeth oedd adwaith Carl a Lee, wrth i'r wobr oedd mor agos gael ei chipio o'u gafael gan y mellt a'r taranau. Gwyddai'r tad a'r mab fod amser yn eu herbyn ac yn eu sugno'n ddidrugaredd at ddedlein Ramiz ac Andri. Iawn, meddyliodd Carl, gallai gyflwyno Daniel i grafangau'r ffyliaid yn ddigon bodlon ond ym mêr ei esgyrn roedd yn gwybod na fyddai hynny'n ddigon. Beth fyddai pen draw hyn? Rhyfel cyffuriau, gyda Ramiz ac Andri'n defnyddio'r cawlach i ennill tir ac unwaith eto ennill pres? Mewn hwyliau drwg tynnodd Carl y Glock yn nes ato, arllwys o'r botel win a rhoi clec i'r ddiod mewn un.

Cododd, gafael yn y botel a'i malu yn erbyn y bwrdd, y gwin yn llifo i'r llawr a'r darnau gwydr yn tasgu i bob man. Cydiodd yn un o'r darnau gwydr a'i osod yn erbyn gwddf John Simmons.

"Gweld y gwin coch? Mae'n demtasiwn i gymysgu coch y gwin gyda coch dy waed di, y diawl. Ti ddim ar y fainc nawr, yn dy wìg ceffyl."

Poerwyd y geiriau ac yna, yn llythrennol, poerodd Carl i wyneb Simmons.

"Ti a dy shit. Ti ddim gwell na bwced o gachu. Cer i nôl mwy o win. Lee, cer gyda fe." Trodd at y fam a'r ferch a dweud, "Cliriwch y *mess* a nôl canhwyllau, cyn iddi dywyllu."

Cafodd Carl bleser sadistaidd o wylio'r pedwar yn ufuddhau i'w orchmynion. Llowciodd mwy o win a gwyddai mai annoeth fyddai yfed mwy. Camodd at y merched a gofyn mewn ffug gwrteisi, "Allwch chi neud bwyd ar y Rayburn, plis plis plis?"

"Sdim lot o fwyd ar ôl," atebodd Miriam yn dawel. "Bacwn a wy eto?"

"Dau wy." Nodiodd Lee. "Ac i Lee, a beth am y lleill?" Ysgwyd pennau. "Dim chwant *fry up*? Tybed pam?"

Casglodd Lydia y nwyddau o'r ffrij ac yn fuan llanwyd y gegin gan arogl cig moch. Yna wrth i'w mam ollwng yr wyau i'r badell ffrio gwelwodd Lydia a rhuthro o'r stafell. Clywyd sŵn peswch a thagu cyn iddi ddychwelyd a'i hwyneb fel y galchen.

Mewn fflach deallodd Lee y rheswm dros y diflaniad.

"Salwch bore yn gallu taro unrhyw bryd, hyd yn oed ganol pnawn." Mwynhaodd yr olwg syfrdan ar wep pawb. "Wel, wel, Lydia fach heb weud y *news* wrth dad-cu a mam-gu?"

Carl dorrodd ar draws y distawrwydd gyda chwerthiniad cras. "Ha-ha! Miss Snob wedi llyncu cleren. Hei, agor y siampên! Pwy sy 'di rhoi lyfli Lydia lan y sbowt? Pwy yw'r dyn drwg?"

"Mae'r diawl yn iawn, Miriam. Dyna'r blydi cwestiwn," meddai John mewn llais isel. "Y bastard 'na o bêl-droediwr. Dwi wedi cynnal Lydia dros y blynyddoedd, a dyma'r diolch! Taflu'r cyfan o'r neilltu a babi tywyll yn y groth."

Cliriodd Miriam y pryd ac roedd ei gŵr yn pwyso yn erbyn cynhesrwydd y Rayburn. Roedd Carl yn smygu wrth y drws cefn, yn ddigon pell i fod allan o glyw. Am eiliad rhoddodd Miriam y gorau i'w thasgau i syllu'n iasol ar ei gŵr.

"John Simmons, y barnwr hiliol, hunangyfiawn, ti ddim gwell na'r rhai ti'n eu herlid mewn llys. Ti'n gwbod popeth am fabi yn y groth, on'd wyt ti?"

*

Eisteddai'r lleill yn y lolfa, Daniel a Lydia ar ddau ben y soffa a Lee yn y gadair freichiau a'i gefn at y ffenest ddwbl. Roedd y canhwyllau ar y silff ben tân a'r byrddau isel yn taflu cysgodion ar hyd y stafell a'r oerni yn dechrau cydio yn y tŷ. Roedd y glaw wedi ysgafnhau rhywfaint ac yna'n sydyn clywyd sŵn curo tebyg i daran uwchben. Na, nid taran chwaith ond sŵn injan yn agosáu. Symudodd Lee o'i gadair i sbecian drwy'r cymylau a gweld hofrennydd. Yng ngolau'r peiriant meddyliodd iddo sylwi ar symudiad yn y llwyni y tu hwnt i'r lawnt ond cyn iddo fedru craffu yn iawn cododd yr hofrennydd a diflannu i'r dyffryn islaw.

"Beth oedd hwnna?" gofynnodd Carl o'r drws.

Daniel atebodd. "Hofrennydd y cwmni trydan. Gyda lwc bydd y lectric 'nôl cyn bo hir, 'te."

Gwireddwyd ei eiriau mewn llai na chwarter awr, a brasgamodd Carl, Lee a Daniel i'r stydi. Agorodd Daniel y cyfrifiadur, cysylltu â'r we a symud yn ddilyffethair i safle Blantyre Oceanic, ailfwydo'r allweddeiriau ac aildeipio'r gorchymyn 'Transfer the equivalent of one hundred and fifty thousand pounds sterling from my account to the account of Silverpath Ltd.' Trodd Daniel at Carl a Lee, nodiodd y ddau a chwblhaodd Daniel y trosglwyddiad drwy bwyso'r botwm.

Yn ddirybudd llanwyd y stydi gan oleuadau llachar o'r tu allan. Yn syth wedyn clywyd llais o uchelseinydd.

"Insbector Gareth Prior, Heddlu Dyfed Powys. Carl a Lee Risley, does dim modd i chi ddianc. Mae Hightrees wedi'i amgylchynu gan blismyn arfog. Ein nod ni yw dwyn y gwarchae i ben yn gyflym a heddychlon."

PENNOD 15

EISTEDDAI'R TRI YNG nghysgodfa'r cerbyd rheoli,
Scarrow a Prior yn y seddau ffrynt a Teri yn y sedd ôl.
Drwy'r gwlybaniaeth a redai i lawr y sgrin gallent weld ochr
a thalcen Hightrees, y tŷ wedi'i oleuo fel petai mewn clip
o ffilm. Roedd clos y stablau ar y dde, Jaguar John, Audi
Daniel a Renault Lydia yn yr unfan. Rhyngddyn nhw a'r tŷ
roedd ffens a llwyni yn creu cuddfan ac er y medren nhw
wylio ac adweithio i unrhyw symudiad roedden nhw'n llwyr
o'r golwg. Yr unig ddigwyddiad ers y cyhoeddiad oedd i'r holl
oleuadau mewnol gael eu diffodd ac ar wahân i wawl melyn
yn y pen pellaf – y gegin mae'n debyg – roedd pob stafell yn
dywyll. Yn union fel y rhybuddiodd Scarrow roedd deg aelod
o'r sgwad yn gylch arfog o gwmpas y safle – saith yn y coed y
tu hwnt i'r cwrt tenis, dau mewn cerbyd ar y llwybr cefn a'r
degfed yn wlyb diferol ar ei gwrcwd yn yr ardd. Yn eu lifrai
tywyll a'u mygydau du ni allech weld yr un ohonyn nhw.

Siaradodd Scarrow yn isel i'r radio fechan wrth ei ysgwydd.
"Cadwch yn llonydd ac o'r golwg. Ar hyn o bryd dwi'n aros am
ymateb i'r cyhoeddiad. Falle byddwn ni'n lwcus ac fe wnawn
nhw ddeall eu bod nhw mewn twll ac ildio'n syth. Dyna'r
dacteg am yr hanner awr gyntaf. Wedyn, sefydlu deialog
dros linell ffôn ddiogel gobeithio. Bydd y llinell yn agored i
bob aelod o'r sgwad. Neb i saethu tan i fi roi'r gorchymyn. Ni
ddim am ladd nac anafu aelod o'r teulu ar ddamwain."

Daeth yr ordors i ben ac yn syth wedyn clywyd clec llais
gwahanol ar y radio. Deallodd Gareth bron ar unwaith mai'r
Prif Gwnstabl oedd yno ac i ochel rhag cael ei rwydo i'r sgwrs
trodd at Teri y tu ôl iddo.

"Gwaith da ar y Risleys. Diolch i'r drefn am ddyfalbarhad ditectifs De Cymru. Dwi am i ti heglu'n ôl i'r pentre i fynd drwy gefndir y Risleys gyda chrib fân. Beth yn union sy wedi'u denu nhw i Hightrees?"

Agorodd Teri ddrws y cerbyd, camu allan i'r glaw a diflannu i lawr y dreif.

"Mae'r Prif Gwnstabl yn awyddus i ddod lan," dywedodd Scarrow. "Wnes i'i berswadio fe i aros yn y pentre ac i gadw golwg ar ddatblygiadau yn y Neuadd. Mae e'n gofyn pwy alwodd yr hofrennydd a pwy sy'n mynd i dalu?"

"Diolch am gadw Vaughan draw. Wel, y cwmni trydan mwy na thebyg i sicrhau ailosod y cyflenwad." Ystyriodd Gareth mai call o beth fyddai gosod ffiniau o'r cychwyn cyntaf. "Shwt fyddwn ni'n rhannu cyfrifoldebau?"

Tynnodd Scarrow law drwy ei wallt llwyd cyn ateb gyda thinc o ddiffyg amynedd. "Fel awgrymodd Vaughan, chi sy'n gyfrifol am gynnal y trafodaethau a fi sy'n arwain y sgwad a'r penderfyniad i ymosod. Yn gyntaf canfod yn union be maen nhw isie, a'r amserlen. Mae'n siŵr y byddan nhw'n hawlio pob math o nonsens – car i ddianc, y sgwad i adael, bygwth diogelwch a bywyd y teulu. Defnyddio'r trafodaethau i'w blino nhw – cynnig gobaith a thynnu gobaith am yn ail. Gwyddbwyll seicolegol, ac un rheol gadarn, Prior, bargen wrth fargen. Gwrthod rhoi os na chawn ni rywbeth 'nôl. Ac yn wahanol i'r cyhoeddiad cyntaf, bydd mwy o bwyslais ar fynnu."

"Mae gyda chi dipyn o brofiad."

"Rhywfaint..." atebodd Scarrow yn wyliadwrus.

"Gyda'r Met yn Llundain?"

I osgoi ateb trodd Scarrow i ysgrifennu mewn llyfr nodiadau. Mae'n gyndyn, meddyliodd Gareth, i ddweud gair am ei ran yn llanast gwarchae Southwark. Er gwaethaf ei ddiffyg profiad personol ni allai lai na sylwi ar amharodrwydd y dyn i gydnabod sgiliau sylfaenol trafododaeth – talu sylw, dangos diddordeb, gwrando ac ymateb. Fe'i synnwyd hefyd gan ddisgrifiad Scarrow o fargeinio bywyd a diogelwch y teulu fel 'nonsens'. Onid hynny oedd wrth wraidd pob gwarchae?

Ar wahân i bitran y glaw ar do'r cerbyd ni chafwyd gair ymhellach tan i Scarrow godi ei olygon o'i lyfr bychan i edrych ar ei wats.

"Hanner awr ar fin dod i ben, Prior. Rhaid paratoi i siarad â'r Risleys drwy'r uchelseinydd eto a'u perswadio nhw i ddefnyddio ffôn. Cadw llinell ar agor drwy'r amser, dyna'r syniad gorau, mwy dibynadwy a llai o wastraffu amser."

Adwaith Carl a Lee i gyhoeddiad yr heddlu oedd hysio'r teulu i'r gegin, am ddau reswm: deuai'r siarad o ochr dde'r tŷ a'r gegin oedd bellaf o gyfeiriad y rhybuddion; yn ail, roedd gwarchod a chadw golwg yn haws o gorlannu pawb i un stafell. Diffoddwyd pob golau ar wahân i lamp fechan ar y bwrdd. Roedd y Simmons yn gweld llygedyn o obaith a'r Risleys yn gynddeiriog am iddyn nhw syrthio i drap.

Dyrnodd Lee'r Glock yn erbyn y bwrdd gyda chlec. "Syniad pwy oedd dod i'r *shithole* hyn? Ni mewn rial twll."

"Wnest ti wrthwynebu? Naddo!" protestiodd Carl. "Cadw dy lais lawr. Shwt mae'r moch yn gwbod bod ni 'ma? Mae 'da fi syniad." Symudodd Carl yn nes at Miriam a sefyll yn fygythiol uwch ei phen. "Un sy wedi camu mas o'r tŷ ers i ni gyrraedd. Mrs Simmons, i ddychwelyd y parsel i'r blydi llyfrgellydd."

Er y cryndod yn ei llais atebodd Miriam yn heriol. "O'ch chi'n sefyll y tu ôl i'r drws yn gwrando ar y cyfan. Wedes i ddim gair."

"Dwi'n cofio chi'n ffysan gyda'r llyfrau cyn i'r fan ddod. A dyna ni, neges fach deidi."

"Ond dwi ddim yn gwbod eich enwau llawn."

"*So*, roedd neges?"

Ni chafwyd ateb a rhuthrodd Lee i ochr ei dad gyda'r ddau yn amgylchynu Miriam. Cododd Lee y gwn ond ar unwaith gafaelodd Carl yn ei fraich.

"Na, paid! Y pedwar 'ma yw'n pasbort ni mas o'r twll. Mae'r moch yn meddwl bod y cardiau i gyd yn eu dwylo nhw. Ond na. Mae gyda ni bedair *Ace*." Croesodd Carl i ben pellaf y bwrdd lle eisteddai Daniel. "Os cawn ni'n dal, fe fydd hwn yn cael ei ddal hefyd. Os byddwn ni'n mynd lawr, mae e'n mynd lawr. 'Son of high court judge accused of drugs trafficking.'"

Cyn i John Simmons gael cyfle i ystyried yr oblygiadau, daeth ail gyhoeddiad dros yr uchelseinydd. Yr un llais, ond y tro yma yn arafach a llai bygythiol.

"Carl a Lee, Gareth Prior eto. Dwedwch be chi moyn. Wedyn, fe allwn ni weld be sy'n bosib. Cynnal trafodaeth ar y ffôn. Fe wna i gysylltu mewn munud i chi gael y rhif. Dyma'r ffordd orau i gael pawb, a dwi'n pwysleisio pawb, allan o'r tŷ yn ddiogel."

Tua munud yn hwyrach canodd y ffôn yn y cerbyd rheoli. Pwysodd Gareth y botwm derbyn ac fe glywyd llais Lee. "Dau beth – yn gynta, mewn pum munud, bydd cyrtens pob ffenest yn cael eu cau. Yn ail, ffyc off!"

*

Union yr un adeg, gan filltir i ffwrdd, camodd dyn ifanc i mewn i un o siopau mawrion Caerdydd. Gwisgai ddillad hamdden ffasiynol, siaced sgïo bwfflyd, trowsus lliain golau, siwmper borffor a chrys gwyrdd yn agor ar y gwddf. Bron y medrech weld eich wyneb yn sglein ei sgidiau brown a syrthiai ei wallt at ei ysgwyddau. Cerddodd yn hyderus drwy'r adran bersawr a cholur gan wenu'n dawel wrth iddo gael ei groesawu gan bron pob un o'r gweinyddesau. Daeth at yr adran dillad dynion ac yma eto cafodd ei gyfarch yn ddi-oed. Pwyllodd wrth gownter crysau polo ac ar unwaith roedd cynorthwyydd wrth ei ymyl yn awchu i gynnig help a chyngor. Derbyniodd y cyngor yn llawen a holi a allai drio un o'r crysau.

"Wrth gwrs, syr, ewch â sawl un."

Dychwelodd o'r stafell newid yn llawn ymddiheuriadau, dim cweit y lliw iawn, a'r maint braidd yn llac.

'Deall yn iawn, syr. Bydd mwy o ddewis gyda ni wythnos nesaf.'

Diolchodd yn gynnes am y cymorth a symud yn ddidaro i gornel arall o'r adran ymhell o olwg y staff. Dechreuodd fodio teis lliwgar sidan gan wneud sioe o gamu at ddrych i ddal un yn erbyn ei grys gwyrdd. Wrth iddo gogio ei fod ar fin dewis syrthiodd sawl tei i'r llawr, plygodd ac yn llechwraidd eu sleifio i fag lledr. Aeth yr un mor bwyllog at ddrôr agored yn cynnwys sgarffiau a mwffleri sidan. Trodd ei gefn llydan i greu cysgod, codi tair sgarff a gosod y rheini hefyd yn y bag. Cwblhaodd ei 'siopa' drwy fachu dau gasyn sbectolau haul.

Gan osgoi dychwelyd yn syth at ddrws y siop treuliodd bum munud yn archwilio peiriant coffi drudfawr cyn symud yn dalog at y fynedfa. Roedd ar fin gwthio'r ddolen pan deimlodd law ar ei ysgwydd. Trodd i weld un o swyddogion diogelwch y siop.

"Dewch gyda fi, syr," dywedodd hwnnw mewn llais isel.

Ysgydwodd y dyn yn rhydd o afael y swyddog.

"Na! Dwi'n gwsmer ffyddlon ac yn ffrind personol i'r rheolwr." Yna'n uwch, "Os wnewch chi stopio hyn nawr, fe wna i anghofio'r cyfan."

Roedd y codi lleisiau wedi denu sylw. Ysgydwodd y dyn eto, ond i ddim pwrpas. Roedd y swyddog yn hen gyfarwydd â sefyllfaoedd tebyg.

"Dewch gyda fi, syr, llai o ffwdan a chyfle i sortio hyn yn breifat."

Ildiodd y dyn ac fe'i tywyswyd i swyddfa heb ffenest yng nghefn y siop. Roedd golau'n llifo o diwbin ar y nenfwd, ac ar y wal bellaf roedd rhediad o sgriniau teledu, pob un yn dangos cwsmeriaid yn symud fel morgrug o un adran yn y siop i'r llall.

"Eisteddwch, syr, a rhowch y bag ar y bwrdd. Agorwch y bag a rhoi'r cynnwys ar y bwrdd."

Gwgodd y dyn ac am eiliad edrychai fel petai am wrthod. Yna estynnodd i'r bag a gosod y nwyddau o'i flaen.

"Pedair tei sidan Hermès, tair sgarff Hermès a dau sbectol haul Oakley. Cytuno, syr?"

Ni chafwyd ateb a bu raid i'r swyddog ofyn yr eilwaith, "Cytuno, syr?"

"Wrth gwrs 'mod i'n cytuno. Dwi newydd brynu'r blydi pethau."

"Ydy'r dderbyneb gyda chi?"

"Wedi taflu'r *damn thing. Careless, I know. Sorry and all that* ond dyna fel mae hi."

"Os byddwch chi mor garedig ag edrych ar y lluniau, syr."

Pwysodd y swyddog fotymau ar derfynell fechan ac un ar ôl y llall ymddangosodd cyfres o luniau ar y sgriniau teledu. Ymhob llun, yn grisialog o glir, gellid gweld y dyn yn casglu'r nwyddau a'u sleifio i'r bag. Ailgydiodd y swyddog yn ei esboniad, "Ar ôl hyn fe aethoch chi'n syth at y drws a chael eich stopio. Cyfanswm gwerth y nwyddau, £725."

Am y tro cyntaf anesmwythodd y dyn. "Drychwch, mistêc ar fy rhan i. Wedi anghofio, diwrnod prysur, lot ar 'y meddwl, chi'n gwybod fel mae hi. Dwi'n siŵr gallwn ni setlo'r holl fusnes yn glou, ac osgoi trafferth ac embaras i'r siop."

Lledodd llygaid y swyddog. Clywodd sawl esgus boncyrs yn ei amser ond roedd hwnna gyda'r mwyaf gwirion.

"Mae polisi pendant gan y cwmni i erlyn pob achos o ddwyn. Ni eisoes wedi ffonio'r heddlu."

Mewn llai na hanner awr roedd yn eistedd ar fainc galed ym mhrif orsaf yr heddlu. Nesaf ato lled-orweddai hen ŵr mewn dillad carpiog yn drewi o biso a seidr. Torrodd y gŵr wynt a rhechu ar yr un pryd a symudodd y dyn mewn ymdrech i ddianc rhag yr arogl uffernol. O wneud cafodd ei hun wrth ymyl merch ifanc aflonydd, modrwy yn ei thrwyn a'i gwefus, a chlwyf waedlyd ar ei thalcen. Y munud yr eisteddodd wrth ei hymyl pwysodd ato a gofyn, "Ffag 'da ti? Dwi bron marw am smôc."

Clywyd ei geiriau gan sarjant a safai y tu ôl i ddesg gyferbyn. "'Na ddigon! Ti'n hen gyfarwydd â'r lle a'r rheolau. Paid haslo'r cwsmeriaid." Sylwodd fod y dyn ar godi. "Na, aros di lle rwyt ti. Pawb yn ei dro, 'na'r drefn. Chi gyd ar yr un lefel fan hyn."

Ceisiodd y dyn ymbellhau oddi wrth y meddwyn a'r ferch anniddig a setlo orau y medrai. Ar ôl trafodaeth fer arweiniwyd y meddwyn i'r celloedd, a rhybuddiwyd y ferch i atal ei harfer o fegera, a gadawodd honno'n gwpsog.

"Hy! Bydd hi'n ôl fory," cwynodd y sarjant. "Rhai byth yn dysgu. Nawr 'te, ti." Edrychodd ar ddarn o bapur ar y ddesg. "Cyhuddiad o ddwyn nwyddau gwerth £725 o siop John Lewis."

"Camgymeriad."

"Mae pawb yn dweud hynna. Enw?"

"Charles Pennard."

Ysgrifennodd y sarjant y manylion ar ffurflen gan ynganu'r enw yr un pryd.

"Na, Charles Penn*ard*, pwyslais ar yr ail ran."

"Pennard, Penn*ard*, Spaniard, dim taten o wahaniaeth i fi gwd boi. Cyfeiriad?"

"Rhif 6, Illtud Close, Llandaf, Caerdydd."

"Reit, gwagia gynnwys dy bocedi ar y ddesg. Pob peth."

Ufuddhaodd Pennard gan osod macyn poced, pecyn o sigarennau, newid mân, waled a phapurach o'i flaen. Dechreuodd y sarjant wneud rhestr o'r eitemau cyn stopio'n sydyn wrth weld dau gerdyn, un yn blastig a'r llall yn bapur. Craffodd ar y cardiau, troi ei gefn, gafael mewn ffôn a chynnal sgwrs fer mewn llais isel. Trodd yn ei ôl.

"Iawn, Pennard, dilyn fi."

Tywyswyd Charles Pennard at risiau, yna ar hyd coridor nes iddo gyrraedd drws yn dangos yr arwydd 'Stafell Gyfweld 3'. Roedd bwrdd yn y canol, cadeiriau gyda dyn a dynes yn eistedd gyferbyn. Rhoddodd y sarjant bwniad bychan i Pennard gymryd y gadair arall, gosod y bag lledr a'r eiddo personol ar y bwrdd a gadael.

Y ddynes siaradodd gyntaf i gyflwyno ei hun a'i chyfaill, "DC Selian Kumar a DC Dan Edwards. Fe fyddwch chi, Mr Pennard, maes o law, yn cael eich cyhuddo'n ffurfiol o ladrata nwyddau o siop John Lewis. Ni'n ymchwilio i fater gwahanol ac mae un neu ddau o bethau yn eich eiddo personol yn dangos cysylltiad â'r ymchwiliad." Gafaelodd y ditectif yn y garden bapur. "Hon, er enghraifft, cerdyn aelodaeth Sensei Therapies. Ydych chi'n ymwelydd cyson?"

"Dim ond nawr ac yn y man."

"Yn benodol, Mr Pennard?"

"Bob rhyw bythefnos."

"Manteisio ar yr holl driniaethau?"

"Wel, mae'n dibynnu… Fel pob dyn meidrol…"

"Ni ddim yma i holi am foesau, Mr Pennard, er bod gwybodaeth gyda ni mai puteindy yw Sensei Therapies. Ydych chi wedi dod ar draws Carl neu Lee Risley yn ystod eich ymweliadau â'r lle?"

"Naddo."

"Yn bendant."

"Hollol bendant."

Estynnodd Kumar am y garden blastig. "Ail gerdyn aelodaeth, o glwb Blades. Ydych chi'n adnabod cyd-aelod, Daniel Simmons? Wedi cwrdd â fe yn y clwb?"

"Naddo."

"Fel dwi'n deall mae Blades yn glwb ecsgliwsif, pawb yn adnabod ei gilydd."

Roedd Pennard wedi adfer rhywfaint o'i hunanhyder. "Un o fanteision aelodaeth yw cadw lled braich, bod yn anhysbys. Cadw at gylch dethol."

"A dy'ch chi ddim yng nghylch Daniel Simmons?"

"Na."

Yn ystod yr holi roedd y Ditectif Cwnstabl Dan Edwards yn chwilota yn waled Pennard ac wrth iddo wneud syrthiodd amlen fechan wen ar y bwrdd. Cododd Edwards yr amlen, ei byseddu a'i dal rhyngddo a'r person ochr arall y bwrdd.

"Cocên. Chi mewn trwbl, Mr Pennard, ac mae'r trwbl yn gwaethygu. Dwyn nwyddau a nawr darganfod cyffur dosbarth A yn eich meddiant, trosedd sy'n cario cosb o hyd at saith mlynedd mewn carchar."

Gwelwodd Pennard a syllu'n amheus wrth i'r ditectif groesi ato a sefyll wrth ei ymyl.

"Mr Charles Pennard, unig fab Mr Leighton Pennard, dirprwy Arglwydd Raglaw Morgannwg. Bydd dadi wedi ei siomi pan ddaw'r achos i'r llys." Penliniodd Edwards i wynebu Pennard. "Dwi am i chi sylwi nad yw'r cyfweliad yn cael ei recordio. Fe wnawn ni'ch helpu chi os gwnewch chi'n helpu ni. Pledio'n euog i'r lladrad, cyfreithiwr da, cyfeirio at gyflwr meddygol, straen, problemau seicolegol… Gyda lwc, dim ond rhybudd a dyna ni. Yn ail, enw'r un werthodd y cocên i chi. Ein diddordeb ni yw rhwydo'r pysgod mawr, y rhai sy'n cyflenwi. Dwi'n gofyn eto, chi'n nabod Daniel Simmons?"

"A dwi'n ateb eto, na."

Rhoddodd y ditectif lun ar y bwrdd. "Chi'n nabod y person yma?"

Taflodd olwg frysiog ar y ffoto, nid oedd angen mwy. Dyna'r dyn dienw a gyfarfu neithiwr yn nhoiledau Blades, y dyn a wrthododd ostwng pris y ffics a'i ddisgrifio fel jynci. Doedd ganddo ddim rheswm i'w warchod nac i'w amddiffyn.

"Ydw."

"Daniel Simmons. I gadarnhau, hwn werthodd y cocên i chi?"

"Ie."

"Taro bargen gall, Mr Pennard. Croeso i ochr arall y ffens."

Pennod 16

Ar ei gwrcwd ymlusgodd Lee i'r lolfa, nesáu at y ffenest a chodi modfedd o'r llenni. Rhoddai'r llifoleuadau llachar olygfa berffaith o'r lawnt ond allai weld y nesa peth i ddim y tu hwnt, lle cuddiai'r sgwad arfog. Aeth gam yn nes, estyn mymryn ar y cyrtens eto a gweld cysgod plismon mewn gwisg a mwgwd du yn dal reiffl yn ei freichiau. O weld y symudiad ymatebodd y plismon ar ei union drwy anelu'r dryll i gyfeiriad y ffenest. Ciliodd Lee ar fyrder gan ymatal rhag sythu hyd nes iddo gamu i ddiogelwch cymharol y gegin.

"Wel, be welest ti?" holodd Carl.

"Y *sharpshooters*, yn barod i danio." Trodd at y teulu i ychwanegu'n chwerw. "Cadwch yn glir o'r ffenestri. Chi'n deall nawr beth yw gwerth bywyd i'r blydi moch?"

A allai'r heddlu fod mor ddi-hid, meddyliodd John Simmons. Na, does bosib. Roedd yn ddigon craff i sylwi ar y braw ar wyneb Lee a chasglu mai creu tensiwn ar y Risleys oedd yr amcan. Cynigiodd Miriam wneud paned, er mwyn llenwi'r amser yn fwy na dim, a gan rwgnach a thuchan cytunodd Carl i'r cynnig. Wrth i bawb yfed yn dawel gofynnodd Lydia, "Allwn ni droi'r teledu ymlaen? Mae'n well na eistedd yn neud dim byd a disgwyl dydd y farn."

Chwarddodd Lee, "Ha, da iawn, dydd y farn! I chi, falle, dim i ni. Ie, pam lai?"

Safai'r teledu ar fwrdd bychan rhwng y Rayburn a'r drws cefn. Gyda Lee yn ei wylio fel barcud cerddodd Daniel ati, codi'r rimôt a dechrau bodio'r sianeli. Rhaglen natur am forfilod, rhaglen blant, cwis ac yna llun gohebydd newyddion yn sefyll o flaen neuadd, a chasgliad o bobl wrth ei ymyl.

'Mae pentref Glanmeurig Ceredigion yn llawn cynnwrf, gyda'r pentrefwyr wedi ymgynnull i wylio mynd a dod sgwad arfog Heddlu Dyfed Powys o'r neuadd y tu ôl i fi. Hanner y sgwad sy fan hyn, mae'r hanner arall yn amgylchynu Hightrees, cartref y barnwr John Simmons yn y bryniau uwchben y pentref. Yn ôl adroddiadau sy wedi dod i law mae John, a'i wraig Miriam, ei fab Daniel a'i ferch Lydia o dan warchae yn eu cartref. Fel y gwelwch chi o'r lluniau a dynnwyd yn gynharach o hofrennydd mae Hightrees mewn llecyn eithriadol o bellennig. Aethon ni at ddreif y tŷ a chael ein troi'n ôl gan yr heddlu. Mae John Simmons yn farnwr uchel ei broffil ac wythnos nesaf fe fydd yn gwrando ar achos dau derfysgwr, Vakil Moakir a Rahim Adeel, yn Llys y Goron Caerdydd. Ar hyn o bryd does dim esboniad am y gwarchae na phwy sy'n dal y teulu'n gaeth. Ni'n disgwyl datganiad gan Mr Dilwyn Vaughan, Prif Gwnstabl Dyfed Powys o fewn yr hanner awr nesaf.'

Symudwyd at eitem wahanol a neidiodd Lee i ddiffodd y teledu. "Dim enwau na motif o leia."

"Paid cael dy dwyllo," atebodd ei dad. Safodd yn ei unfan yn pwyso a mesur am funud cyn troi at John Simmons. "Ar wahân i'r dreif, oes ffordd arall o'r tŷ?"

Gan feddwl y gallai hyn fod yn gyfle i gael gwared y cythreuliaid, prysurodd i ateb, "Oes, llwybr cefn drwy'r coed."

"I ble?"

"Ridgeback, tŷ cymdogion, Mr a Mrs Brownlow."

"Oes car gyda nhw?"

"Dau, falle tri."

Dechreuodd cynllun ffurfio ym meddwl Carl. Tynnodd ei fab o'r neilltu i gychwyn sgwrs isel yng nghornel bellaf y gegin o glyw y lleill.

"Reit, dyma'r plan. Clymu'r tri a'u gadael nhw 'ma. Mynd â Daniel gyda ni ar hyd y llwybr cefn. Fe yw'r *chance* am ryddid os eith y plan yn rong. Dwyn car y Brownlows a dianc."

"Ond beth am y *shooters* rownd y tŷ?"

Yn union fel petai'r heddlu wedi clywed y geiriau, adleisiwyd ei amheuon yn y cyhoeddiad nesaf dros yr uchelseinydd.

"Carl a Lee, mae aelodau'r sgwad yn eu lle... Fydd neb yn saethu os na fydd raid. Ry'n ni'n dal heb wybod be chi moyn. Oes angen rhywbeth arnoch chi? Bwyd, diod? Mae'r llinell ffôn yn dal ar agor. Dyma'r rhif unwaith eto."

"Ti'n gweld! Ni fel llygod mewn trap. Mae'r plan yn nyts, hollol nyts."

Ar ben ei dennyn gafaelodd Carl yn ysgwydd ei fab cyn brathu'r ateb, "A beth yw dy blan di 'de? Aros i groesawu'r diawled? O leia dwi'n cynnig rhywbeth, yn lle brefu fel blydi llo."

Ond doedd Lee ddim yn barod i ildio.

"Ond Dad, y *floodlights*? Munud ewn ni drwy ddrws y bac byddwn ni'n darged."

Petrusodd Carl cyn cofio am y dodrefnyn a welodd wrth ochr y ddesg yn y stydi. Aeth yn syth at John, cydio yn ei fraich a'i lusgo o'r gegin. "Cadwa olwg ar y lleill. Neb i symud."

Gam wrth gam gyda Carl yn gwasgu'r Glock yn ei gefn, gwthiwyd Simmons yr ychydig lathenni ar hyd y coridor ac i'r dde i mewn i'r stydi. Taflwyd rhywfaint o olau gan sgrin y cyfrifiadur, digon i ddangos cwpwrdd solet ar y chwith, ei bren a'i wydr trwchus yn sgleinio hyd yn oed yn yr hanner tywyllwch.

"Cwpwrdd gynnau yw hwn, ife? Ble mae'r allwedd?"

"Yn nrôr canol y ddesg."

"Iawn, cer i nôl yr allwedd, agor y cwpwrdd, dod â gwn i fi a bocs o getris. Dim symudiadau sydyn, a cofia fod dryll 'da fi. Dim trics, reit? A cadw'n glir o'r ffenest."

Ufuddhaodd Simmons a phasio gwn i Carl. Archwiliodd ei wneuthuriad cywrain, y baril o fetel llwyd, a'r carn o dderw gan werthfawrogi'r balans a'r mecanwaith.

"Beretta 68! Hm, well na thalu degau o filoedd am stwff Seisnig." Llwythodd y cetris gan wybod mai dau gyfle yn unig oedd ganddo. Aeth at y ffenest, symud y mymryn lleiaf ar y cyrtens a lleoli'r baril yn y bwlch. Addasodd y sgôp nes fod y llifoleuadau yn union yn y canol. "Nawr 'te, gwasga botwm y ffôn a dwed bod neges bwysig. Dim trics."

Am yr eildro ufuddhaodd Simmons. Clywyd llais. "Gareth. Da iawn, gweld sens o'r diwedd."

"Mae neges 'da ni."

Prin y cafodd gyfle i ynganu'r geiriau. Taniodd Carl yn syth, dwy ergyd berffaith i ollwng y tŷ a'r holl dirwedd o gwmpas i'r tywyllwch duaf posib.

*

Yn nüwch y cerbyd rheoli tarodd Scarrow y dashfwrdd mewn ffit o dymer.

"Clyfar iawn, Prior! Canlyniad chwarae gêm neis-neis. Hen bryd i ni ddangos pwy yw'r meistri."

Clywodd Gareth ganiad ei ffôn bersonol. Cydiodd ynddi ar unwaith i osgoi tynnu sylw, clicio i dderbyn a gwrando ar neges Teri.

"Dau beth yn sydyn. Ni'n gwybod pam mae'r Risleys yno. Yn ogystal â bod yn jynci mae Daniel hefyd yn delio mewn cocên. Siawns dda felly ei fod e wedi tresbasu ar dir y Risleys a nhw'n taro'n ôl. Yn ail, mae'r wasg wedi darlledu eitem yn cynnwys llun o'r awyr o Hightrees ar y teledu. Dyna'r eglurhad am yr hofrennydd. Mae Vaughan wedi'i wthio i gynnal cynhadledd ac mae e mewn hwyliau uffernol."

*

Roedd y stafell bwyllgor yng nghefn y neuadd yn llawn i'r ymylon. Brwydrodd Dilwyn Vaughan drwy'r dyrfa o ohebwyr gan lwyddo i gyrraedd y bwrdd yn y pen pellaf. Eisteddodd, gosod tudalen o bapur o'i flaen a gwneud lle i'r Ditectif Gwnstabl Teri Owen wrth ei ymyl. Gallai'r ddau synhwyro'r tensiwn, ei weld yn edrychiad caled sawl gohebydd a'i glywed yn y rymblan anfodlon a barhaodd am agos i hanner munud ar ôl i Vaughan gymryd ei sedd. Wedi iddynt ruthro o Gaerdydd a Llundain yn yr helfa am stori flasus – TOP JUDGE AND FAMILY HELD HOSTAGE – gorfodwyd y wasg i gicio'u sodlau yn y glaw gyda'r heddlu'n gwrthod rhyddhau'r nesa peth i ddim gwybodaeth. Roedd yr ychydig ddanteithion a gafwyd wedi'u hadrodd gan drigolion Glanmeurig, gyda sawl un yn barod i rannu clecs am ddeg punt neu fwy. Ar ben hyn, rhwystrwyd y wasg rhag mynd ar gyfyl Hightrees. Tyfodd yr anniddigrwydd a gorfodwyd y Prif Gwnstabl i wynebu'r canlyniadau drwy gynnal cynhadledd i'r wasg.

Cliriodd Vaughan ei lwnc, cychwyn mewn llais siarad cyhoeddus a darllen o'r dudalen ar y bwrdd.

"Gyfeillion, diolch am ddod. Datganiad i ddechrau ac yna fe fydda i'n barod i ateb cwestiynau. Yn gynharach heddiw daeth gwybodaeth i law fod y barnwr Uchel Lys, John Simmons, ei wraig Miriam, y mab Daniel Simmons a'i ferch Lydia yn cael eu cadw dan warchae yn eu cartref, Hightrees, Glanmeurig. Ymatebodd Heddlu Dyfed Powys ar frys drwy anfon sgwad arfog i'r pentref ac mae aelodau o'r sgwad yn amgylchynu'r tŷ ar hyn o bryd. Y nod yw sicrhau rhyddhau'r teulu yn ddiogel, arestio'r rhai sy'n gyfrifol a dwyn y gwarchae i ben yn heddychlon. Mae'r cyrch o dan reolaeth uniongyrchol dau Insbector profiadol ac yn pen draw dan fy rheolaeth i fel Prif Gwnstabl. Mae hyn yn fater sobor o ddifrifol sy'n cael y sylw pwysicaf gan Heddlu Dyfed Powys. Yn hyn o beth, rydyn ni'n cydweithio gyda heddluoedd eraill ac asiantaethau allanol megis y Weinyddiaeth Gyfiawnder. Unrhyw gwestiynau?"

"Len Wright, *Western Mail*. Mae gwybodaeth wedi dod i law am y gwarchae. Gan bwy cafwyd y wybodaeth a beth yn union oedd natur y wybodaeth?"

Daeth tinc o ddiffyg amynedd i lais Vaughan. "Bod y teulu dan warchae, wrth gwrs. Dwi newydd esbonio hynny. Gan bwy, fyddwn ni ddim yn rhyddhau'r enw."

"Pam?"

"Rhesymau diogelwch. Mae 'na bedwar aelod o'r teulu mewn peryg yn barod. Byddai'n ffôl i dynnu rhywun arall i'r helynt."

"Abe Baker, *Cambrian News*. Pam cadw'r wasg ymhell o'r tŷ?"

"Dewch, dewch, mae'r rhesymau'n hollol amlwg. Rhag peryglu neb ac i osgoi tarfu ar y cyrch. Eto, dwi wedi esbonio, mae 'na blismyn arfog ar y safle. Allwn ni byth â chael pobl dan draed yn crwydro yma a thraw ac yn dargedau fel ieir ar bost."

"Oes rhaid ein cadw ni mor bell? Deg metr ar hugain, dyna ddywedwyd. Mae'n amhosib hyd yn oed gweld dreif y tŷ."

"Er eich diogelwch chi, Mr Baker, a llwyddiant y cyrch, fydd y rheol ddim yn newid. Nesaf."

"Victor Penfold, *Daily Telegraph*. Chi'n cyfeirio at blismyn arfog ac aelodau'r sgwad. Faint ohonyn nhw a pha fath o arfau?"

"Dwi'n synnu atoch chi, Mr Penfold. Chi'n disgwyl i fi

ryddhau gwybodaeth allai fod o ddefnydd i'r rhai sy'n dal y teulu'n gaeth?"

"Rhai, Mr Vaughan? Chi'n barod i roi rhif? Dau efallai?"

"Dwi ddim yn barod i fwrw amcan ar nifer y sgwad. Byddai unrhyw gynnig yn anghyfrifol. Nesaf."

Doedd Penfold ddim yn barod i lacio'i afael.

"Mae un o drigolion Glanmeurig wedi cyfri deunaw plisman arfog. Yn ôl yr hyn dwi wedi'i weld o gerdded yn gyflym drwy'r neuadd, mae wyth yno fel sgwad wrth gefn. Mae hynny'n golygu fod deg ar y safle. O 'mhrofiad i, y reiffl arferol mewn cyrch o'r fath yw Heckler and Koch G36. Dwi'n agos ati, Mr Vaughan?"

Damo, meddyliodd Vaughan, mae hwn yn gwyro'n ormodol at y gwir. Amser chwalu'r tybiaethau.

"Allwch chi ddim bod yn siŵr am y rhifau, Mr Penfold. Mae dau lwybr mynediad i'r tŷ, un o'r pentref a'r llall o ffordd y mynydd. Nawr, am y tro olaf, mae rhifau penodol y sgwad a'u harfau yn wybodaeth gyfyngedig." Edrychodd Vaughan yn syth at y gohebydd oedd yn amlwg ar fin holi ymhellach. "Na, syr, chi wedi cael eich cyfle. Nesaf."

"Iawn, Mr Vaughan, a diolch am sôn am yr ail lwybr. Defnyddiol iawn!"

Chwarddodd pawb, yn falch o weld y Prif Gwnstabl yn cael ei lorio.

"Nesaf!"

"Gavin Thornton, *Guardian*. Mae 'na awgrym o gysylltiad rhwng y gwarchae ac achos oedd i ddod gerbron John Simmons yng Nghaerdydd wythnos nesaf, achos dau derfysgwr, Vakil Moakir a Rahim Adeel. Allwch chi gadarnhau hyn?"

Yn dilyn ei fwnglera roedd Vaughan ar ei wyliadwriaeth. Atebodd yn siort, "Amharod i gadarnhau, na gwadu."

Lledodd ochenaid drwy'r stafell a phwysodd Thornton

eto, "Beth yw'r rheswm dros y gwarchae felly?"

"Mae'r heddlu yn dilyn sawl trywydd…"

Collwyd gweddill ei frawddeg mewn ton o wfftio a gwawd. Bachodd Thornton ar y cyfle.

"Mae'n ymddangos nad y'ch chi'n barod i ddatgelu'r mymryn lleiaf am yr holl fusnes. Mae 'na ddywediad Saesneg – Keep them in the dark and feed them shit."

"Dyw hynna ddim yn deg!"

"Pam na allwch chi drystio'r wasg? Pam na allwch chi weld bod modd i'r wasg helpu drwy drin gwybodaeth yn ofalus a chyfrifol? Enw'r ffynhonnell, er enghraifft. Mae'n hollol bosib i ni wneud yr ymchwil, ffeindio pwy alwodd yn y tŷ bore 'ma a chael yr enw. Mae gwrthod rhyddhau'r enw yn dwp."

Tynnodd Vaughan anadl ddofn. Digon hawdd i'r gwiberod yma daflu sen a meiddio ei alw'n dwp. Beth wnaeth y rhain erioed i ennill crystyn gonest? Pedlera celwydd, camliwio ffeithiau, a gweld y cwbl o'u safbwynt nhw. Y wasg yn helpu? Fel disgwyl i feddwyn ymbil am ddŵr. Roedd wedi cael digon.

"A beth wyddoch chi am unrhyw ffynhonnell? Iawn, gwnewch yr ymchwil, byddwn ni'n parchu'r amod drwy gadw at ein gair. Dyna'r cyfan."

Nid felly y bu. Roedd un gohebydd yn benderfynol o gael dweud ei dweud. Dynes fer yn eistedd yn y rhes ffrynt, wedi'i gwisgo'n rhyfedd braidd mewn siaced streipiog las a choch, crys t, jîns a bŵts rwber melyn. Roedd ei gwallt llwyd yn flêr ac er bod ei hymarweddiad yn cyfleu golwg ffwrdd â hi gallech weld bod hon yn fenyw gadarn, un na dderbyniai ronyn o'r 'shit'. Dechreuodd siarad a thawelodd y stafell.

"Nat Parker, *Daily Mail*. Mr Vaughan, yn eich datganiad, fe wnaethoch chi ddweud bod y cyrch o dan reolaeth dau Insbector profiadol. Ar sail gwybodaeth bendant galla i ddatgelu mai un o'r ddau yw Neill Scarrow, gynt o Heddlu Llundain."

Er i Vaughan a Teri ragweld y peryglon ni allent wneud dim i atal y llif o eiriau.

"Tair blynedd yn ôl, Neill Scarrow oedd yn arwain ar gyrch yn Southwark, cyrch a gafodd ei fedyddio fel y Southwark Siege. Roedd Liam Beck wedi cipio ei gyn-bartner Cheryl Hewson a'u merch Lauren, ac ar derfyn wythnos o ddadlau a checru dyma Beck yn saethu Cheryl, Lauren a'i hun. Fersiwn y Met oedd i Scarrow lafurio i'r funud olaf i achub y fam a'r ferch fach. Y stori answyddogol oedd mai newid strategaeth gan Scarrow arweiniodd at y gyflafan. Dyna hyd a lled profiad Insbector Neill Scarrow. Unrhyw sylw, Mr Vaughan?"

Boddwyd yr ateb mewn storm o brotest.

*

Fel arbrawf aeth Lee i basej cefn Hightrees a chamu'n ofalus i glos y stablau. Llusgodd ei hun ar ei fol i fwlch rhwng y Jaguar a'r Audi, y gwlybaniaeth yn treiddio drwy ei ddillad. Mentrodd gipolwg rownd ochr y Jag a gwelodd rith o lwybr yn agor heibio cornel yr ardd ac yn arwain i'r coed. Yn y tywyllwch, o ganlyniad i'r saethu, ni allai weld yr un enaid byw na chlywed y smic leiaf i ddynodi bod plisman arfog o fewn cyrraedd. Gorweddodd yn gwbl lonydd am yn agos i ddwy funud, crefft a ddysgodd gan ei dad, pob cymal o'i gorff yn effro i unrhyw symudiad. Yna, gyda'r un gofal, dychwelodd i mewn i'r tŷ ac at ddrws y gegin lle roedd Carl yn disgwyl amdano.

"Wel?" gofynnodd hwnnw.

"Ydi, mae'n bosib. Gât fach, dau gam, cysgod y coed." Edrychodd i mewn i'r gegin lle eisteddai'r teulu'n magu eu paneidiau a oedd bellach wedi hen oeri. "Ti 'di dweud rhywbeth?"

"Na. Gadwa i olwg fan hyn. Cer i chwilio am gordyn cryf."

Tarfwyd ar y distawrwydd llethol gan sŵn tanio injan, un, dwy, tair. Yn syth wedyn anelwyd pelydrau o oleuni ar y tŷ, goleuni llai llachar na chynt ond digon o lewyrch i ddadlennu unrhyw symudiad ac ymgais i ddianc. O sbecian, deallodd Carl a Lee beth oedd yn digwydd. Roedd yr heddlu wrthi'n lleoli cerbydau ar ongl i daflu pelydrau ar ben blaen a chefn yr adeilad. Gellid gweld y golau ond nid y ceir, gyda'r canlyniad na ellid saethu. Yn syml, doedd dim i saethu ato.

Gan godi ei lais ailfynegodd Lee ei amheuon. "Blydi hel, be nawr 'te, Dad?"

Doedd gan Carl ddim ateb ac roedd gwylio'r wên yn lledu ar wyneb John Simmons yn rhwbio halen ar y briw.

Pennod 17
John

A RIAN, A CHYFLE i wneud ei farc, oedd yr esboniad dros benderfyniad John Simmons i dderbyn yr achos. Deuai'r arian o boced ddofn y cyn-lawfeddyg Meurig Llewelyn, sylfaenydd a pherchennog Celtic Health, cwmni hynod broffidiol oedd yn gyfrifol am redeg ysbyty breifat ar gyrion Caerdydd a chadwyn o gartrefi gofal ledled Cymru. Cafodd Llewelyn yrfa ddisglair mewn meddygaeth a byd busnes a nawr roedd sibrydion ar led ei fod i dderbyn un o anrhydeddau uchaf y Frenhines. Pylwyd ei obeithion oherwydd i'w fab Caron ymosod ar chwaraewr rygbi ifanc, Evan Harding, y tu allan i glwb nos Jacks, Abertawe. Gydag un ergyd tarwyd y bachgen yn anymwybodol gan beri iddo syrthio yn erbyn y palmant a bu Harding farw bythefnos wedyn o'i anafiadau. O ganlyniad roedd Caron Llewelyn yn wynebu cyhuddiad o ddynladdiad. Byddai llawer – gan gynnwys nifer o'i bartneriaid ym mhractis Hartman Fairbrother – yn taeru mai isel oedd y siawns o ennill dyfarniad dieuog. Anghywir, ym marn Simmons. Eisoes profodd gryn lwyddiant yn amddiffyn unigolion adnabyddus a gwelai her yr achos hwn a'r cyhoeddusrwydd cysylltiedig fel cam pellach yn ei yrfa i sefydlu ei hun fel bargyfreithiwr o'r radd flaenaf.

Iddo ef roedd pob ymddangosiad llys yn debyg i frwydr ar faes y gad gyda buddugoliaeth yn dibynnu ar ymchwil trwyadl a pherfformiad theatraidd. Geiriau, dyna'r gyfrinach, geiriau a lynai yn y cof o ddiwrnod cyntaf yr achos i'r olaf. Dysgodd hefyd fod asesu pob aelod o'r gweithgor yn talu ar ei ganfed, craffu ar y newid lleiaf mewn ymateb, edrych i fyw llygad ac ymdrechu o un ddadl i'r llall i ennyn cydymdeimlad gyda'r diffynnydd. O'r herwydd enillodd elyniaeth ac edmygedd – gelyniaeth y bargyfreithwyr a gollodd yn ei erbyn ac edmygedd y rhai a gamodd o'r llys a'u cymeriad yn ddilychwin. Mewn gwirionedd nid oedd yn poeni iot os âi'r euog yn rhydd, ei waith a'i arbenigedd ef oedd cyflwyno'r achos orau y medrai heb drafferthu am foesoldeb.

Ar fore olaf yr achos gwnaeth bwynt o gyrraedd siambrau Hartman Fairbrother oriau cyn i neb arall fynychu'r adeilad. Ei fwriad oedd astudio ac atgoffa'i hun am y croesholi a wnaeth ar dri tyst allweddol.

Y cyntaf oedd Anthony Wyndham Williams, cyd-chwaraewr a ffrind ysgol i Evan Harding a oedd bellach yn aelod o dîm Clermont Auvergne. Honnodd Williams ei fod yn sefyll yn agos i'w gyfaill adeg yr ymosodiad a'i fod yn dyst i'r ymrafael. O ddarllen ei nodiadau gwelodd iddo gychwyn yn foesgar, yn wir gellid camgymryd ei sylwadau agoriadol fel cwestiynau meddyg teulu caredig yn holi claf am anhwylder.

"Beth, Mr Williams, a'ch symbylodd i deithio yr holl ffordd o Dde Ffrainc i dystio? Awydd i weithredu cyfiawnder?"

"Ie, yn bendant, ac i ddweud y gwir yn y llys dros fy ffrind Evan."

"Deall yn iawn. Ystyriaethau eraill?"

"Na, falch i fod yma i sicrhau cyfiawnder."

"Felly, dyw dial ddim wedi chwarae rhan yn y penderfyniad i dystio?"

"Dial? Na, yn bendant."

"Dwi'n casglu i chi astudio diwinyddiaeth yn y brifysgol, Mr Williams, a'ch bwriad ar derfyn eich cyfnod ar y cae rygbi yw mynd am yr offeiriadaeth yn yr Eglwys yng Nghymru. Cywir?"

"Hollol gywir."

"Galwedigaeth sy'n mynnu'r safonau uchaf, ac fel y sonioch chi yn eich ateb cyntaf rhaid rhoi pwyslais ar y gwir ym mhob achlysur."

"Wrth gwrs."

"Dewch i ni fynd at yr ymosodiad ei hun. Chi'n honni eich bod chi'n agos at eich ffrind ac wedi gweld y cyfan. Pa mor agos, Mr Williams?"

"Wel, tua dwy fetr a hanner falle?"

"'Tua' a 'falle', geiriau lastig. Allwch chi, er mwyn i'r rheithgor fod yn hollol glir, fod yn fwy penodol?"

"Dwy fetr a hanner, ie, dwy fetr a hanner."

"Eto, er mwyn y rheithgor, mae hynny dan ddeg troedfedd. Fyddech chi'n galw hynny'n agos? Nawr, mae tystiolaeth yr heddlu'n datgan i'r ymosodiad ddigwydd y tu allan i glwb Jacks am hanner awr wedi un ar ddeg, nos Sadwrn 18 Tachwedd 2007. Cyn mynd am y clwb ble o'ch chi wedi treulio'r noson?"

"Mas 'da'r bois."

"Wnes i ddim gofyn gyda pwy, ond ble?"

"O ie, sori. Mas 'da'r bois am gwpwl o beints mewn gwahanol lefydd yn y dre."

"Cwpwl o beints? Allwch chi fod yn fwy penodol?"

"Sori, na."

"Mae'ch cof chi'n dda iawn weithiau, Mr Williams, ond ddim cystal droeon eraill. Wel, fe alla i roi help llaw. Ry'n ni wedi bod yn ymchwilio, sganio teledu cylch cyfyng tafarndai, holi barmyn. Mae'r lluniau'n dangos, a'r staff yn cadarnhau, i chi a'r bois ymweld â phedwar tafarn, yfed o leiaf beint ymhob un ac weithiau *chasers* hefyd. Cytuno?"

"Ydw, sbo."

"Yn uwch, plis, i'r rheithgor allu clywed."

"Ydw."

"Diolch. Nawr, dewch 'nôl at yr ymosodiad. Hanner awr

wedi un ar ddeg, a'r cofnodion tywydd yn dangos noson wlyb, glaw mân. Beth am y goleuadau o gwmpas y clwb?"

"Alla i byth dweud. Does bosib bo' chi'n disgwyl i fi gofio hynny, naw mis ers y digwyddiad?"

"Wel, ydw, Mr Williams, dwi *yn* disgwyl i chi gofio. Dyna holl bwrpas eich tystiolaeth. Unwaith eto fe alla i roi help llaw. Roedd stribed o olau wrth fynedfa'r clwb a dwy lamp ar y stryd, un bum metr i ffwrdd a'r llall yn bellach. Fe wnaethoch chi gyfeirio at 'y bois', chi a'ch ffrindiau, faint?"

"Fi a Evan a phedwar arall, chwech i gyd."

"Ac ry'n ni wedi clywed tystiolaeth gan sawl person fod ciw sylweddol yn aros y tu allan yn disgwyl mynediad i'r clwb. Rhai yn dweud saith deg, eraill yn rhoi ffigwr is o ryw hanner cant. I fod yn deg, fe gymerwn ni'r ffigwr llai. Nawr, i gyfleu darlun clir i'r rheithgor, ry'ch chi'n honni eich bod chi'n agos at Mr Evan Harding ac yn tystio, heb unrhyw amheuaeth, i chi weld y diffynnydd Mr Caron Llewelyn yn taro'r ergyd farwol. Dwy fetr a hanner i ffwrdd – rhyw ddeg troedfedd – ar noson lawog mewn hanner golau yng nghanol torf o hanner cant. Cyn y digwyddiad roeddech chi wedi treulio'r noson yn yfed yn nhafarndai Abertawe, ac eto, ry'ch chi'n disgwyl i ni dderbyn i chi weld y cyfan yn berffaith. Dewch nawr, Mr Williams, chi'n dweud celwydd ar ran eich diweddar ffrind. Celwydd gan rywun sy'n gobeithio dilyn gyrfa fel offeiriad, galwedigaeth sy'n mynnu'r safonau uchaf a rhoi pwyslais ar y gwir ar bob achlysur."

"Weles i Caron Llewelyn yn taro un ergyd ac Evan yn cwympo i'r llawr."

"Mae hynna i'r rheithgor benderfynu. Ga i fynd yn ôl at fan cychwyn yr holi, Mr Williams? Wnaethoch chi ddatgan nad oedd dial yn rhan o'ch penderfyniad i dystio."

"Do."

"Chi'n adnabod Caron Llewelyn?"

"*Sort of.*"

"Tipyn gwell na 'sort of', Mr Williams. Roeddech chi'n gyd-ddisgyblion yn Ysgol Esgob Vivian. Yn ffrindiau agos cyn i'r cyfeillgarwch suro a dod i ben yn ddisymwth. A'r rheswm am y dieithrio? Efallai nad y'ch chi'n barod i ddweud, felly fe wna i rannu'r gyfrinach. Fe fuoch chi mewn ffrae gyda Mr Llewelyn yn nhafarn y Bayview ar Nos Galan 2006 a chi oedd yn gyfrifol am ddechrau'r cecru. Galwyd yr heddlu ond fe benderfynwyd nad oedd y mater yn ddigon difrifol i erlyn. Wrth i chi gael eich tywys o'r dafarn fe waeddoch chi – ac mae cofnod yr heddlu'n gwbl glir – fe waeddoch chi, 'Aros di, Caron, ga i ti am hyn'. "

"Mae hyn yn annheg, chi'n…"

"Diolch, Mr Williams, dyna'r cyfan."

Yr ail set o nodiadau yn y ffeil oedd tystiolaeth Dr Felicity Wright, arbenigwr yn Ysgol Feddygaeth Caerdydd ar anafiadau i'r ymennydd. Gwyddai fod hon yn wraig uchel ei pharch yn fyd-eang a rhaid iddo felly droedio'n ofalus i osgoi bod yn nawddoglyd.

"Dr Wright, ymddiheuriadau am eich gorfodi chi i ailymweld â rhai agweddau a drafodwyd gan yr erlyniad. Ymddiheuriadau hefyd i rieni Mr Evan Harding sydd yn y llys am y rheidrwydd i wyntyllu ymhellach rhai pwyntiau all beri loes. Ry'ch chi wedi datgan yn bendant mai'r ergyd i ben Mr Harding a'i lladdodd. Ar ba sail?"

"Ar sail archwiliad yr ymennydd ar ôl marwolaeth. Roedd arwyddion clir o niwed ar batrwm cylchdro, sy'n digwydd pan mae'r ymennydd yn taro'n galed yn erbyn y benglog. Y math o niwed sy'n cael ei achosi gan un ergyd galed, gan arf neu gan ddwrn. Dwi wedi gwneud archwiliadau tebyg ar focswyr a gweld yr un niwed, yr hyn a elwir yn *lights out punch*. Yn achos Mr Harding, y senario mwyaf tebygol oedd iddo gael ei daro a syrthio'n anymwybodol yn erbyn y palmant."

"Falle gallwch chi egluro'n syml beth sy'n digwydd i'r ymennydd yn sgil y math hyn o ymosodiad?"

"Wrth gwrs. Mae'r ymennydd yn feddal ac yn cael ei warchod gan galedwch y benglog. Yn dilyn anaf o'r math fe geir bron bob tro geulad yn y gwaed, *blood clot*. Mae'r ceulad yn chwyddo, yn llanw'r ymennydd ac yn arwain at farwolaeth. Meddyliwch am focs gyda jeli a balŵn y tu mewn iddo. Y bocs yw'r benglog, y jeli yw'r ymennydd, a'r balŵn yw'r ceulad. Mae'r balŵn yn chwyddo i lenwi'r bocs ac yn byrstio. Canlyniadau angheuol os na cheir triniaeth frys."

"Diolch. A beth petai Mr Harding wedi derbyn triniaeth frys?"

"Byddai wedi achub ei fywyd o bosib. Ond yn fy marn i roedd yr ymennydd wedi dioddef niwed trawmatig bron ar unwaith. Y diagnosis tebygol fyddai stad sylweddol o anabledd corfforol a meddyliol."

"Dr Wright, fedrwch chi fod yn hollol bendant mai'r ergyd i'r pen achosodd y farwolaeth? Yn sylfaenol mai A arweiniodd at B? Mae'r gyfraith yn mynnu'r pendantrwydd ac mae penderfyniad y rheithgor a dyfarniad y llys yn seiliedig ar hynny."

"Fe fyddwch chi'n gwybod yn iawn, Mr Simmons, na fedr unrhyw arbenigwr ddadlau felly. Ond o fewn ffiniau sicrwydd meddygol, dwi'n bendant mai'r ergyd achosodd marwolaeth Mr Harding."

"Ac fel arbenigwr, yn hyddysg yn y maes, fe fyddwch chi'n ymwybodol nad yw'r llenyddiaeth feddygol yn unfarn ar y mater. Mae ymchwil ac arbenigwyr eraill yn datgan ei bod hi'n amhosib i ddadlau y gall A esgor ar B."

"Wrth gwrs 'mod i'n ymwybodol o safbwyntiau gwahanol. Rhan o 'ngwaith i, yn union fel eich gwaith chi Mr Simmons,

157

yw ceisio dehongli. Ond gyda phob parch, fi yw'r arbenigwr ar hyn a dwi'n sefyll wrth y farn gant y cant."

"Beth am y posibilrwydd o anafiadau cynharach, anafiadau a allai wanhau'r ymennydd a bod yn rhannol gyfrifol am farwolaeth Mr Harding?"

"Fel rhan o'r archwiliad patholegol methais i weld unrhyw dystiolaeth o anafiadau cynharach."

*

Doctor hefyd oedd y trydydd tyst, Simon Grayson, meddyg teulu yng Nghwm Tawe a chyn-chwaraewr rygbi.

"Dr Grayson, allwch chi ddweud wrth y llys ble roeddech chi ar brynhawn Sul, 11 Medi 2006?"

"Yn gwasanaethu fel meddyg mewn gêm rygbi rhwng Tawe United a Dulais Dragons."

"Ydych chi'n gwneud hyn yn rheolaidd?"

"Bob pythefnos yn ystod y tymor. Mae rheolau Undeb Rygbi Cymru yn mynnu bod o leiaf un meddyg yn bresennol. Dwi ddim yn chwarae bellach ac mae gwasanaethu yn wirfoddol yn ffordd o gyfrannu i'r gêm. Rhoi rhywbeth 'nôl."

"Ac yn brofiadol felly o effaith anafiadau ar y cae chwarae?"

"Ydw, mae'n debyg."

"Disgrifiwch yr hyn ddigwyddodd."

"Yn gynnar yn y gêm dioddefodd Evan Harding, aelod o dîm Tawe United, gic ddamweiniol i'r pen. Fel sy'n ofynnol fe'i gorfodwyd i adael y cae, fe wnes i asesiad cyflym a rhoi caniatâd iddo ailymuno â'r chwarae. Tri chwarter ffordd drwy'r ail hanner aeth Harding yn erbyn mewnwr y Dragons gyda chanlyniadau mwy difrifol. Trawyd Harding yn anymwybodol, ac am yr eildro, yn ôl y rheolau, fe adawodd y cae ar stretsier."

"A beth am effeithiau'r trawiadau hynny? Gawsoch chi gyfle i archwilio Mr Harding i weld os oedd niwed parhaol?"

"Daeth e at ei hunan bron ar unwaith. Wnes i'r archwiliad arferol am ysgytwad – poen neu wasgfa yn y pen, teimladau o bendro, cyfog. Dim un o'r symptomau'n bresennol a Harding yn dweud ei fod yn teimlo'n berffaith. Gwrthodwyd cais i ailymuno â'r gêm."

*

Cododd John Simmons yn araf i wynebu'r llys. Roedd cwnsler yr erlyniad newydd gwblhau ei sylwadau a gwyddai bod rhaid iddo alw ar ei holl alluoedd os oedd i droi'r drol a llwyddo i ryddhau Caron Llewelyn o'r cyhuddiad o ddynladddiad. Ni ellid gwadu nad oedd achos yr erlyniad yn gryf ac roedd ei wrthwynebydd yn gymaint meistr ag yntau ar blethu dadl a gwyro barn i'w fantais. Ond roedd rhai ffeithiau o'i blaid a'i dasg oedd plannu'r ffeithiau yn nhybiaethau'r rheithgor a throi amheuaeth a chydymdeimlad yn benderfyniad.

"Mae ffawd Mr Caron Llewelyn nawr yn llwyr yn eich dwylo chi. Mae'n fachgen ifanc sy'n mwynhau noson allan yng nghwmni ffrindiau ac yn mwynhau mynychu mannau o adloniant sydd efallai'n ddieithr i chi a fi. Yn hynny o beth, nid yw'n wahanol i'w gyfoedion. Ond yr hyn sy'n ei wneud yn wahanol yw'r ffaith iddo fod yn bresennol ar adeg pan fu farw person ifanc arall. Does neb yn y llys yn gwadu i Mr Evan Harding farw y tu allan i glwb Jacks ar nos Sadwrn, 18 Tachwedd 2007 o ganlyniad i un ergyd. Mae'r erlyniad wedi dadlau'n gryf mai Mr Llewelyn oedd yn gyfrifol am yr ergyd. Er mor gryf yw'r dadleuon, sylwch nad yw'r erlyniad wedi llwyddo i gyflwyno tyst dibynadwy i'r digwyddiad. Mae tystiolaeth Mr Anthony Wyndham Williams yn simsan. Mae

Mr Williams yn honni iddo fod yn agos at y digwyddiad ac iddo weld y cyfan. Gwrthbrofwyd hyn yn ystod yr holi. Yn ôl ei gyfaddefiad ei hun roedd Mr Williams rhyw ddeg troedfedd i ffwrdd. Cyn cyrraedd y clwb treuliodd y noson yn diota yn nhafarndai Abertawe ac mae alcohol yn medru effeithio ar ein gallu i weld yn glir ac i gofio'n gywir. Noson lawog a phrinder golau a thorf o ryw hanner cant yn brwydro i sicrhau mynediad – y brwydro, gyda llaw, yn dystiolaeth a gyflwynwyd gan yr erlyniad nid yr amddiffyn. Ac yng nghanol y llif o bobl mae Mr Williams yn honni iddo weld y cyfan. A beth yn y pen draw oedd gwir gymhelliad Mr Williams?

"Dewch yn ail at dystiolaeth yr arbenigwr Dr Felicity Wright. Nid wyf am eiliad am wadu galluoedd Dr Wright ond methodd â dangos i sicrwydd mai'r ergyd arweiniodd at y farwolaeth, yn syml mai gweithred A arweiniodd at ganlyniad B. Mae'r gyfraith yn mynnu'r sicrwydd diamheuol hwnnw cyn y gellir profi cyhuddiad difrifol megis dynladdiad. Yr hyn a wnaeth Dr Wright oedd datgan y dylid derbyn ei dadleuon – a nodwch y geiriau – o fewn ffiniau safbwyntiau meddygol gan gydnabod ar yr un gwynt bron nad oes unffurfiaeth barn ar y mater.

"Holwyd Dr Wright am y posibilrwydd o anafiadau cynharach ac fe gafwyd yr ateb iddi fethu darganfod unrhyw dystiolaeth yn ystod yr archwiliad patholegol. Rhyfedd, o gofio geiriau meddyg arall, Dr Simon Grayson, am ddamwain Evan Harding mewn gêm rygbi. Harding yn cael ei gludo o'r cae ar stretsier yn anymwybodol, ac er iddo daeru mewn byr o dro ei fod yn teimlo'n berffaith a Dr Grayson yn gwrthod ei gais i ailymuno â'r chwarae. Fe fyddwch chi'n dadlau mai Dr Wright ac nid Dr Grayson yw'r arbenigwr ac mai ei thystiolaeth hi sy'n cario'r dydd. Serch hynny, Dr Grayson yw'r gŵr sydd o un gêm i'r llall yn gwylio ac yn gwarchod rhag anafiadau difrifol yn arbennig ysgytwad i'r pen. Teg gofyn felly, sut y methodd Dr Wright – a hithau'n gymaint o arbenigwr – sylwi ar unrhyw olion o'r trawiadau blaenorol...

"Mae'r erlyniad wedi gwneud môr a mynydd o'r ffaith na alwyd Caron Llewelyn gerbron y llys. Rhaid eich atgoffa fod gan y diffynnydd yr hawl yn ôl y gyfraith i aros yn dawedog. Mae gan bob unigolyn a gyhuddir neu sydd dan amheuaeth o drosedd yr hawl i gadw'n dawel, hyd at derfyn yr achos.

"I orffen, mae dadleuon yr erlyniad wedi datgelu nad yw Mr Llewelyn yn gymeriad perffaith. Digon teg. Rwy'n ymateb drwy ofyn pwy ohonom *sydd* yn berffaith? Pa un ohonoch chi, aelodau'r rheithgor all honni, calon y gwir, eich bod yn gymeriad perffaith? Nid rhyw fath o drwydded neu dystysgrif o berffeithrwydd a roddir gan y llys yw dyfarniad dieuog. Nage. Yr oll a olygir gan ddyfarniad o'r fath yw i'r erlyniad fethu profi'r achos a rhaid i chi, uwchlaw pob ystyriaeth arall, gadw hyn mewn cof wrth i chi wneud eich penderfyniad."

Yn dilyn sylwadau clo'r barnwr gadawodd y rheithgor y llys. Ni fu rhaid aros yn hir a gwyddai Simmons o brofiad bod y cyflymder yn dynodi dyfarniad eglur. Gofynnwyd i'r fforman sefyll ac ar archiad y barnwr cyhoeddodd hithau fod y diffynnydd yn ddieuog. Aeth ebychiad o ryfeddod drwy'r llys. Taflodd Simmons gipolwg i seddau'r cyhoedd, a gweld mam Evan Harding yn llefain, gyda'i gŵr yn ceisio ei chysuro. Uwchben y dwndwr gwaeddodd y barnwr am heddwch a datgan fod Caron Llewelyn yn rhydd o unrhyw gyhuddiad yn ei erbyn ac y medrai adael â'i gymeriad yn ddi-staen.

Er bod y cyntedd y llys yn fan cyhoeddus ac yn llawn pobl nid oedd hynny'n mennu dim ar ddathliadau Meurig Llewelyn a'i deulu. Chwerthin, curo cefn, llongyfarchion. Gwelodd Llewelyn John Simmons ar y grisiau i'r cyntedd a mynd yn syth ato. Ysgydwodd law'r bargyfreithiwr yn frwdfrydig gan ychwanegu'n dawel, "Meistrolgar, wna i ddim anghofio. Dwi'n nabod y Gweinidog ac unigolion dylanwadol yn y Weinyddiaeth Gyfiawnder. Gair i gall, John, gair i gall."

Diolchodd Simmons a throi i weld ail deulu – rhieni Evan Harding a'i merch mewn seiat drist yn y gornel bellaf, neb i'w cynnal. A deimlodd gnoad ar ei gydwybod wrth wylio eu trallod? Naddo, dim o gwbl.

PENNOD 18

N I ELLID GWADU bod Nat Parker yn ddynes benderfynol. Fel prif ohebydd trosedd y *Daily Mail* roedd ei thrwyn am stori yn ddiarhebol ac yn destun edmygedd a chenfigen ymhlith gohebwyr Fleet Street. Gymaint oedd ei gallu i ffureta fel iddi ennill y llysenw 'Nosey Parker' – teitl yr ymhyfrydai ynddo. Gadawodd ffiasgo'r gynhadledd i'r wasg yn syth gan wylio gweddill yr haciaid yn gwrthwynebu dadleuon a phrotestiadau Dilwyn Vaughan. Pff! Gwastraff amser, disgwyl fydden nhw tan Sul y Pys. Rhaid mynd i lygad y ffynnon i ganfod y ffeithiau.

Tynnodd ei chot law amdani a dechrau cerdded o'r pentref hyd nes y gwelodd y troad, ac ar ôl chwarter awr o ddringo craffodd yn y pellter ar fan yr heddlu yn blocio'r hewl gyferbyn â'r dreif. Gwyddai o'r sylwadau a wnaed yn y gynhadledd na allai fentro gam yn agosach ac eto, rywfodd rywsut, roedd rhaid nesáu at y tŷ. Clywodd sŵn injan o'r tu ôl a chwiliodd am loches ym môn y clawdd. Hanner syrthiodd i'r ffos a theimlo ei thraed yn suddo i gwter fwdlyd. Diolch i'r drefn am y bŵts rwber ac er gwaethaf y gwlybaniaeth dan draed o leiaf roedd hi o'r golwg. Pasiodd y fan ac mewn rhyw funud clywodd leisiau. Cymerodd gip drwy ddail y berth a gweld y plismyn yn sgwrsio, a'r fan gyntaf yn troi am yn ôl i'r pentref a'r ail yn parcio wrth y dreif. Newid shifft.

Yn y distawrwydd edrychodd o'r newydd ar ei chuddfan a gweld sticil yn y berth uwch ei phen. Lle roedd sticil, roedd posibilrwydd o lwybr, ymresymodd, ac er nad oedd ganddi syniad i ble yr arweiniai, roedd unrhyw beth yn well na sefyllian mewn gwter. Gafaelodd mewn cangen a rhegi'n dawel wrth iddi rwygo croen ei llaw. Merch y ddinas oedd Nat Parker, heb wybod y gwahaniaeth rhwng derwen a draenen a rhegodd yr eilwaith wrth glymu macyn dros gledr ei llaw i atal y gwaed. Sadiodd, dringo dros y sticil a chael ei hun mewn coedlan. Dechreuodd gerdded unwaith eto a synhwyro o gyfeiriad ei chamre ei bod yn symud at y plismyn a'r dreif ond yr ochr draw iddynt ar diriogaeth Hightrees. Aeth yn ei blaen yn araf, clywed mwy o sgwrsio ac arogli mwg sigarennau. Gofal nawr, ac yna daeth crac brigyn yn hollti dan draed, crac a swniai'n hynod o uchel ond ar ôl ennyd o sefyll yn stond tybiodd nad oedd unrhyw arwydd i'r plismyn sylwi. Ymhen tipyn gwelodd ymylon y dreif ychydig gamau i ffwrdd, gât agored ar y dde a'r hewl islaw. Gwyrodd i'r chwith ac ar ôl rhyw funud o gropian gwelodd gerbyd 4x4 ac yn y gwyll hanner cylch o blismyn arfog, eu cefnau tuag ati, pob un mewn lifrai a mwgwd du ac yn cario reiffl. Sleifiodd mor dawel â llygoden i geulan wrth fonyn coeden, estyn am y fflasg o fodca o boced ei chot a pharatoi i aros.

Er mawr syndod ni fu raid disgwyl yn hir. Disgynnodd dau o'r cerbyd, y ddau Insbector oedd yn arwain y cyrch. Roedd un ohonyn nhw'n gafael mewn uchelseinydd a dechreuodd gyhoeddi ei neges yn ddiymdroi.

"Carl a Lee, Gareth. Plis dwedwch beth chi moyn. Dwi mynd i ffonio nawr, ac fe gawn ni drafod." Saib o funud a ymddangosai fel oes. Doedd dim ymateb i'r cais i ddefnyddio ffôn, felly cydiodd eilwaith yn y uchelseinydd. "Gareth eto. Oes rhywun wedi cael anaf? Mae ambiwlans wrth law ac fe allwn ni gael parafeddyg atoch chi ar unwaith. Dim ond gofyn sy raid. Dim twyll, dim triciau, trystiwch ni. Dod â'r cyfan i ben yn heddychlon a chael pawb allan o'r tŷ yn ddiogel. Dere Carl, mae'n hen bryd i ni ddod i gytundeb."

Clustfeiniodd Parker ar y geiriau. Canfu sawl ffaith berthnasol: enwau'r rhai oedd yn dal y teulu'n gaeth ac mai dau oedd yno; eu amharodrwydd i ddibynnu ar y ffôn; a Gareth oedd enw'r Insbector a siaradodd. Felly Scarrow oedd y llall ac ar sail yr hyn a glywodd ac ar sail profiad sylweddolodd beth oedd tacteg yr heddlu. Gareth oedd yr un i berswadio a chynnal y drafodaeth a Scarrow oedd dyn y gwn ac arweinydd y sgwad. Nododd y geiriau anffurfiol fel 'dere,' a'r defnydd o enwau cyntaf. Gwyddai fod y cyfan yn gwbl fwriadus ac yn rhan o'r technegau clasurol i sefydlu perthynas ac i adeiladu empathi.

Ni chafwyd unrhyw adwaith i'r neges ac ar ôl ysbaid fer camodd y ddau i'r cerbyd.

Yng nghegin Hightrees roedd realiti'n pwyso'n drwm ar y Simmons a'r Risleys fel ei gilydd. Yn lle'r gwin roedd Carl erbyn hyn yn drachtio o botel frandi a rhwng pob dracht bron cerddai at y drws cefn i danio un sigarét ar ôl y llall. Llifai'r mwg glas ar hyd y pasej i'r gegin gan gynyddu'r tensiwn a'r teimlad o gaethiwed. Eisteddai Lee a Daniel wrth y bwrdd, Lee a'i ben yn ei ddwylo, Daniel yn gwag droi tudalennau cylchgrawn gan amgyffred enbydrwydd ei sefyllfa – dial a chynddaredd ei garcharorion ar yr un llaw, achubiaeth yr heddlu a'r canlyniad anorfod o garchar ar y llaw arall. Cadwai John Simmons mor bell ag y gallai oddi wrth bawb fel petai'n ceisio sefydlu gwarchodfa bersonol. Roedd Miriam a Lydia i'r gwrthwyneb, yn closio mewn cornel gynnes wrth ochr y Rayburn.

Rhoddodd Miriam ei llaw ar fraich ei merch a gofyn mewn llais isel, "Ti'n iawn?"

"Ydw. Bach yn anesmwyth, poen cefn ac mae'r mwg 'na'n codi cyfog. Mae'n flin 'da fi i chi glywed am y babi fel 'na. O'n i wedi bwriadu torri'r newyddion yn ystod y swper dathlu. Meddwl byddai Dad mewn hwyliau da."

"Pam ddylet ti ymddiheuro? Dw i'n falch. Bydd hi'n braf cael ŵyr neu wyres."

"Os down ni o'r uffern hyn yn saff."

"Wrth gwrs ddown ni." Pwyllodd cyn hanner sibrwd y geiriau nesaf. "Sawl wythnos?"

"Pedair ar ddeg."

"Rhaid i ti edrych ar ôl dy hunan. Ti 'di bod 'da'r doctor?"

"Do, mae Omar yn mynnu 'mod i'n cael y gofal gorau. Dwi'n gweld arbenigwr yn ysbyty breifat Orrell Park."

Roedd John a'i ragdybiaethau'n iawn felly, y pêl-droediwr oedd y tad. Nid fod y ffaith honno'n ei phoeni. Iddi hi roedd y beichiogrwydd yn achos llawenydd ac yn wahanol i ben-blwydd priodas, yn wir reswm i ddathlu, cyfnod hapus a wawriai mor sicr ag y mae dydd yn dilyn nos. Credu, dyna'r peth, credu y deuai'r diwrnod erchyll hwn i ben, dyna'r unig ffordd i gadw gafael ar gallineb. Caeodd ei llygaid, pendwmpian a breuddwydio am blentyn bychan, a hithau'n adrodd rhigwm, canu hwiangerdd, adrodd, canu, fel ers talwm. Teimlodd symudiad a chlywed cri o boen. Safai Lydia o'i blaen, yn welw, ei dwylo ar ei chanol a dafnau o waed ar ei choesau.

Cododd Miriam, croesi'n syth at Carl a'i ysgwyd.

"Gwranda! Rhaid i ti ffono'r heddlu. Mae Lydia mewn peryg o golli'r babi. Maen nhw newydd ddweud bod ambiwlans gerllaw. Ffona nhw, plis!"

Trodd Carl i syllu ar y ferch gan rythu wedyn ar y pwll bychan o waed ar y llawr. Edrychodd yr eilwaith cyn poeri yr un gair o ateb, "Na!"

"Beth?" gwaeddodd Miriam. "Pwy fath o ddyn wyt ti? Be, sy gan fabi bach heb ei eni i wneud â'r holl lanast 'ma?"

"NA!"

"Reit, wel, saetha ni i gyd nawr. Man a man. Bydd y sgwad yma mewn munud a'u *stun grenades* a'u gynnau pwerus, a byddwch chi'ch dau a ni'n farw fel hoelen."

Safodd amser. Y cyfan mor llonydd fel y gallech glywed

cloc y gegin yn tician. Lee oedd yr un i chwalu dwyster y tawelwch.

"Dad, paid rhacso'r *chance* sy 'da ni i ddianc. Ti ddwedodd, nhw yw'r tocyn i ryddid. Cofio? Mae'r cardiau'n dal yn ein dwylo ni. Ocê, fe gollwn ni un, ond bydd tair carden ar ôl. Ffonia!"

O weld yr olwg fulaidd ar ei wyneb gallech feddwl am eiliad fod Carl am wrthod. Trodd at y teulu, "Iawn, ar fy nhelerau i."

Cydiodd yn y ffôn a gwasgu'r botwm i gysylltu â'r heddlu. Ni roddwyd cyfle i'r person ar y pen arall i ddweud gair.

"Mae eisiau ambiwlans… Gewch chi ffeindio mas… Na, ddaw hi drwy'r drws ffrynt… Gwranda, y ffordd 'ma neu ddim o gwbl. Bydd hi'n cerdded…"

Cododd Lydia ei llaw, "Alla i ddim cerdded ar ben fy hunan."

Meddyliodd Carl yn gyflym. Amhosib fyddai caniatáu i aelod o'r teulu gynorthwyo. Gallai'r ddau ddianc a rhaid i rywun gadw golwg ar y lleill.

"Reit, bydda i'n dod â hi mas o'r tŷ, boi yr ambiwlans yn y golwg a neb arall. Ma gwn 'da fi."

Prin y cafodd Gareth gyfle i dorri'r cysylltiad. Ymatebodd Scarrow i'r alwad yn llawn brwdfrydedd, "O'r diwedd! Cyfle i ddod â'r gwarchae i ben."

"Shwt?"

"Oes rhaid esbonio? Carl yn tywys Lydia, trosglwyddo i'r parafeddyg a throi'n ôl am y tŷ. Siawns berffaith i danio. Un dyn bach ar ôl, un dyn bach ar ben ei hun. Mantais dactegol enfawr."

Gan gofio smonach Southwark teimlodd Prior fod yn rhaid anghytuno.

"Mae sawl gwendid yn y cynllun. I gychwyn, allwn ni fod yn siŵr mai Carl fydd 'na? A chi'n cymryd yn ganiataol mai

Lydia yw'r un sydd angen ambiwlans. Oes gyda ni fanylion pendant am bwy'n union sy yn y tŷ? Yn olaf, bydd hanner munud, os hynny, i danio mewn golau gwan. Ac os na lwyddwch chi i daro, beth wedyn? Ni ar y dibyn eisoes, a bydd saethu'n cynyddu'r peryglon."

Ochneidiodd Scarrow. "Carl neu Lee, oes ots? Cym on, rhowch y brêns ar waith, Prior. Dau'n dod allan, dau yn dianc. Ry'n ni naw deg naw y cant yn siŵr mai Lydia fydd yno, pwy arall? Mae golau'n dod o ddrws y tŷ, ceir yr heddlu a'r ambiwlans – bydd hanner munud yn fwy na digon." Trodd at ei radio i alw'r ambiwlans a chyflwyno gorchmynion i'r parafeddyg a'r sgwad. Cyn gynted ag y deallodd fod y trefniadau'n gyflawn paratôdd i ddisgyn o'r cerbyd. "Dwi'n mynd at gysgod y coed ar bwys y drws i gael gwell annel. Fe wna i symud y reiffl i ddangos 'mod i'n barod ac wedyn gewch chi ffonio."

Roedd yr holl beth fel gwylio ffilm. Daeth gwawl o olau melyn o'r drws, merch yn camu i'r feranda, siôl dros ei hysgwyddau a dyn canol oed yn gafael yn ei braich i gynnal ei cherdded. Symud yn araf i ymyl y dreif, y dyn yn rhyddhau ei afael, y ferch yn gweld y parafeddyg ac yn brysio tuag ato. Y dyn yn troi ei gefn ar bawb, baglu a bron iddo ddisgyn. Dyna pryd taniodd Scarrow. Clywyd gwaedd, cydiodd y dyn yn ei fraich, syrthio i'r llawr a llusgo ar ei fol i ddiogelwch y tŷ. Mwy o saethu gan y sgwad, nes i Scarrow arthio'r gorchymyn i atal.

Yn nhwrw'r tanio, y bloeddio a'r cawlach, ni sylwodd neb ar ddynes yn sbecian, nac ar fflachiadau'r camera.

Cuddiodd Parker am rai munudau ac yna mentrodd i sefyll a chychwyn ei siwrnai'n ôl at y sticil. Gyda llygaid pawb ar y parafeddyg a'r tŷ roedd ffawd o'i phlaid a llwyddodd i gyrraedd y berth mewn byr o dro. Gwelodd olau glas yr ambiwlans yn pellhau ar hyd y ffordd ac fel o'r blaen gallai glywed lleisiau'r plismyn, mwy o drafod y tro hwn a'r lleisiau'n uwch. Roedden nhw, fel hithau, yn ymwybodol o'r datblygiadau cyffrous. Manteisiodd ar y ffaith fod y criw bychan wrth y gât wedi ymgolli yn eu sgwrs, dringodd yn gyflym dros y sticil, a chan gadw at y cloddiau, cerddodd yn gyflym i gyfeiriad pentref Glanmeurig. Daeth at y neuadd lle'r oedd un neu ddau o'i chyd-ohebwyr y tu allan, y lleill mae'n siŵr yn magu peints ym mar y dafarn. Twpsod diog! Aeth i'r stafell bwyllgor a oedd erbyn hyn bron yn wag. Yr unig un yno oedd y ferch a welodd wrth ochr Dilwyn Vaughan yn y gynhadledd.

I sicrhau cyfrinachedd symudodd i'r gornel, mor bell ag y gallai o'r ditectif a gafael yn ei ffôn. Diolch i'r drefn, roedd y cysylltiad yn gadarn a bendithiodd o glywed llais cyfarwydd y golygydd copi. Yn isel, mynnodd fod ganddi stori ecsgliwsif, tudalen flaen, dim byd llai. Dechreuodd roi'r manylion, ei meddwl miniog a'i pharabl parod yn adrodd yr hanes yn union fel petai'n ailwylio blerwch y saethu a'r cludo i'r ambiwlans.

'*Last night in dramatic scenes at the hill top retreat of high court judge John Simmons the police bungled their attempt to bring the siege to an end, wounding a member of the gang holding the family hostage. Ends. Pictures to follow.*'

Yn fodlon ei byd, estynnodd am y fodca a disgwyl am act olaf y saga.

Pwy oedd y ddynes yn setlo yn y gornel, cysidrodd Teri. Pendronodd am eiliad cyn cofio mai hi oedd y fenyw a fu'n ddraenen yn ystlys Vaughan yn y gynhadledd i'r wasg. Beth ar y ddaear oedd ei henw? Nat rhywbeth, ie, Nat Parker o'r *Daily Mail*. Gwenodd wrth feddwl am y croesi cleddyfau, y ddynes yn datgelu cefndir Neill Scarrow, a Vaughan yn colli'i limpin. Pam oedd hi yma, pam llechu mewn stafell oer a gwag, a'i mêts yn diota yn y dafarn?

Rhoddodd y gorau i fyfyrio dibwrpas a chanolbwyntio ar ei thasg. Bwydodd y term 'Carl/Lee Risley' i fas data cofnodion trosedd a sgrolio drwy'r manylion. Gwelodd i Carl briodi merch ifanc o'r enw Hannah Bergman gyda Lee yn cael ei eni yn fuan wedyn. Wrth ei waith roedd Carl yn is-reolwr mewn archfarchnad ac er yn weithiwr parod fe'i cyhuddwyd o ddwyn a'i gael yn euog. Dedfryd ohiriedig o garchar, colli swydd, segur am agos i flwyddyn, a'r briodas yn chwalu gyda Lee prin yn chwech mlwydd oed. Yna daeth tro ar fyd, gwaith fel barman mewn clwb yn y Bae. Er bod perchennog y clwb â'i law ymhob math o brosiectau amheus, methodd yr heddlu â phrofi dim yn ei erbyn, yn bennaf oherwydd fod ganddo weision i wneud y gwaith brwnt. Carl oedd y mwyaf ffyddlon o'r rhain, i'r fath raddau iddo dderbyn dedfryd o ddeunaw mis o garchar yn lle'r bòs yn sgil lladrad o warws. Doedd dim gwybodaeth am bwy oedd yn magu a gwarchod Lee yng nghyfnod y carchariad. Beth bynnag, ad-dalwyd y teyrngarwch ar ei ganfed; ar ei ryddhad o garchar daeth Carl yn gyd-berchennog ac yna'n berchennog y clwb. Gwerthwyd y clwb a gyda'r elw dechreuodd Carl sefydlu'r gadwyn o salonau gwallt a harddwch, y cyfan, fel y gwydden nhw erbyn hyn, yn ffrynt i buteindra a delio mewn cyffuriau. Hyd a lled y manylion am Lee oedd un dudalen yn sôn iddo fod dan ofal swyddog prawf yn ystod ei arddegau ar sail cyhuddiad o fygwth a dwyn.

Roedd Teri ar fin darllen yr adroddiad pan ddaeth plismon ati. Byrdwn ei neges oedd fod pentrefwr wrth fynedfa'r neuadd a chanddo wybodaeth a allai newid cwrs yr ymchwiliad. Hm, meddyliodd, gan orfodi ei hun yn groes graen i godi o'i hymchwil.

Diflannodd ei amheuon yn gyflym wrth iddi wrando ar Jac Davies. Barnodd fod y dyn wedi croesi oed yr addewid, ei wallt gwyn yn chwifio yn y gwynt a choler ei got fawr wedi botymu dros ei wddf rhag yr oerfel. Llygaid yn guddiedig o dan aeliau trwchus, bochau cochion a chorff cydnerth, y cyfan yn dyst o rywun yn gyfarwydd â gwaith caled yn yr awyr agored. Dywedodd iddo redeg planhigfa a busnes cynllunio gerddi cyn ymddeol gan ennill contract i osod lawntiau a llwyni ar dir Hightrees. Gwrandawodd Teri ar ei esboniad a phenderfynu yn fan a'r lle y dylid ei gludo i'r safle.

*

"Be nesa, 'te?" gofynnodd Prior.

"Dal i aros," atebodd Scarrow, yn dipyn llai hyderus na chynt.

"Chi'n sylweddoli fod y gêm yn wahanol nawr oherwydd y saethu. Pob neges o'r cychwyn cyntaf yn datgan mai'r nod oedd dwyn y gwarchae i ben yn heddychlon, cael pawb o'r tŷ yn ddiogel ac osgoi camgymeriadau. Nawr mae Carl wedi'i anafu, sdim syniad gyda ni i ba raddau ac fe fydd Carl a Lee yn newid tacteg – os yw'n iawn i'r cops saethu mae'n iawn i ni saethu. Y symud ymlaen gam wrth gam a meithrin trafodaeth yn yfflon."

Yn nhywyllwch y cerbyd roedd Scarrow yn clensio ei ddwylo, yr esgyrn yn wyn yng ngolau'r dashfwrdd.

"Rhy gyflym ar yr ambiwlans, dyna'r mistêc. Dylen ni fod wedi glynu at y dacteg o wrthod rhoi os nad yw'r ochr arall yn rhoi."

Prin y gallai Prior goelio'r geiriau. "Beth, a rhedeg y risg o adael Lydia i waedu i farwolaeth? Lydia, Carl, faint o gyrff, Scarrow, cymaint â Southwark?"

Ni chafwyd ateb oherwydd tap ysgafn ar ffenest y cerbyd a da hynny o sylwi ar yr olwg gynddeiriog ar wyneb Neill Scarrow. Roedd Teri yno, yn sefyll wrth ochr gŵr cymharol oedrannus mewn cot law.

"Gareth, dyma Mr Jac Davies. Mae gyda fe wybodaeth all fod o help."

"Wel, falle, gewch chi benderfynu. Mae 'na ffordd arall i mewn i Hightrees ar wahân i'r drysau ffrynt a cefn. Mae drws seler o dan lefel y ddaear yn y cefn, sy'n amhosib ei weld o'r tu fas. Mae stâr ym mhen pellaf y seler yn arwain i'r pasej wrth y gegin. Dyw Simmons byth yn trafferthu cloi, sdim byd o werth yno, medde fe. O ie, un peth arall, mae'r bocs sy'n rheoli'r cyflenwad trydan hefyd yn y seler."

"Diolch, defnyddiol iawn."

Dechreuodd Jac Davies a Teri gerdded at y gât. Yn sydyn rhedodd Prior atyn nhw a thynnu Teri o'r neilltu, "Oes gwybodaeth am y tad a'r mab?"

"Dwi'n dal i chwilio. Wna i ffonio neu anfon tecst."

*

Gwingodd Carl mewn poen wrth i Miriam dendio'r clwyf gyda dŵr cynnes. Lapiodd y rhwymyn mor dynn ag y gallai rownd y fraich ond er gwaethaf ei holl ymdrechion ni lwyddodd i atal y gwaed.

Pennod 19
Lee

Cerddodd Hannah Risley at fynedfa'r ysgol a mynd i sefyll yn wyliadwrus yng nghanol criw o rieni'r Dosbarth Derbyn. Er ei bod hi'n gyfarwydd â nifer ohonynt, ysbeidiol oedd y sgwrs, ambell un yn cyfarch a chodi llaw, rhyw rith o gydnabod yn unig, a'r gweddill yn cadw lled braich. Hynt a helynt ei gŵr oedd y rheswm pennaf am y dieithrwch. Osgoi carchar o drwch blewyn wnaeth e, ond roedd yn euog o ddwyn wedi'r cyfan. Yr ail reswm oedd ei harddwch eithriadol, gwallt coch at ei hysgwyddau, croen claerwyn, llygaid llwydlas ac os nad oedd y dillad yn ffasiynol roedd y corff yn siapus. Lle mae harddwch mae 'na genfigen, y merched yn gwgu ar barodrwydd eu gwŷr i wenu ac ar y cyffyrddiadau ysgafn, y closio a'r gafael gorawyddus. Felly, pam priodi gwalch fel Carl a hithau'n ddynes a allai rwydo'r mwyaf golygus o ddynion gydag un edrychiad o'i llygaid disglair? Mater o raid, dyna'r gwir.

Clywyd cloch yr ysgol, agorodd drysau'r stafelloedd dosbarth a rhuthrodd y fflyd o blant at eu rhieni yn un gybolfa swnllyd. Roedd Lee gyda'r cyntaf, a rhedodd y bychan yn syth at ei fam a'i chofleidio. Gwenodd Hannah, rhedeg llaw drwy'r mop o wallt, ac ar ôl tacluso ei got a chau ei fag ysgol dyma nhw'n cerdded y siwrnai fer am adref. Prin oedd ei chwmni gan fod y rhan fwyaf i'r rhieni naill ai wedi gadael mewn ceir neu wedi troi am y stad o dai newydd a adeiladwyd yn y cae y tu ôl i'r ysgol. Tai braf, gerddi helaeth, drud wrth gwrs, ac yn gartrefi taclus a pharod i'r teuluoedd dosbarth canol a drigai yno. Gyda Lee yn parablu fel melin bupur daeth y ddau at y bloc bach o fflatiau, a chamodd Hannah yn garcus ar hyd y llwybr concrid anwastad. Doedd dim llawer o wyrddni yma, rhibin o borfa fwdlyd, sgrap o sgwter a beic mewn un gornel a gweddillion soffa a chadeiriau esmwyth yn domen yn y pen pellaf. Wrth groesi'r trothwy synhwyrodd Hannah, fel y gwnâi bob tro, yr arogl hollbresennol o biso a sylwi ar y pentwr o bapur rwtsh ar lawr. Doedd dim pwynt galw am y lifft, roedd hwnnw wedi torri ers wythnosau ac er y galwadau i'r cyngor, doedd neb yn dod i drwsio. Dringodd y grisiau ac roedd yn llwyr allan o wynt erbyn iddi roi'r allwedd yn nrws y fflat.

O groesi'r trothwy roedd y gwahaniaeth yn drawiadol ac er yr olwg dreuliedig ar y dodrefn roedd y cyfan yn lân a chymen. Heb ofyn na chwyno newidiodd Lee o'i ddillad ysgol a setlo i wylio'r teledu tra bod ei fam yn mynd ati i baratoi swper cynnar. Gofynnodd y cwestiwn arferol dros swper, "Shwt oedd ysgol heddi?"

"Jyst fel ddoe," dywedodd y crwt, ei sylw mwy ar ei fwyd nac ar gynnwys yr ateb. "Ma gyda fi ffrind newydd, Jamal."

"O ble mae Jamal yn dod?"

"Sai'n siŵr, rownd y gornel i'r ysgol dwi'n meddwl. Ma croen du gydag e."

"Dyw lliw croen ddim yn bwysig, Lee. Tu mewn mae e jyst fel ti a fi."

Ystyriodd ei mab am eiliad cyn datgan mewn rhyfeddod, "Beth, dyw e ddim yn ddu tu mewn? Ti'n rong, Mam."

Amser newid cyfeiriad y sgwrs, meddyliodd Hannah.

"Be naethoch chi heddi?"

"Siarad am anifeiliaid gwyllt. Ti'n cofio am y trip i'r sw wythnos nesa? Ma Miss Lewis yn dweud byddwn ni'n gweld eliffant a falle teigr. Teigr go iawn!"

Wrth gwrs ei bod hi'n cofio am y trip. Doedd Lee erioed

wedi ymweld â'r fath atyniad ac o'r herwydd ni fu pall ar ei gynnwrf am yr ymweliad. Ers i Carl golli'i swydd a hithau ond yn medru gweithio y tu allan i oriau ysgol roedd arian yn brin a'r symiau i dalu am drip ysgol yn brinnach fyth. Dro ar ôl tro ceisiodd berswadio ei gŵr y gallai hi ennill cyflog da gyda'i chymwysterau nyrsio. Roedd cartrefi preswyl yn chwilio am staff byth a beunydd. Gallai ddewis oriau a lleoliad. Na oedd yr ateb, cyfrifoldeb y dyn oedd cynnal aelwyd a theulu a beth bynnag, os oedd hi'n gweithio sut allai e fod yn rhydd i neidio ar unrhyw gyfle? Bod yn rhydd i ddiota a gamblo, mewn gwirionedd, ond dysgodd nad oedd pwrpas protestio na dweud gair.

"Dwi wedi neud llun teigr, Mam. Mae e yn y bag."

Estynnodd Hannah am y darn papur a chwerthin yn dawel. Roedd teigr Lee yn gwenu'n chwareus ac yn pawennu ei ffordd drwy gae o flodau gwyllt, tywod o dan draed, adar, awyr las a chymylau uwchben.

"Da iawn, Lee, ma'r streips yn berffaith. Pam dim ond tair coes sy 'dag e?"

"Miss yn dweud bod rhaid i ni symud mlaen i dynnu llun eliffant."

Cyfiawnhad digonol i blentyn pum mlwydd oed, meddyliodd. Wrth iddi ymbalfalu yn y bag gwelodd amlen wedi'i chyfeirio at Mr a Mrs Carl Risley. "Lee, beth yw hwn?"

Cododd ei mab ei aeliau a'i ysgwyddau mewn corws o anwybodaeth. "Miss wedi rhoi e."

Gosododd yr amlen ar y sil ffenest a symud i godi nwyddau o'r bag siopa. "Dy ffefryn di heno, sosej, bîns a tships."

Am unwaith roedd Lee yn ddywedwst. Boddhaodd ar lyfu gwefus, ei ystum yn huotlach na llond trol o eiriau. Yn dilyn swper cafwyd y frwydr a'r ymbil nosweithiol. Pum munud pellach o wylio teledu, gofyn am ddiod cynnes ac yna'r cais arferol, "Plis, plis alla i aros nes bod Dad yn dod 'nôl?"

"Teledu a diod, ie iawn, ond aros i weld Dad, na, Lee. Mae'n hwyr, amser i fachgen bach fynd i'r gwely. Gwranda, os bydd Dad yn cyrraedd yn yr hanner awr nesa fe gei di ddod i roi sws a dweud nos da. Os ei di nawr, gei di stori o'r llyfr sbesial."

Goleuodd y llygaid, yr un llygaid yn union â'i fam. Tawelodd y crwt ac ar ôl y gwylio a'r llaeth cynnes dringodd yn ddirwgnach i'r llofft, yn eiddgar am hud a lledrith y llyfr sbesial.

Dychwelodd Hannah i'r gegin. Aeth ati i wneud paned ac wrth groesi at y tegell gwelodd y llythyr ar sil y ffenest. Agorodd yr amlen a dechrau darllen.

Annwyl Mr a Mrs Risley,

Fel y gwyddoch, gwnaed trefniadau i ddosbarthiadau Blwyddyn Derbyn, 1 a 2 ymweld â'r sw wythnos nesaf. Hysbyswyd rhieni bod y tâl am y trip yn £25, i gynnwys cost y bws a thâl mynediad i'r sw. Fe fyddwch yn deall bod yr union swm yn ddibynnol ar nifer y plant ac ar fedru cwblhau'r holl drefniadau mewn da bryd i sicrhau telerau gostyngol. A pwysleisiwyd bod rhaid cyflwyno'r tâl ymlaen llaw. Oni bai y derbynnir yr arian erbyn naw o'r gloch bore fory ofnaf na fydd yn bosib i Lee ymuno â'r trip.

Yr eiddoch yn gywir,

Lona Lewis.

Aeth y baned yn angof a darllenodd y llythyr yr eilwaith, yn agos at ddagrau. Yn bendant rhoddodd hi'r union swm i Carl ar un o'r ychydig foreau lle roedd yn gyfrifol am gludo Lee i'r ysgol. Fe'i hatgoffwyd sawl gwaith y dylai roi'r arian yn saff yn nwylo'r athrawes. Sut allai hyn fod, ac i ble aeth yr arian? Gwyddai'n ddigon da o ble ddaeth yr arian – pres a gynilodd drwy weithio gyda'r nos yn y twll golchdy, heb neb yn gwmni ond y rheolwr ffiaidd.

Ymhen hir a hwyr clywodd sŵn traed ar y grisiau ac yna cerddodd Carl ling-di-long i mewn i'r fflat. Llanwyd y lle gan wynt cwrw a phersawr rhad. Taflodd ei siaced ar lawr a mynd i ddarllen papur yn yr unig gadair esmwyth.

"Ble ti 'di bod?"

"Ble dwi 'di bod? Ble dwi'n treulio bob diwrnod, Hannah, mynd o le i le yn whilo am job. Ti'n gwbod fel mae, *chat* 'da hwn a'r llall."

"A'r *chats* i gyd yn y Maltsters, siŵr o fod. Ti isie swper?"

"Dwi 'di ca'l."

"Swper o sawl peint weden i."

"Blydi hel, ti mewn hwylie drwg. Be sy Hannah, pam yr *aggro*?"

"Darllena hwnna."

Yn gwbl ddidaro taflodd Carl olwg dros y llythyr.

"Ie wel, beth yw'r broblem?"

"Beth yw'r broblem! Ti yw'r broblem. Bydd Lee ffaelu mynd ar y trip achos ti, trip sy'n llenwi pob awr o'i feddwl e. Ti sy ar fai, ti anghofiodd roi'r pres, neu'i wario fe ar gwrw. Ble a'th y pum punt ar hugain?"

Gwenodd ei gŵr, gwên lawn ffydd a hyder yn ei allu i gario'r dydd.

"Ar y *gee-gees* bach. Mae Carl yn *flush*, ceffyl wedi ennill *twenty to one*. Digon o gash i dalu am y trip ac arian dros ben. Dim probs. Af i i weld Miss Lewis peth cynta bore fory. Ma Miss Lewis a fi'n deall ein gilydd."

Fentra i'ch bod chi, meddyliodd Hannah. Croesodd at y sinc i olchi'r llestri ac mewn llai na munud teimlodd gorff Carl yn gwthio yn ei herbyn. Llithrodd un llaw i agor ei blows a'r llall rhwng ei choesau. Llwyddodd i ryddhau ei hun, "Paid, y mochyn, 'na i gyd sy ar dy feddwl di."

Syllodd Carl arni yn watwarus.

"'Na i gyd oedd yn *arfer* bod ar dy feddwl di 'fyd. Be sy 'di digwydd, Hannah? Sdim rhyfedd bod ti mor awyddus i neud *night shifts*."

Roedd edrychiad y llygaid glas yn llawn casineb.

"Paid ti â meiddio, Carl Risley! Yr unig reswm dwi'n mynd i'r dymp 'na yw i ga'l arian. Ti a dy blydi *gee-gees*, ti'n colli mwy nag ennill. Cer o'r ffordd!"

Er mawr syndod iddi ciliodd Carl ac ailgydio yn y papur newydd. Disgynnodd tawelwch annifyr, y naill a'r llall yn cadw pellter. Dechreuodd Hannah dacluso, unrhyw beth i ohirio mynd i'r stafell wely. Gyda lwc byddai Carl yn syrthio i gysgu yn y gadair gan ddihuno yn oriau mân y bore. Dechreuodd osod y llestri yn y cwpwrdd, gorffen gwagio'r bag siopa a mynd i hongian y siaced. Wrth iddi symud y dilledyn syrthiodd pecyn o'r boced i'r llawr. Craffodd Hannah arno cyn ei godi a chroesi'n heriol at ei gŵr.

"Condom? A fi ar y *pill*? Pam? Paid trafferthu palu celwyddau. Ie, 'na ni, ffwc fach handi 'da ryw slwten o'r dafarn. Ma'r sent siêp yn gryfach na drewdod y cwrw."

Doedd dim geiriau ar ôl i'w dweud, dim ond casineb a dicter. Neidiodd Carl at Hannah, gosod ei fraich o gwmpas ei gwddf a thynhau ei afael. Brwydrodd hithau am ei hanadl, plannu cic rhwng ei goesau gan wneud iddo syrthio ar draws y bwrdd a dymchwel gweddill y llestri. Rhuodd mewn poen, codi a dod ati yn orffwyll, ei gynddaredd yn llifo o bob cymal o'i gorff. Dyna pryd sylweddolodd Hannah bod ei bywyd mewn peryg.

Llusgwyd Lee o'i drwmgwsg a'i freuddwyd felys gan sŵn y gweiddi a'r ymladd. Clywodd y sŵn o'r blaen ond erioed mor gas â hyn. Sleifiodd yn betrus i dop y grisiau a sbecian ar yr olygfa erchyll. Cyflymodd curiad ei galon fechan wrth iddo syllu ar ei fam a'i dad yng ngyddfau ei gilydd. Yna'n frawychus rhythodd ar lafn y gyllell a'r slaes o gochni ar wyneb ei dad.

Pennod 20

Roedd y tensiwn yn annioddefol yng nghaban y cerbyd rheoli. Prin bod Scarrow a Prior wedi torri gair ers yr anghytuno llosg am y newid tacteg a thybiai'r naill a'r llall fod y bwlch rhyngddynt bellach yn rhy fawr i ystyried cyd-dynnu effeithiol wrth i'r gwarchae symud tuag at ei derfyn. Glynodd Scarrow at ei agwedd ymosodol drwy refru gorchmynion ar aelodau'r sgwad, mewn ymdrech ffug i berswadio ei hun mai ei ddull ef oedd y dull gorau o weithredu. Crintachlyd oedd ymateb y plismyn, mwmial eu cydsynio a'r cyfan yn arwydd o nerfusrwydd a blinder ar ôl oriau o sefyll yn yr unfan yn y gwynt a'r glaw. Sylweddolai Gareth sut y gallai blinder esgor ar gamgymeriadau ymhlith y caletaf o ddynion, gyda'r camgymeriad yn arwain, yn ei dro, at drasiedi.

Oni bai eich bod yn agos at ddryll, dyw'r ergyd ddim yn uchel. Wedi'i gladdu gan furiau trwchus Hightrees roedd y sŵn megis pwniad disylw, ond i glustiau Scarrow a Prior roedd taniad y dryll yn ddigamsyniol. Yn syth wedyn canodd y ffôn, a llais gwahanol ben arall y lein.

"Glywoch chi? Mae amser twyllo ar ben, amser anghofio am addo pethe llawn cachu. Dewch â chynigion pendant neu bydd mwy o saethu. Daniel Simmons fydd y cynta. Fe sy'n gyfrifol am yr holl shambls, a gwynt teg ar ôl y diawl."

"Iawn, beth—?" meddai Gareth ond roedd y cysylltiad wedi'i dorri. "Clyfar tu hwnt. Mae Lee yn dipyn mwy peniog na'i dad. Taflu'r cyfrifoldeb arnon ni, disgwyl i ni gynnig rhywbeth, dim gair am beth nac amserlen." Pwyllodd Gareth cyn datgan yn benderfynol, "Tacteg o gosbi a niweidio yn ffliwt nawr, Scarrow. Reit, dyma beth fydd yn digwydd nesa.

Mae 'na ffordd arall i mewn i'r tŷ drwy ddrws seler a stâr o'r seler yn mynd i'r gegin, lle mae Lee yn cadw pawb yn gaeth."

Rhythodd Neill Scarrow ar ei gyd-dditectif fel petai'n gwbl hurt.

"A chi'n cyhuddo *fi* o achosi cyflafan? Blydi hel, sôn am risg! Ac os lwyddwch chi i gael mewn i'r tŷ, beth wedyn?"

"Mae'r bocs rheoli'r cyflenwad trydan hefyd yn y seler. Torri'r cyflenwad, byddan nhw'n tybio toriad arall oherwydd y tywydd, dringo'r grisiau i'r gegin, asesu'r sefyllfa."

"Asesu beth? Yr hyn fyddwch chi'n sicr *yn* asesu yw Lee yn dal gwn, Carl o bosib hefyd yn arfog, a John, Miriam a Daniel i gyd mewn un stafell. A'r pen draw tebygol fydd lladdfa waedlyd. Cwbl wallgo, Prior! A pwy fydd yn cymryd y cyfrifoldeb? Pen pwy fydd ar y bloc?"

"Fi, fi sy'n mynd mewn a fi fydd yn derbyn y cyfrifoldeb a'r canlyniad. Dwi'n derbyn bod angen cynllun wrth gefn. Dwedwch wrth y lleill y bydda i'n cynnal cysylltiad radio drwy'r amser ac os ar unrhyw adeg bydd 'na beryg o daro'n ôl bydda i'n galw am gymorth ac fe gewch chi a'r sgwad ymosod. O ie, diffoddwch olau'r ceir wrth i fi symud at y tŷ."

Derbyniodd Gareth y gwn a disgyn o'r cerbyd i wisgo'r siaced Kevlar. Oedodd am ennyd i wrando ar orchmynion Scarrow cyn cerdded yn ofalus i gyfeiriad yr adeilad. Fel cynt roedd yr holl lenni ynghau. Cadwodd at yr ochr dde, dod at y stablau ac yna'r clos lle parciwyd y ceir. Cropian rhwng y tri car, cylchu gardd a llwybr, manteisio ar gysgod perth a dringo hyd nes y safai ar fryncyn a medru edrych ar gefn Hightrees. Deallodd fod yn rhaid iddo gychwyn am i lawr i ffeindio'r seler ac roedd ar fin mynd yn ei flaen pan glywodd smic a gwyliodd mewn braw wrth i belydryn o olau daro ar ei draed. Symudodd yn ôl a gweld Lee yn sefyll ar y rhiniog.

Arhosodd Lee wrth y drws am funud hir gan sbecian i'r dde a'r chwith a ffroeni'r awyr fel anifail gwyllt yn gwarchod ei wâl. O'r diwedd camodd i'r tŷ a chau'r drws gan adael Gareth yn y tywyllwch drachefn. Rhag ofn, jyst rhag ofn, pwyllodd cyn symud yn araf i'r fan lle y dylai ddod ar draws mynedfa'r seler.

Roedd disgrifiad Jac Davies am ddrws tanddaearol yn gywir ond doedd e ddim wedi sôn am y gasgen law ar draws y stepen gyntaf. Os oedd hon yn llawn dŵr ni ellid ei symud, a beth bynnag byddai twrw'r ymdrech yn siŵr o ddenu rhywun o'r tŷ. Mentrodd sgleinio'r tortsh ar y gasgen a diolch i'r drefn wrth weld fod y beipen uwchben yn ddarnau ac wedi hen rydu. Gyda'r gofal mwyaf gafaelodd yn ymylon y gasgen a'i llithro o'r neilltu yn hawdd. Neidiodd a chafodd ias o ofn wrth synhwyro anifail bychan, llygoden efallai, yn sgathru dros ei sgidiau. Roedd llygod yn un o'i gas bethau a phwyllodd eto i sychu'r chwys oddi ar ei dalcen cyn disgyn ar hyd y grisiau caregog i'r seler ei hun.

Gwthiad, dyna'r oll oedd eisiau i agor y drws. Camodd Gareth i leithder ac oerfel y gofod, cau'r drws a theimlo'n ddigon eofn i sgleinio'r tortsh o un pen y seler i'r llall. Eto, yn unol â disgrifiad Jac Davies, doedd dim byd o werth yno, dim ond pentyrrau o ddilladach, hen ddodrefn ac yn erbyn wal fewnol roedd ffeiliau a phapurau yn pydru yn y tamprwydd. Aeth ati i chwilio am y bocs trydan a'i gael yn agos at dop yr ail risiau a esgynnai i'r gegin. Archwiliodd y blwch, gweld rhes o liferau bychan yn rheoli'r pŵer i wahanol rannau o'r tŷ ac ar ben y rhes roedd lifer mwy o faint yn rhybuddio 'Mains switch. This will extinguish all power. Use only in emergency.' Doedd dim troi'n ôl nawr, dywedodd wrtho'i hun. Symudodd y lifer a chlywed gwaedd o brotest o'r adeilad uwchben.

Dringodd weddill y grisiau a dod at y drws a arweiniai

i'r pasej. Trodd y bwlyn a gweld ar unwaith fod hwn ar glo. Damo, beth nawr? Os na fedrai gael mynediad i gorff y tŷ roedd yr holl gynllun yn ffradach. Ar un olwg, gyda drws allanol y seler ar agor, doedd dim rhyfedd fod hwn ar glo i rwystro tramwy pellach. Callia, meddyliodd, mae 'na ateb, mae angen pwyllo ac ystyried. Beth petai rhywun yn gweithio yn yr ardd, rhywun fel Jac Davies er enghraifft, ac am ddefnyddio'r cyflenwad dŵr, neu'r ffôn neu i drafod? Siawns felly fod allwedd yn rhywle. Taflodd olau'r tortsh i bob twll a chornel, ond dim byd. Mewn fflach, cofiodd am arfer ei rieni o guddio allwedd ar y rhimyn uwchben y drws pan fyddai'n cyrraedd adref i aelwyd wag. Yng nghanol y pentwr dodrefn sylwodd ar gadair simsan yr olwg, cododd hi a'i gosod yn erbyn y drws. Roedd stwffin yn arllwys o'r sedd fel perfedd anifail. Dringodd yn ofnus, a theimlo'r dodrefnyn yn gwegian. Gan godi cwmwl o ddwst byseddodd y rhimyn uwchben y drws a rhoi ei law ar allwedd. Ar ôl ychydig o ymdrech a gwichian trodd y clo, camodd Gareth i'r pasej ac yn y gwyll llwyddodd i weld y fynedfa i'r gegin yn syth o'i flaen.

Ni allai glywed siw na miw ac wrth fentro cymryd cip rownd ymylon y drws canfu fod y stafell yn hollol wag. Roedd gweddill potel frandi a phaneidiau te ar y bwrdd a thawch cryf o fwg sigarennau fel cwmwl myglyd ymhobman. Sylwodd ar waed o flaen y Rayburn, a stribed o fwd ac olion mwy o waed yn ymlwybro hyd y gallai weld at y cyntedd a'r drws ffrynt. Tystiolaeth felly o salwch Lydia ac o gropian ac yna llusgo Carl i'r tŷ yn sgil y saethu.

Er i'r cyfarfod ddigwydd y bore hwnnw a'r bwlch amser megis oriau, niwlog oedd ei atgofion o luniau a disgrifiadau Scarrow o gynllun mewnol y tŷ. Y gegin, lolfa, stafell fwyta, stydi a'r cyntedd ar y blaen a rhywbeth am ffenestri mawrion o'r nenfwd i'r llawr. Gan osgoi camu arnynt dilynodd gwrs y sbotiau gwaed a dod at y drws ffrynt a'i chwareli o wydr lliwgar. Roedd drws arall yn agor ar y dde a'r mymryn lleiaf o olau glas yn llinell ar lawr. Tawelwch llwyr a gyda chamau ysgafn aeth Gareth yn ei flaen a chael ei hun yn y stydi. Roedd silffoedd ar bob wal yn dal cyfrolau swmpus y gyfraith a chasgliad helaeth o lyfrau hanes a chofiannau. Deuai'r golau o sgrin cyfrifiadur gyda'r dudalen hafan yn llawn o'r eiconau arferol yn erbyn darlun o blanedau. Yn sicr byddai dilyn trywydd y chwilio yn ddadlennol ond doedd dim amser na phwrpas bellach. I'r chwith o ddesg y cyfrifiadur safai cwpwrdd a chafodd Gareth fraw wrth ei archwilio. Cwpwrdd gynnau, ei ddrws o goed a gwydr trwchus ar agor, un reiffl yn gadwynog yn ei le, y silff nesaf yn wag a'r gadwyn yn dal dim. Taflodd belydr y tortsh i waelod y cwpwrdd, gwelodd focsys gweigion o getris a chasglu bod rhybudd Scarrow am y perygl o wn a reiffl yn agos at ei le.

Clywodd sŵn griddfan. Trodd ar ei sawdl i'r cyntedd a dilyn trywydd y sŵn i stafell gyferbyn, y lolfa yn ôl pob tebyg. Yn dal ar ei wyliadwriaeth, camodd i mewn ac yn y pen pellaf, naill ochr i'r lle tân, gwelodd John Simmons a Miriam ynghlwm wrth gadeiriau a phlastr pacio brown dros eu safnau. Aeth atynt yn syth, cychwyn datod y clymau ac yna dynnu'r plastr mor ofalus ag y gallai. Ysgyrnygodd y ddau eu dannedd mewn poen ond chwarae teg iddynt ni chafwyd protest.

Penliniodd o'u blaen a sibrwd, "Gareth Prior, Heddlu Dyfed Powys. Cadwch yn dawel i osgoi tynnu sylw. Pan fyddwch chi'n barod i sefyll fe wna i eich tywys chi o'r tŷ. Iawn?"

Nodiodd y ddau gan rwbio breichiau a choesau i adfer cylchrediad y gwaed. Ar ôl munud neu ddwy ymdrechodd y gŵr a'r wraig i sefyll, yntau'n ddigon cryf a chadarn ond hithau'n sigledig a hanner syrthiodd yn ôl i'r gadair. Roedd golwg welw arni a sylwodd Gareth ar ymylon glas ei gwefusau. Brwydrodd am ei hanadl, sadiodd a llwyddo rywfodd i leisio'r geiriau, "Dŵr, dŵr plis."

"Allwch chi gerdded i'r gegin?"

Yn araf a phoenus a gyda chymorth ymlwybrodd y ddau i gefn yr adeilad. Gafaelodd Miriam yn awchus yn y gwydr, ei wagio a gofyn am ail. Roedd Gareth yn falch i weld y mymryn lliw yn ei bochau ac wrth ddisgwyl iddi gryfhau cydiodd yn ei radio a siarad yn isel, "Scarrow, rhybudd i chi. Bydda i'n arwain John a Miriam i'r drws cefn. Mae'r ddau yn iawn, ond yn sigledig. Cadwch at y cynllun gwreiddiol." Torrodd y cysylltiad.

"Lydia'n iawn?" gofynnodd y wraig.

"Mae 'di mynd i'r ysbyty yn yr ambiwlans. Sori, dwi ddim yn gwybod mwy na hynny." Cymerodd yr ychydig gamau at y drws a gofyn y cwestiwn tyngedfennol, "Ble mae'r lleill?"

Tremiad o'r llygaid tywyll cyn iddo wfftio ateb, "Yn un o'r llofftydd. Mae Carl, fel y gwyddoch chi, wedi'i anafu, unig weithred gall yr heddlu drwy gydol yr helynt 'ma!"

PENNOD 21

ER BOD METEL y reiffl yn oer, magodd Lee yr arf yn ei gôl fel mam yn swcro baban. Sicrhaodd fod y ddwy getrisen yn eu lle a chyfri gweddill yr *ammo* yn ei boced. Tri ar ddeg, nid y byddai angen tair cetrisen ar ddeg, wrth gwrs, byddai'r ddwy oedd yn swatio yng ngwddf y baril yn hen ddigon. Tri ar ddeg – rhif anlwcus? *No way*, twpsod oedd yn dibynnu ar lwc. Sicrwydd, nid lwc, sicrwydd y reiffl yn un llaw a'r gwn yn y llall. Estynnodd am y botel Jim Beam, sawru melyster y blas a barnu mai ef, o'r diwedd, oedd y meistr corn. Ta-ta Lydia, y snoben fach. Yr hen foi a'i fisus wedi'u clymu fel tyrcwn, a hwn, Daniel, y trobwll o ddyn a sugnodd pawb yn ddwfn i'r helynt. Tynhaodd y cortyn ar arddyrnau a choesau'r diawl gan felltithio'r dydd iddo erioed drystio'r cythrel. Sylwodd gyda phleser ar wylltineb ei lygaid ac ar y chwys ar ei dalcen. Roedd Lee yn hen gyfarwydd â'r symptomau. Roedd Daniel yn jynci, heb fod eto yn slaf i'r stwff ond yn jynci heb amheuaeth. A nawr roedd pob cymal o gorff y *loser* pathetig, yn gweddïo, yn sgrechian, am ffics. Wel, stwffa ti, dyna'r lleia o dy broblemau!

Aeth at y landin a gwrando. Sŵn camau o gefn y tŷ oedd yn gyntaf, yna rhyw ochneidio isel, mwy o gerdded, sgwrs fer a chlicied drws. Da iawn, roedd ei gynllun yn gweithio. Gwyddai na allai'r heddlu anwybyddu ei fygythiad i ladd Daniel ac y gallent naill ai ymateb yn galed drwy ymosod neu yn feddal drwy fentro anfon un person i'r tŷ. O ystyried natur ymbilgar y negeseuon a'r perswadio di-baid betiodd mai dewis yr ail a wnâi'r moch ac roedd symudiadau a synau lawr llawr yn profi ei fod ar fin ennill y bet.

Blydi grêt, croeso i'r trap pwy bynnag sy 'na, dwi'n barod am y *showdown*. Fi, gwn a reiffl fydd yn rheoli. Gawn ni weld hyd a lled y parodrwydd i fentro. Derbyn marwolaeth Daniel fel cerdyn i'w chwarae a'i thaflu i ffwrdd. Tyff, dyna fel mae! Saethu plisman mewn gwaed oer yn wahanol. Sdim ots, sdim ffycin ots, yn y pen draw fi sy â'r grym.

Llowciodd o'r botel a dal i wrando.

Am y tro cyntaf ers iddo benderfynu mynd am y tŷ maglwyd Gareth gan ddiffyg hyder ac unigrwydd. Hyd yn hyn roedd llif yr adrenalin wedi'i gynnal a'i wthio o gam i gam ond bellach nid oedd mor ffyddiog. Cysurodd ei hun fod tri o'r gwystlon yn ddiogel a neb yn farw. O ran natur doedd e ddim yn fyrbwyll nac yn arbennig o ddewr, a dysgodd mai ffyliaid oedd y plismyn a ymfalchïai mewn mantell brafado. Yn ei waith dioddefodd brofiadau chwerw a'r chwerwaf oll oedd gwylio'r ferch a garai yn cael ei thrywanu. Pam meddwl am hynny nawr? Pam yr ysfa i atgyfodi digwyddiad a gladdodd yng nghilfachau ei gof? Mae'n debyg am ei fod yntau ar fin symud yn ddi-droi'n-ôl at yr un her a laddodd ei gariad, o daclo troseddwr arfog. Digon hawdd prygowthan am derfyn heddychlon yn niogelwch y cerbyd rheoli, y realiti oedd dod wyneb yn wyneb â Lee Risley.

Cyfeiriodd belydr y dortsh a phlannu troed ar ris gyntaf y stâr a chlywed grŵn ei ffôn. Darllenodd y tecst gan Teri yn gyflym – Bron yna. – a chau'r neges. O'r hyn a allai gofio, byr oedd disgrifiad Scarrow o'r ail lawr, rhywbeth am anwybyddu'r llofftydd, stafelloedd cysgu ac ymolchi a dyna ni. Lot o iws! Claddwyd sŵn ei ddringo gan y carped a daeth at landin, gyda rhes o ddrysau bob ochr i'r coridor o'i flaen. Yn ofalus gwthiodd y drws gyferbyn. Dim byd. Roedd yr ail ddrws yn gilagored a gwelodd ddyn, hwn eto wedi'i glymu wrth gadair a phlastr dros ei geg. Rhuthrodd at Daniel Simmons. Camgymeriad enfawr. Caewyd y drws yn glep a theimlodd faril y reiffl yn ei gefn.

Roedd llais Lee yn llawn dirmyg a malais.

"Helô 'na, dwi 'di clywed ti'n prowlan. Insbector Gareth Prior. Dyn y siarad sofft a'r geiriau neis, geiriau fel 'trafod yn gall a phwyllog'. Dyn sy ddim yn neud mistêcs, dyn addo pethau, neb i saethu. Ffycyr dauwynebog wyt ti fel pob un o'r moch. Rong, rong, rong. Na, *hold on*, iawn am un peth, awgrymu mai damwain oedd y cyfan." Camodd Lee at Daniel heb wyro ei annel am eiliad. "A dyma ni, Daniel Simmons, 'na pam ni 'ma, pen bandit y byd ariannol, golchi arian a *dealer*. A ffycyr mwy na ti hyd yn oed."

Chwifiodd Lee y baril i gyfeiriad ail gadair wrth ochr y gwely a gan nad oedd ganddo lawer o ddewis aeth Gareth i eistedd ynddi. Rhyw droedfedd oddi wrtho gorweddai Carl, un fraich waedlyd ar draws y cwrlid, y cochni'n lledu dros y defnydd gwyn. Er bod ei lygaid ynghau roedd ei anadlu yn llafurus. Ceisiodd symud i esmwytháu ei hun a rhoi'r gorau i'r ymdrech mewn ochenaid o boen.

"Ie, drycha. Chi nath hynna. Fi'n ddigon twp i berswadio Dad i ryddhau Lydia. Ma hi'n cael y gofal gorau a Dad ar ei hyd mewn pwll o waed. Wel, dymbo, dwed rhywbeth!"

Afraid fyddai datgan nad ef daniodd y gwn.

"Dylet ti gael rhywun at dy dad. Galla i alw am ambiwlans."

"Ail ddyn ambiwlans? Ti'n meddwl bo' fi'n dwp neu be?" Chwifiodd y gwn eto wrth eistedd ar ymyl y gwely. Pwysodd i'r llawr i godi potel wisgi ac yn ôl yr arogl tybiai Gareth ei fod eisoes wedi yfed tipyn o'r cynnwys. "Diferyn bach? Un diod ola? Stwff da, *single malt*, dim ond y gorau i Mr John blydi Simmons. Hen gont caled, dauwynebog. Ers i ni ddod i'r *shithole* hyn dwi 'di gorfod diodde ei sylwadau afiach e. Dyw e ddim taten gwell na'r rhai ma fe 'di'u rhoi yn y jâl. Rho'r radio a'r ffôn ar y gwely lle galla i eu gweld nhw. Gwn?"

"Croeso i chi edrych." Os gwnaiff e byddai'n rhaid iddo ollwng y reiffl a dod yn agos, ystyriodd Gareth. Siawns i daro falle. Ond na, dim gobaith. Gwenodd Lee yn sbeitlyd, mor effro ag yntau i ganlyniadau posib y gwahoddiad, a mynnu iddo drosglwyddo'r gwn.

Daeth sŵn anifeilaidd o gyfeiriad Daniel, rhyw gymysgedd o boeri ac igian. Trodd Lee ato a dechrau siarad mewn llais babïaidd.

"Daniel bach isie siarad? Daniel bach isie dweud gymaint o goc oen yw e?" Gafaelodd yn y plastr a'i rwygo o'i geg mewn gweithred greulon. Chwarddodd Lee a rhoi cic nerthol i'r gadair gan ei dymchwel. "Daniel wedi cwmpo, sili Daniel." Llusgodd y dyn i'w draed gerfydd ei wallt, drachtio'n drwm o'r botel wisgi ac ailgychwyn y dwrdio. "*Top dog*, on'd wyt ti? Ennill cyflog *sky-high*, twyllo, haslo, prynu cwmni, gwerthu cwmni, dynion mawr y banc wastad yn saff wrth y pwll nofio."

"Rhagrithiwr diawl! Ti a dy dad mor barod â neb i droi am help."

"Cywir, Danny Boy, ond mistêc mawr. Y ffortiwn am gladdu arian Silverpath ddim yn ddigon i ti. Byth digon o arian i ti, oes e? A-ha, *brainwave*! Delio mewn cocên i ennill mwy, a dwbl *brainwave*, gwerthu ar ein patsh *ni* ac ar batsh dynion cas Albania. Y dynion cas yn grac, dysgu gwers i Dani a dyma ni, bron ddiwedd y stori." Gwthiodd Lee faril y reiffl i wyneb Daniel. "Biti na allwn ni gael diwedd hapus." Crychodd ei drwyn wrth arogli drewdod gwahanol. "Ych a fi, Daniel bach wedi piso yn ei drowsus, *naughty boy*."

"Ma dy dad yn gwaedu i farwolaeth fan hyn, Lee," meddai Gareth. "Rhaid i ti alw am help."

"Rhaid?! Pwy wyt ti i ddweud beth i neud? Nid ti sy'n rheoli fan hyn. Druan â Dad, neud ei orau, yn llawn rybish fel 'Ti a fi sy'n bwysig, Lee, ti a fi gyda'n gilydd, rial bois, dim angen neb arall.' Gyda'n gilydd? Ha, 'na laff, hanner yr amser mae e mas 'da'i fêts a fi'n styc yn y twll fflat. Oes ffrindie 'da ti, Prior? Sdim lot o ffrindie 'da fi. Dim ond un, Jamal. Ond ma Jamal yn *consultant* yn Llundain. Syniad twp i *consultant* gofio hen ffrind fel fi. Weles i fe mewn bar smart yn y Bae, 'Hei, Jamal, shwd wyt ti?' *'Hello, Lee, bye Lee, got to run'.*" Yfodd ddracht drom o'r wisgi. "Dyna fel mae, helô, Lee, ta-ta, Lee, ffycin hel!"

Sylwodd Gareth fod llygaid Lee yn pylu ond roedd ei afael ar y reiffl mor gadarn ag erioed.

"Dere, mae gyda ti ddewis, Lee. Pawb yn ddiogel a—"

"Ffycin nonsens, ma dewis wedi hen fynd. Ni'n symud nawr at y bennod ola nawr. Y *big finale*."

Daeth grŵn eto o ffôn Gareth. Darllenodd y tecst wrth Teri:

Rho'r ffôn i Lee.

"Beth oedd hwnna?"

"Neges i ti."

Derbyniodd Lee y teclyn yn ddrwgdybus. Clywyd llais benywaidd yn eglur i bawb:

"Lee, dy fam sy'n siarad, Hannah. Lee, gwranda, plis gwranda. Paid dinistrio pob peth, dyw saethu a lladd ddim yn ateb, mae 'na ffordd arall. Allwn ni siarad, ti a fi, ti a fi gyda'n gilydd unwaith eto. Meddylia am y dyddiau hapus, Lee. Plis Lee, rhaid i ti wrando, dyw hi ddim yn rhy hwyr i wrando."

Mewn ffit o gynddaredd taflodd Lee y ffôn i ben pellaf y stafell a'i falu'n deilchion.

"Rhy hwyr, Mam, lot rhy hwyr." Oedodd. "Maen nhw'n dweud bod 'ych bywyd i gyd yn fflachio o flaen 'ych llyged jyst cyn i chi farw. Ffycin rwtsh."

Cododd Lee y reiffl ac anelu'r baril yn syth at Gareth. Fferrodd ac aeth yn foddfa o chwys oer dros bob rhan o'i gorff. Caeodd ei lygaid a chlywed yr ergyd, a swniai fel ffrwydrad bom o fewn terfynau cyfyng pedair wal. Cawod o wydr yn syrthio a diasbedain clychau yn ei glustiau. Ond ni theimlodd boen. Agorodd ei lygaid a gweld yr erchylltra. Hanner wyneb oedd gan Lee, a chnawd, esgyrn a thwll lle bu ceg; dafnau o waed dros bawb ac ymhob cornel, a darnau o ymennydd ar wasgar. Rhythodd Gareth a Daniel ar yr olygfa hunllefus a deall fel addawodd Lee, nad oedd diwedd hapus i'r stori.

Clywyd sŵn byddin o esgidiau ar y stâr ac ar unwaith llanwyd y lle gan floeddio, mwg du ac aelodau'r sgwad, gyda Scarrow yn gweiddi gorchmynion. Pob un yn ei lifrai du, pob un yn barod i danio a phob un yn rhy hwyr.

Pennod 22
Wedyn

Methodd â chysgu. Roedd sŵn trolïau'r ward, bipian cyson offer meddygol a chwyrnu'r dyn yn y gwely nesaf yn llwyddo i'w gadw ar ddi-hun. Mewn gwirionedd roedd rheswm mwy difrifol, ei feddwl yn crwydro ac ailgrwydro dros olygfeydd dychrynllyd y noson cynt. Y stwnsh o wyneb, yr un llygad yn syllu'n gyhuddgar a gofod y geg gyda'r ychydig ddannedd yn ddu o effaith powdwr y cetris. Trodd yn ei wely i waredu'r profiad a gweld Pendinas a Bae Aberteifi ar fore glawog arall.

Ymhen hir a hwyr nesaodd nyrs ato, ac ymdrechodd mewn llais crawclyd i ofyn am ddŵr. Pwyntiodd honno at arwydd ar y bwrdd wrth ei ochr – Nil by mouth – a dweud y byddai'r doctor ar ei rownd cyn bo hir. Estynnodd law at y clwyfau ar ei wyneb a theimlo tri plastr yn hytrach na phwythau – diolch i'r drefn. Caeodd ei lygaid a phendwmpian tan iddo glywed llais a gweld dyn canol oed wrth ochr y gwely.

"Dr Mansour dwi, bore da. Chi wedi bod mewn tipyn o helynt, Insbector. Nawr, o ganlyniad i driniaeth yn yr adran ddamweiniau ry'n ni wedi llwyddo i gael pob darn o wydr o'ch wyneb, a gyda gofal fydd 'na ddim creithiau. Mae ychydig o niwed i'r clyw, a bydd y sŵn clychau'n mynd a dod am ryw wythnos ac yna'n diflannu gobeithio."

Gwnaeth y meddyg y profion arferol.

"Pwysau gwaed dwtsh yn uchel, ond yn agos at y disgwyl o ystyried. Gewch chi dabledi cysgu ac fe gewch chi yfed dŵr yn unig am nawr. Rhywbeth bach mwy sylweddol amser cinio. Te a thost falle." Gwenodd y doctor, symud at y claf nesaf a throi yn ei ôl. "Ac yn naturiol, i ffwrdd o'r gwaith am o leiaf fis. Gorffwys a gofal, dyna'r moddion gorau. Chi'n ddyn lwcus, Insbector Prior, eithriadol o lwcus."

Cododd Gareth i fynd i'r tŷ bach ac wrth iddo gerdded at ei wely gwelodd Teri yn dadlau gydag un o'r nyrsys. Roedd y nyrs yn pwysleisio cadw at oriau ymweld penodol a Teri yn protestio. Roedd golwg wyllt ac anniben arni. Gwisgai'n union yr un dillad â ddoe, ac edrychai fel petai wedi cysgu ynddyn nhw. Roedd ei gwallt yn flêr ac yn debyg i nyth a godwyd mewn hast gan aderyn drwg ei hwyl. Ni allai Gareth atal y pwl o chwerthin, "Ti'n ddigon i hala ofn!"

Syllodd Teri arno, "Ti'n un pert i siarad. Yn dy gown ysbyty!"

Chwalwyd tensiwn a straen pedair awr ar hugain mewn pwl o chwerthin. Yn hytrach na dychwelyd i'r ward aeth y ddau i stafell gleifion a oedd, drwy lwc, yn wag. Sylwodd Teri ar awydd Gareth i holi a chododd ei llaw i'w atal.

"Na, fi gynta! Weles i'r ambiwlans yn sgrechian drwy Glanmeurig a chlywed rywbeth am saethu, ond dim byd mwy. Roedd Scarrow yn gyndyn i ddweud unrhyw beth. Beth ddigwyddodd? A shwt wyt ti?"

"Dwi wedi cael diwrnodau gwell." Adroddodd yr hanes heb osgoi'r manylion brawychus. "Roedd e'n sefyll yn syth o flaen y ffenest cyn tanio. Aeth y cetris drwy ei ben, a malu'r ffenest yn yfflon. Yn ôl y doctor sdim niwed parhaol i fi... i'r corff beth bynnag." Tawelwch wrth i'r ddau gysidro'r canlyniadau posib. "Lydia?"

"Sori, sdim manylion 'da fi."

"Carl?"

"Wedi colli lot o waed, a thriniaeth frys neithiwr ond mae'n debyg o ddod drwyddi."

"A beth am Daniel Simmons?"

"Cael ei holi'n dwll yn y pencadlys."

"Ac felly, dau i fynd o flaen eu gwell. Reit, Miss Owen" – gwyddai Gareth ei bod yn casáu'r teitl Miss – "Beth yw'r esboniad am alwad mam Lee?"

Yn ei thro cyflwynodd Teri ei hymchwil i drybini teuluol y Risleys gan ganolbwyntio ar briodas stormus Carl a Hannah.

"Y ddogfen hynaf yn y ffeil oedd adroddiad swyddog prawf yn crybwyll camau cyntaf Lee ar y llwybr i ddistryw ac yn sôn fod y tor priodas wedi cael effaith sylweddol arno fe. Roedd Hannah yn fam gariadus a'r berthynas rhyngddi a'i mab bychan yn glòs ac yn gynnes. Ond roedd hi'n aelwyd anhapus, gydag ymladd cyson rhwng y tad a'r fam. Roedd Lee yn dyst i'r ffeit ola, a Hannah yn gorfod amddiffyn ei hun drwy ymosod â chyllell. Ar ôl lot o chwys a bach o lwc, des i ar draws rhif ffôn y swyddog prawf. Ar ôl rhagor o holi, ges i fanylion cyswllt chwaer Hannah ac, yn y pen draw, rhif ffôn Hannah ei hun. Gan i bob peth arall fethu ro'n i'n meddwl y gallai hi berswadio Lee i ddwyn y gwarchae i ben yn heddychlon. Syniad grêt canol nos, ond syniad twp yng ngolau dydd."

Ond gwyddai Gareth mai'r alwad honno achubodd ei fywyd.

*

Wrth iddi gamu at ddrysau'r ysbyty gwelodd Teri arwydd Uned Mamolaeth a phenderfynu mynd yno i holi am Lydia. Cafodd ei chyfeirio at lifft a bod yr Uned ar y trydydd llawr. Bu'n aros am hir, goleuadau bychain yn dangos y lifft yn esgyn a disgyn ond byth yn stopio ar y llawr gwaelod. O'r diwedd agorodd y drysau a symudodd Teri o'r neilltu i wneud lle i wely yn cael ei wthio gan borthor. Roedd hen wraig yn gorwedd ar y gwely, ei hwyneb yn annaturiol o welw ac un fraich ar ongl chwithig. Edrychai'r wraig yn ofnus a cheisiodd y porthor ei chysuro drwy ddal ei llaw a gwenu.

Fel y gellid disgwyl roedd yr Uned yn brysur. Roedd y ward ar y chwith i'r mamau beichiog, ac ar y dde ac yn eithriadol o swnllyd roedd y ward i'r rhai oedd eisoes wedi rhoi genedigaeth. Safai swyddfa rhwng y ddwy ward a llwyddodd Teri i ddenu sylw nyrs ifanc a gofyn am Lydia Simmons. Aeth y nyrs at gyfrifiadur a sgrolio ar hyd rhestr ei llygaid yn llawn consýrn.

"Teulu?" gofynnodd.

Esboniodd Teri pam ei bod hi yno a chafodd ei thywys i stafell gyferbyn. Roedd hon eto yn wag ar wahân i wraig a'i chefn ati yn rhythu ar res o geir ar riw Penglais. Hyd yn oed o'r cefn gallech synhwyro'r gofid o sylwi ar y symudiadau herciog a'r plethu di-baid ar y macyn yn ei dwylo. Pwyllodd Teri cyn gofyn, "Mrs Simmons?"

Trodd y ddynes mewn braw, y crychau dwfn a'r graith ar y talcen yn dystiolaeth bellach o bryder.

"Mrs Miriam Simmons?"

"Ie, sori, pwy—?"

"Ditectif Gwnstabl Teri Owen, aelod o'r tîm oedd yn Hightrees. Dwi wedi dod i holi am Lydia."

Mewn rhuthr o eiriau cafwyd yr eglurhad am y pryder.

"Mae Lydia yn dal yn y theatr. Mae'r llawfeddygon yn gweithio'n galed i achub y babi, yn cael rhyw driniaeth arloesol, medden nhw. Gobeithio'r gorau a disgwyl y gwaetha, dyna fel mae, dwi'n ofni."

"Mae'n flin 'da fi, Mrs Simmons. Alla i nôl rhywbeth i chi, paned falle? Oes rhywun gyda chi?"

"Mae John o gwmpas yn rhywle. Diolch i chi am ddod a diolch am y cynnig. Ie, bydde paned yn neis."

Cofiodd Teri am y peiriant ger y lifft. Bwydodd yr arian ac

fe gafwyd dwy baned o ddiod fwdlyd. Ond o leiaf roedd yn boeth ac yn felys ac roedd hynny'n ddigon am y tro. Yfodd y ddwy mewn tawelwch, ac yna fe glywyd llais cryf, "A pwy y'ch chi?"

"John, rhywun oedd yn Hightrees, Ditectif Gwnstabl Owen," esboniodd Miriam mewn llais nerfus. "Wedi dod i holi am Lydia, chwarae teg."

"Hy! Wedi dod i fusnesa mwy na thebyg. Rheitiach i chi dreulio amser yn dal troseddwyr yn lle gwthio'ch trwyn i faterion personol, Miss. A gyda llaw, dylech chi a'r sgwad fod wedi bod yn fwy awyddus i saethu a llai awyddus i drafod. Dod â'r helynt i ben dipyn cynt. Bydda i'n cwyno wrth y Prif Gwnstabl."

Edrychodd Teri ar y crinc hunanbwysig a sylweddoli bod John Simmons hyd yn oed yn fwy gwrthun yn y cnawd. Roedd bywyd ei ferch mewn peryg a genedigaeth babi yn y fantol a'r prat yn sôn am gwyno am waith yr heddlu. Brathodd ei thafod, closiodd at Miriam i sibrwd gair o gysur a heglu oddi yno.

*

Cuddiodd y tu ôl i gangau'r ywen a gwylio'r dyrnaid a ddaeth i'r angladd. Safai Carl ar lan y bedd, cyffion am ei ddwylo a swyddog carchar yn gwarchod pob symudiad. Gyda newid yng nghyfeiriad y gwynt clywodd berorasiwn yr offeiriad a meddwl beth oedd ystyr a phwrpas y ddefod wag. Ciliodd pawb yn ddigon buan a bellach dim ond hi oedd ar ôl. Gan deimlo fod ei chalon yn gwasgu pob anadl o'i chorff nesaodd at y bedd a gosod rhosynnau ar y pridd. Dau air yn unig oedd ar y cerdyn, 'Cariad, Mam.'

*

Yn Llys y Goron Caerdydd carcharwyd Carl Risley am bymtheg mlynedd ar y cyhuddiad o brynu a gwerthu cocên ar raddfa fasnachol. Carcharwyd ef am wyth mlynedd am gynnal puteindai ac o ddefnyddio'r rhain a busnesau eraill fel ffrynt i guddio elw cyffuriau. Carcharwyd Risley am bum mlynedd arall ar y cyhuddiad o gadw Mr John Simmons a'i deulu dan warchae. A'r holl ddedfrydau i gydredeg.

*

Yn Llys y Goron Casnewydd carcharwyd Daniel Simmons am saith mlynedd ar y cyhuddiad o brynu a gwerthu cocên ar raddfa fasnachol. Ymhellach carcharwyd ef am bedair blynedd ar y cyhuddiad o ddynladdiad Edward Dyce o ganlyniad i yrru'n beryglus. Mewn achos cynharach, eto yn Llys y Goron Casnewydd, methwyd â phrofi cyhuddiad yn erbyn Simmons o weithredu i guddio elw cyffuriau.

*

Liverpool Echo:
Dathlwyd priodas Omar Daumal a Lydia Simmons mewn gwledd yng ngwesty'r Crowne Plaza yn Lerpwl. Mae Omar yn chwaraewr canol cae i Everton ac yn un o sêr y tîm a Lydia yn arlunydd a pherchennog Oriel Salthouse yn ardal y dociau. Llongyfarchiadau hefyd i'r ddau ar enedigaeth mab, Mehmet. Teithiodd teulu Omar o Dwrci i fod yn rhan o'r dathliadau ac roedd mam Lydia, Miriam Simmons, hefyd yn bresennol. Oherwydd pwysau gwaith ni allai tad Lydia, y cyn-farnwr John Simmons, fynychu'r achlysur.

*

Mewn seremoni yn yr Headline Club, Paddington, dyfarnwyd gwobr Cymdeithas y Newyddiadurwyr am Best Scoop of the Year i Natalie Parker, Prif Ohebydd Trosedd y *Daily Mail*. Enillodd y wobr am ei stori ar warchae John Simmons a'i deulu yng Nglanmeurig yng ngorllewin Cymru. Rhoddwyd canmoliaeth uchel i lun o Lydia, merch John, yn cael ei rhyddhau.

*

Cyhoeddwyd bod Insbector Neill Scarrow wedi ymddiswyddo o wasanaeth Heddlu Dyfed Powys. Mae Insbector Scarrow bellach yn un o brif reolwyr Tîm Diogelwch Cwpan y Byd, Qatar 2022.

*

Pleser gan Heddlu Dyfed Powys gyhoeddi fod Gareth Prior wedi'i ddyrchafu i raddfa Prif Arolygydd a Teri Owen i raddfa Ditectif Sarjant. Dywedodd y Prif Gwnstabl Dilwyn Vaughan fod y ddau yn llawn haeddu'r dyrchafiadau yn sgil eu cyfraniad dewr a nodedig i warchae Glanmeurig.

yLolfa

Y LLWYBR

GERAINT EVANS

"Stori dda, ddarllenadwy, a chymeriadau cofiadwy.
Fe fydd y troeon yn y plot yn siŵr o gadw'r tudalennau'n troi."

ROCET ARWEL JONES

£7.95

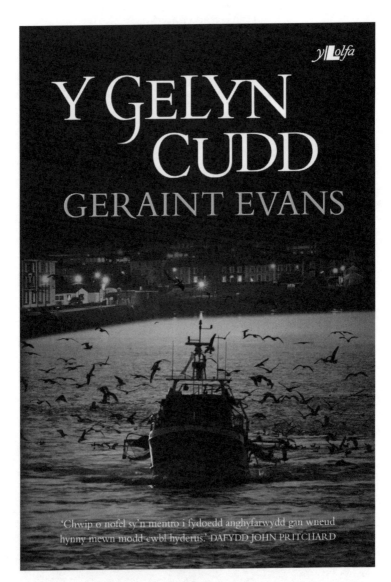

Y GELYN CUDD
GERAINT EVANS

'Chwip o nofel sy'n mentro i fydoedd anghyfarwydd gan wneud
hynny mewn modd cwbl hyderus.' DAFYDD JOHN PRITCHARD

£8.95

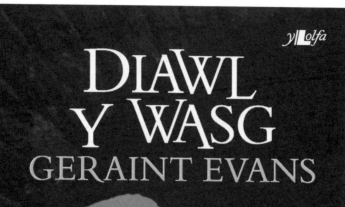

DIAWL
Y WASG
GERAINT EVANS

'Llygredd a llofruddiaeth ym myd
llenyddiaeth. Mae rhywbeth at ddant
pawb yn y nofel fyrlymus hon.'

DAFYDD MORGAN LEWIS

£8.95

LLAFNAU
GERAINT EVANS

yr Lolfa

£7.95

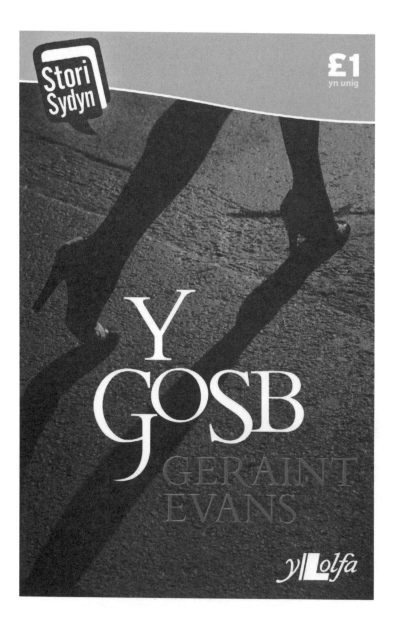

Stori
Sydyn

£1
yn unig

Y GOSB

GERAINT EVANS

y**L**olfa

Am restr gyflawn o lyfrau'r Lolfa, mynnwch
gopi am ddim o'n catalog
neu hwyliwch i mewn i'n gwefan

www.ylolfa.com

lle gallwch archebu llyfrau ar-lein.

yl olfa

TALYBONT CEREDIGION CYMRU SY24 5HE
ebost ylolfa@ylolfa.com
gwefan www.ylolfa.com
ffôn 01970 832 304
ffacs 832 782

Argraffwyd gan Y Lolfa
Holwch am bris